生活因阅读而精彩

生活因阅读而精彩

天下美文
- 修心卷 -

马文戈／著

世上最美的风景，不如回家的路

中国华侨出版社

图书在版编目(CIP)数据

天下美文. 修心卷:世上最美的风景,不如回家的路 / 马文戈著.
—北京:中国华侨出版社,2015.1 (2021.4重印)

ISBN 978-7-5113-5108-1

Ⅰ.①天… Ⅱ.①马… Ⅲ.①散文集–中国–当代
Ⅳ.①I267

中国版本图书馆 CIP 数据核字(2015)第006931号

天下美文. 修心卷:世上最美的风景,不如回家的路

著　　者 / 马文戈
责任编辑 / 文　喆
责任校对 / 王京燕
经　　销 / 新华书店
开　　本 / 787 毫米×1092 毫米　1/16　印张/17　字数/ 239 千字
印　　刷 / 三河市嵩川印刷有限公司
版　　次 / 2015年2月第1版　2021年4月第2次印刷
书　　号 / ISBN 978-7-5113-5108-1
定　　价 / 48.00 元

中国华侨出版社　北京市朝阳区静安里 26 号通成达大厦 3 层　邮编:100028
法律顾问:陈鹰律师事务所
编辑部:(010)64443056　　　64443979
发行部:(010)64443051　　　传真:(010)64439708
网址:www.oveaschin.com
E-mail:oveaschin@sina.com

序 / 如约而至

君自故乡来，应知故乡事。无论时光逝去了多久，无论我们走了多远，故乡，永远是每一个人忍不住频频回眸的地方。在游子的心中，故乡的一草一木，永远是世间最美丽动人的风景。因为，那是你曾经的家。

那些关于老家的记忆，永远在我们内心的最柔软处有它们的位置。那些关于季节的提醒和记忆，那些曾经美丽迷人的风景，那些曾经鲜活无比的场景，所有的记忆，并没有湮没在无情的岁月里，它们依然还萦绕在我们心头。

在为这部散文集写序的时候，忽然想到了一个词：如约而至。是的，如约而至，一切，都仿佛如约而至，无一例外。

春之花，秋之月，人生的每个季节，人生的每一种际会转合，每一次起起落落，都在如约而至，不管你愿意还是不愿意。

所有的记忆或者忘记，所有的狼狈或者得意，所有的浪漫或者迷离，都一定会有着自己的开始或者结束。

人生，如一枝花，如约而至，无须迎接的盛宴，也无须终结的飘零，它只在那里优雅地开着，任你打扮或者粉饰，或者，只陪你静默感受或者思考。

一个季节正在过去，一个个季节正在来到，春夏秋冬，一个都没有少，花开花落，相似的程序和规则。

如约而至的时光，一如我们忽然回到了过去，似曾相识的风景，一如我们忽然踏上了故乡的路。

每一个白天，每一个夜晚，它们都在我们的身边，每时每刻，它们就在我们的生命里。无论如何，我们都没有理由拒绝，我们必须和它们亲密接触。

如约而至的，一定要有那些月光。无论我醒来，还是睡去，它们都在那里，无论我欣喜还是忧虑，它们都在那里。

如约而至的，一定还会有你头顶上凌空而过的雁阵。它们总是忘不掉返归的定期，一个个季节，匆忙而来，又匆忙而归，除了怅望，你挡不住它们既定的征程。那些渐行渐远的叫声，是它们关于故地的留恋，还是某种被时光追赶下的哀鸣？

那些迷人的风景，如今正在哪里安放？那些曾经的现场，是否正在到来的路上？

或许，如约而至的，还有你眼前的这个春天；或许，如约而至的，还有那个早已经远去的秋季。或许，如约而至的，应该有那个挥之不去的下雨天；或许，如约而至的，一定要有那个美丽的冬季，那些温暖的雪夜里，你是在和人围炉夜话，还是在独享一份难得的孤独和宁静？

一个昼夜，一个月份，一个季节，一个年头。如水的时光，就这样流淌着，一直向前，不急不缓；无论你是怎样的一种存在，也无论你是怎样的一种情态。

每个年头，每个季节，每个月份，每个昼夜，我们都去了哪里？无论你在哪里，你都会和自己在一起，和属于你的那些光阴在一起。

你不在的时候，那些时光一定还在，可是，你还在的时候，那些时光去了哪里？

静下来，才能够听见花开的声音，才能够听见自己的声音。每到季节转换的当口，总要有某种阵痛，然后才会坦然面对来来去去。每到繁花似锦，才会蓦然回首那些落花流水。

生活都是真实的，回忆都是诗意的。那些星光灿烂的日子，那些择水而居的岁月，那些红袖添香夜读书的温暖，那些每逢佳节倍思亲的挂牵，所有的一切，正在向你走近。

季节如风，往事如云。世上最美的风景，不如回家的路。无论哪一种记忆或者回忆，我们至今不敢忘记，也从来不需要想起，因为，那就是你生命的一部分。

目 录
CONTENTS

第一辑
择水而居

第二辑
往事如风

第三辑
春花秋月

第四辑
且听风吟

第五辑
红袖添香

第一辑

择水而居

小桥流水人家

这里不是江南，是因为有了这条河的流动，才使这一片人家，更像油画里江南的一处风景。

小村人家面南而居，小河就从中间流过，由东而西，穿越了整个村子。于是，小村就不再是一片散漫的整体，而是有了水之阴和水之阳的分别；于是，尽管是一条宽不过十几米的河水，住在两岸的人家，却习惯性地彼此叫着对方河南或者河北。

随着河水的静静流淌，两岸人家平静的生活仿佛不再平静；有了日夜不息的浪花，也因此有了动与静的参照和对比。而且，水之北的人家，出门时仿佛看见流水已漫到了脚下；水之南的人家，他们的身后就是流水，夜里当然就是枕着河水入眠，醒来就是清晨明媚的阳光。

小河是这一片平原灌溉系统的一部分，当河水涨得满满盈盈，直推到河之南人家的后窗下的时候，就是田野里的麦苗正扬花吐蕊，要浇灌浆水了。这时，有些湍急的水面上，就会漂浮着一些灰色的枯草，以及一串串打着旋儿的白色泡沫。这样的一个时节里，流水还会把田野里的青春气息带过来，让两岸人家闻到了麦花的清香。

等到水势明显见缓，河水清澈见底的时候，又会有或大或小的雨来及时补充。因此，河水总不见干涸，两岸人家总可以听得到流水的声音。这一条河水，每年每年，总能够让这一方土地，既旱不着，也涝不着。小村人家的日子，宁静不乏流动，润泽而且安闲。

准确地说，河上应该有五座桥。大大小小，形状不一，依势而建，成了连接南北两岸人家的通道。于是，两岸人家除了可以隔河相望，隔窗对话，则又可以从彼此的家中走出；然后来到桥上，看着脚下的流水，有一句没一句地聊着，方便而且自由。

最有特点的是一处低矮的石头桥，简简单单，只几块大大小小、高低不一的石块摆在那里。河水就从石头中间挤过去，哗啦啦作响。有时，还会在大一些的石缝里打一个旋儿，把藏在那里的鱼搅得团团转，不小心还会有白色的柳条鱼跃上满是青苔的石板。有时，一定会有人把花花绿绿的衣裳端出来，在一块光滑干净的石板上捶打着。于是，又会有一群群的鱼，绕在洗衣人的周围。它们仿佛不怕人，只知道尽兴地和那些漂来漂去的衣服玩着游戏。

当然，岸边除了错错落落的人家，还会有各种各样的树错落其间；树上还会有各种各样的鸟在跳来跳去，且叽叽喳喳叫个不休。高一些的白杨上，有几只黑色的鸟巢挂在了树顶的枝丫里，每到夕阳西下，就会有几只大鸟从那片红光里飞过来，落在轻轻摇动着的鸟窝里。似乎除了下面的流水，没有什么可以打扰它们的生活。

当然，河里除了日夜流淌的水，除了不知疲倦的鱼，还会生长一些植物。或是莲，或是菱，各在水面上占据一片位置，谁也不让谁。或者，还会有带刺的芡实从下面钻出来，在水上高高耸立着，然后又有蜻蜓在上面绕来绕去。

我的老家，多少年前父亲建造的那一处青砖碧瓦的院子，就坐落在河水的南岸。打开后窗，就能够看得到下面潺潺的流水和那些鱼群，看得见北岸人家的烟囱里升起的袅袅炊烟。

两岸的人家，仿佛早就忘记了河水的流淌与存在，因为小河早就成为村子里不可缺少的一部分。可是，假如没有了这条河流，假如把它占据着的位置空出来，或者把它填平，谁也不知道，该在上面建点什么，或者种点什么才好。

芦花不是花

芦花似乎不是花，虽然每年芦花飘飞时，它们是那样的美丽。

而且，如此大面积地一次性开放，除了那些来自于天外的雪花，能够和它相比的，只有江南的油菜花，只有那漫山遍野的野菊花，或者那些火红的枫叶。这样的场景，也会让人想起鲁迅笔下日本京都街头那些烂漫的樱花。可是，那是在乍暖还寒的春天，而且是在异国他乡，不可能像家乡的芦花，只在深沉的秋季里开放。而且，即使季节已过，依旧可以在记忆里找回它们的影子，似乎一抬眼就可以看得到，一抬脚就来到了它们的身边。

当然，要想真切地看到这样的景象，也只能在每年的深秋季节，要等到那些漫野的庄稼收获之后，那样你的视野才会足够开阔。也许那时那漫天漫地的稻花的香气还未来得及散去，眼前的稻田是如此寂静且干净。极目远眺，你就会看见远处那些迁迁延延、无边无际的芦花。

就是在这个季节里，美丽的芦花开始飘飞，开始自由地跳舞，无论那些风把它们带向何处。那些生长在浅水里的芦苇，如果没有人来收割，它们会在寒风中飘摇很久，一直到有一天忽然雪花飘飘，然后它们一起上下翻腾，相映成趣。

芦花似乎不是花，它只是秋天以至于严冬季节里的一片风景。没有四溢的清香，也没有艳丽的色彩，可是它们却能够带给你想不到的感觉和意境。可是芦花真的就是一种花，符合所有生长的一切规定；生根，发芽，抽叶，开花，结果，从春到秋，忙碌不已。那些在秋风里自由地飞翔着的，除了干枯的花，还应该有芦花成熟后的果实。

只要有水，它们就会认认真真地生长，把根扎进深深浅浅的土里。春天一过，它们就可以长得足够高，颀长高挺，枝叶婆娑，伸展而且翠绿，像极了一个风华正茂的青年，落落大方不失君子风度。整个夏天，它们无拘无束地享受着每一寸阳光，一直到秋后，在稻花开始飘香的时候，它们的茎叶开始转黄，与金色的稻浪一起装扮出一个季节的风景和诗意。雨意绵绵的日子，或者某一个黄昏，如果你仔细听，一定会有即将冬蛰的秋虫在不知疲倦地鸣唱，愈益衬托了苇丛的肃穆和静谧。

然后，仿佛是在一夜之间，满眼的芦花飞雪，让人想起白发冉冉，飘逸童颜的老人。这样的风景，既苍凉又生动，既坚定又动感。若是一个好天气，没有人不会想到天才诗人王勃的名句："秋水共长天一色，落霞与孤鹜齐飞"。可是，那也只不过是在遥远的想象里，不如眼前的芦花来得亲切而又真实。或者，此时还会有几只不知名的鸟，忽然从芦花的深处飞出来，消失在夕阳下的树丛里。

芦花一定与水有关，有水的地方就可能找得到它们的生长的轨迹。芦花是花，但它又似乎不是花；它只是一种平凡然而别致的风景，这种风景里，有着成长的全部过程，有着成熟的所有思考与记忆。

"蒹葭苍苍，白露为霜"，这《诗经》里的句子，就是关于芦花的描写。此时的芦花，正是耐看的时候，如同一个人的年龄，已过不惑之年，然而壮而未衰，焕发着成熟的力量和光彩。这样的一个时令，也许应该是一年之中最好的季节，凉而未寒，艳阳高照。那些苇秆顶端上的青青芦花渐渐转黄，微风徐来，花丛荡漾，又会变得凄迷而且苍茫。

"所谓伊人，在水一方"，这依然是《诗经》里的句子。这样的文字，不一定是在讲述某种爱情，但此情此景，一定是在诉说某种思念或者遥想。

芦花，或许不是花，但一定是一种记忆和心情；那些记忆里有曾经鲜活的存在和故事。那些芦花，就像头上蓝天里的一片白云，永远遥望着远方游子的情怀与感动。

老家

老家，三十多年前一个烟波浩渺的水乡，一些贫苦而滋润的日子，一段欢乐而忧伤的时光。

1

造化让微山湖太铺张，北起"江北小苏州"的济宁，竟能够向南绵延覆盖二百余里，水丰草茂，万物生息。"接天莲叶无穷碧，映日荷花别样红"，单是到了秋季，你也可以看到：芦花飘起处，夕照正红；水声桨影里，鱼浪翻滚。还会有采菱的女子，那两只柔柔的手，莲藕般来回穿梭，小船摇开的地方，惊起的不知有多少鸥鹭。大湖藏尽了物华天宝，但你却写不完它的人杰地灵。

那一片大水，你滋养了多少生灵？老家，离大湖有一大段路程，是湖水没有浸润的一片平原。但慈悲的湖水却分出一条枝杈，让一条大河引湖水从村东穿过。浩荡的河水携带了大湖的力量缓缓奔流，没有喧嚣，没有浪花。只是在起风的时候，有浪头从宽阔的对岸推过来，打在你脚下的岸边。

河水绕村半匝径直向东北流去，河湾的中间，是一处渡口，方圆几十里从此岸到彼岸的必经之路。也许有河的时候，当河水浸润出这一片供人生息的土地以后，渡口就存在了。那棵老柳不知何人栽种，两人合抱粗细，密密匝匝的枝杈，冠盖如云。树旁是两间青砖小屋，一位老人虽已风烛残年但身板硬朗，日日夜夜风里雨里不知送过多少人来来往往。记得那时是一条木船，河上横扯一道铁丝，人在船上，在铁丝上用力，船就会稳稳当当前行。对岸来人的时候，就会听到有人喊："来船呦——"摆渡老人就会从小屋出来，抬手远望，回一句："来喽——"那声音能在河岸上随风回荡很远。

平原地的河流大多平平稳稳，没有什么大的波浪，只是不舍昼夜向前静静流淌，只知道无言地哺育滋养两岸的土地和子民。靠着这条河的养育，两岸的乡亲似乎忘记了日子的穷苦，日出而作，日落而息，尽情享用这净土般的生活。

水的力量是无穷的，但有时又是不可让人捉摸的。直到那一年的那一天，一个特别的日子，一个让所有生养在这片土地上的人们都应该记住的日子。

2

那一年，是麦花飘香的时节，那一天，是一个风和日丽的日子。在河对岸忙活了一天的村民携了农具，一路说笑，踩着夕阳的余晖在河边等船回家。对岸村子的上空已有袅袅的炊烟升起，或许，有的人家已把香喷喷的饭菜端上了方桌。等船的人很多很着急也很拥挤，那条往来了无数次的木船正从对岸缓缓驶过来。

谁又能够想到，与往常一样的一次摆渡，却让五条鲜活的生命永远定格在了这一片河上的夕照里，这片静静的河水，永远隔断了他们回家的路。白马河，你真的是一条生命之河吗？那条老木船，你真的是一条生命之舟吗？

其实船当时已驶过大河的中间，在离对岸不到三十米的地方，由于人多拥挤，船的一侧出现了倾斜。要命的是，人群开始混乱，几个好事者，以为自己水性好，没有意识到情况的严重，因为对岸就在眼前，回家的路似乎一抬脚就可以踏上。但他们想错了，在他们用心制造混乱的时候，船的倾斜超过了河水能够承载的负荷。当满船的人意识到威胁，一切已无可挽回，在离对岸不到二十米的地方，船猛然翻了。

　　记得那时我正上小学，放学时随满街的人流往河岸跑。悲悯的气氛突然笼罩了整个天空，不祥的预感紧紧攫住了每个人的心。

　　跑到渡口时，河岸上早已经挤满了人。两个落水者已被打捞上来，有人从村里牵来了几头老牛，把他们放在牛背上，老牛在前晃晃地走，人群在后静静地跟。没有人说话，也没有人哭泣，事情来得太突然。人们不相信，这条温润如君子的河流，曾滋养哺育了多少代人，在它的身上会发生这样的事情。人们不相信这一切，只希望忠实于人的老牛能把自己的亲人摇醒，哪怕就这样一直走下去。

　　但苦难就是苦难，不再是夕照里的田野牧歌。天黑时已打捞上来四个，还有一个年轻人，是在第二天中午才找到。人们只忙着顺水流的方向向下游找，但最后却发现他就藏在离河岸不到两米的地方，是河床上长长的水草把他缠住了。还有，这个年轻人本来可以躲过这一劫，他从船上下来后，见摆渡老人太累，就又跳上船帮着把船拉回对岸。谁又能够想到，船回来的时候，两米的距离就把人隔在了生与死的两岸。都说回头是岸，是真的吗？他的妈妈，一个年近七十的瞎婆婆，还曾问和他同船过河的邻居："春孩子怎么还没回？"

　　那一刻，几条鲜活的生命永远地被大河留住了。当时正是"大锅饭"的年月，一切事情由队上处理。三天后，五口黑幽幽的棺材摆在了场院。最后，五位死者没有入祖坟，统一葬在了大河的岸边，他们的生命被终止的地方。

不必再写下葬那天的惨烈，人们依然没有哭泣，只是随着棺材缓缓涌动。依然是一个春风和畅的日子，太阳当空照着，仿佛要看一看这块肥沃的田野和沧桑的土地，看看乡亲们怎样过惯了苦日子又罹此哀伤。一切都在静静地进行，哭泣还有用吗？眼泪还有用吗？人们只能撒下大把的纸钱，让哀思伴黄纸片片翻飞。那位瞎婆婆，她还有眼泪吗？相依为命的儿子去了，只能白发人送黑发人。

白马河依然日夜呜咽奔涌，两岸的凄凄碧草依旧岁岁枯荣，摆渡老人夜起的时候会听到水里有鱼在翻浪，那棵老柳也许是在眺望是否远方有人在匆匆赶路，但那五条生命再怎么努力，都没能够跨过那短短十几米的归程。

3

灾难往往不可避免，但农家的日子依然要继续。满地的庄稼正在扬花灌浆，另一朵幸福的花儿正在人心中生长。也许，今年的收成会不错，那满满漾漾的河水，能让这一地的好庄稼粒粒饱满，颗颗归仓。

暮春，太阳的威力已经显现，灾难后的这一片土地也越来越燥热。尤让人心慌的是，从那时起，不仅滴雨未落，而且河里的水位也在急剧下降。水浅的地方已经不能行船，你能够看见缕缕水草和嬉戏的鱼群。再过些日子，大河竟然断流，再也无力向前流淌，只剩下一汪一汪的水晒在烈日下，在那里挣扎和喘息。人们又吵闹着，拥挤着，奔向河底。不再惧怕河水会把他们吞没，争先恐后去捡拾浅浅河水里的鱼虾。他们欢笑着，忙碌着，满载而归，似乎忘记了地里的庄稼正渴得要命，土地早已干裂如龟纹。

这一季直到麦收滴雨未落，长河被太阳蒸发掉最后一滴水后，已变成一马平川。不再有肥鱼茂草，不再有点点帆影，那古渡口的老木船也被人翻成了底朝天。大河带来的一切风景都变了样，一切湿润与流淌，一切因水而有的生物仿佛一夜间消失殆尽。

在我的记忆里，这是白马河的第一次。这么无奈的断流，这么绝情的干涸。这一季的收成自不必说，辛苦和忙碌的人们，望着空荡荡的粮仓，除了满面愁容，就是手足无措。在淳朴的乡亲心中，一季歉收下季补，只要在地里播下种子，就有希望收获丰收。但幸福的花儿并不是谢了一朵还有一朵，炎炎烈日把人们这仅有的希望晒成了泡影。一直到秋后天气转冷，才落了一场小雨，淅淅沥沥打在田间枯黄的草上，也打在老家那棵老树上。其实，这哪里是雨，分明是乡亲们欲告无门的泪水。梧桐更兼细雨，愁又能够解决什么问题呢？这一季，又几近颗粒无收。

难挨的严冬终于过去，第二年春暖花开的时候，一切又恢复了正常。春雨飘洒，柳丝飘荡。休眠了一年的大河又开始奔涌，原来属于水的东西又在蓬勃生长。两岸的庄稼在太阳的照耀与大河的滋养下，又让它的主人的脸上溢满了笑容。造化和大河终于以自己独特的方式显示了它的力量：没有水的地方，一切生物将不会存在；缺少了流动和滋润，一切生长将走向干涸，甚而停止。

4

老家是一个记忆，那记忆因水而起。虽是一片平原，老家似乎更应该叫水乡。村子四周有大片的芦苇，中间是一条小河穿过，一些沟沟汊汊又把小河与苇荡相连。

下雨天，是孩子们最得意的日子。一根缝衣针，一段缝衣线，一截细竹竿，然后一个鱼竿便宣告完成。他们在河沿上一字排开，只见鱼钩被甩得上下翻飞，不时见一条条银色的鲢鱼上来，在空中划一个漂亮的弧线后，在草坡里腾跃翻滚，技术好的一会儿就可以甩上来十几条。有时候，鱼钩会被上面的树枝挂住,他们便会放下鱼竿,吱溜爬上树去。也会有两只鱼钩绞缠在一起,两人越拉越乱,性急的还会动起手来,谁也不让谁。

最有生机的还是环绕村子的片片苇荡。不要说春季尖尖的苇笋会突然一夜间冒出水面,不要说夏季里密密细细的芦苇怎样被风吹得层层叠叠,最好看的时候,还是要耐心等到秋季。

有雨的时候,苇荡是静谧的,甚而是肃穆的。秋雨绵绵落下,淋在黄黄的苇叶上。你看着的时候,会感觉有凉凉的雨滴进了心里。雨停的时候,芦苇深处会传来阵阵蛙鸣。

秋阳却是绚烂温暖的,夕照里的芦苇荡更是如烟如梦如画。王勃说,落霞与孤鹜齐飞,秋水共长天一色。但他描绘的风光里没有芦花的摇曳,也不会有苇丛里的棵棵星星草。

老家那时不像现在,到处是挺拔的白杨,而是一片片枝条长长的垂柳。不知细叶谁裁出,二月春风似剪刀,但二月的春风剪不出那一串串柔柔软软的感觉。满心满眼的绿意,漫天满地地拂动,一幅水墨春柳,一片诗情画意。

柔软的柳丝儿拂人脸的时候,满村洋溢的是枣花的清香。枣花谢了枣儿红,这又是秋后的忙碌与写照。有枣树的人家,便会举根竹竿,在浓浓的枝条间轻轻敲打。那藏在绿叶里的颗颗红枣便会哗哗落下,红玛瑙般满地乱滚。枣树若是生在沟沿河畔,便会有一只船过来,让落下的红枣接满船舱。

还有,村西通往外界的是一条长长的林荫路,高高的槐树夹道而立。置身其中,真是一路逍遥游,满身槐花香。不要说槐花做出的饭菜是多么芬芳满口,就是在睡梦里也会让人闻到那一季香甜的感觉。

关于老家的记忆太多。那些人和事,那些美好与酸楚,老家的风景永远会让游子们回望。老家,已然成了你生命的一部分。

老镇

1

老镇很老了，但不会有人知道它的年纪。如果有好事者想争论个究竟，总要指着镇中街小河上的石桥为证。据说当年鲁国的公输班去楚国路过此地，见大水封路，就亲自修建了此桥。如果此言不虚，那鲁班真的是人间少见的能工巧匠。直到今天，石桥依旧毫发未伤，坚固耐用。

或许，老镇是和镇子西边的那一片大湖一起长大的。当多少年前，有一片大水在此汇聚，积少成多，于是也就有了不少人逐水而居。那些日益丰美的鱼虾和水草，已经足以让他们过上富裕而快活的生活；凭一叶孤舟，在青青的芦苇荡里穿行，优哉游哉，几乎不需要太多的辛劳。多少年的沉淀，这一片大湖也年年草长鱼肥，围湖而居的几十户人家，早已繁衍为偌大一片人烟，兴盛而热闹。

后来，水势渐猛，当地政府便下大功夫筑了一道像样的南北大堤，从此，堤内堤外就成了两个世界。可是这样仿佛并没有挡住人们的视线，反而是让这一片水土平添了几分风景；就像美丽的西湖，正是因为有了苏堤的存在，反而让她更加的婀娜多姿。而且，原来傍湖而栖的老镇，也就成了名副其实的枕水人家。

于是，老镇的西边，一道不太高的湖堤，又把这一片水土分成了两片天地。堤外是绿树碧瓦，炊烟袅袅；堤内是草长鱼肥，芦花飘雪。每天的早上，轻轻的微风，会把村子里的鸡犬之声，随升起的阳光一起漫向湖面；傍晚，夕照的余晖里，又会传来阵阵浪花的声音和渔舟唱晚的欢乐，晕染着正在准备晚饭的每一户人家。

每天，早起的人们依然会顺着那条湿漉漉的青石小街朝大湖的方向走，到高高的湖堤上看日出。当他们在湖边散步的时候，不小心会有漫上来的湖水打湿了裤脚。

2

当远方的山坳间刚刚露出太阳的红脸，湖面上那一团团还未散尽的雾气里，就会忽然冒出来一只又一只的渔船，陆陆续续在湖堤下一个小小的码头集合；从船上卸下的那些晶亮鲜活的鱼虾，马上又会被早已在这里等待多时的那些小贩们抢购一空。当阳光透过湖堤上的树杈照过来，湖面上有了一道道斑斓而迷蒙的霞光时，这里早已人走船空，水面上恢复了原有的平静。

湖堤的两旁，不知何时被惜土如金的人们栽满了一丛丛的桑树。每年的暑天，鸣蝉高叫，蜻蜓乱飞的时候，桑叶间红艳欲滴的桑葚子，就又引来了成群结队的孩子们。居住在这里的一对老夫妇，当然绝不会让他们乱拉乱扯，而是笑眯眯地端出早已摘好洗净的桑葚，让这些馋猫们尝个够。后来这里又引来了精明的商人，专门把这些诱人的桑葚子收上来去外地卖个好价钱，老人总是忘不了专门给那些孩子们留出来一些。这位身板硬朗的老人，有时候也会把那只横在岸边的小船撑到湖里去捞些鱼虾，但从来都不出售，只够自己享用就好。然后把剩下来的时间来照顾那些桑树，还有那一席一席的蚕宝宝。那一丛丛茂密的树枝，总是采了还有，一年比一年茂盛，老人的蚕丝也是一年比一年养得好。

湖堤下边水浅的地方，会常年生长着一丛丛长而柔软的杞柳。对于老镇上的那些巧手来说，这可是舍不得烧掉的宝贝。每年春天，他们就把这些刚刚吐出嫩芽的枝条裁下来，然后趁鲜把外皮扒掉，在灿烂的阳光下风干。等哪一天闲下来的时候，或者有时忽然来了兴致，他们就在自家的小院里，把柳条在水里泡软开始工作。那些白花花的枝条，在他们的手里，仿佛变魔术似的，想要什么就来什么。过些日子，就会有一些人上门收购这些精美的艺术品，或者他们亲自穿街走巷把自己的作品卖掉。

"蒹葭苍苍，白露为霜。"北风渐紧的时候，那些青青的芦苇却忽然不见了，早已经被人收割捆好，整整齐齐放在各自的院里了。再等到真正的漫天飞雪，湖面和大堤下的人家一片白茫茫的时候，就会又有人忙着用细细柔柔的苇篾子在编苇席了。白皙的苇篾子在他们的面前跳跃着，让你眼花缭乱，可是编席的人却一丝不苟，似乎完全忘记了身外的皑皑白雪。这样的场景，让人忽然感到，一心一意做一件事，有时候是一件那么快乐，甚至幸福的事情。

3

如果你循着那条弯弯曲曲的石板小街一直找下去，几乎是在小街的尽处，就会看到一溜古色古香的门面，就在这些门面的中间，有一家不大不小的书店。木门木窗，青砖碧瓦，开门的时候，还要把一块块笨重的门板卸下来，可是，店主人每天总是不厌其烦。

他是一个高高瘦瘦的人，面白而略长，戴一副黑框眼镜，腰微微弓。经常来书店的，还有他的小女儿，十八九岁的样子，眼大而脸微微圆，黑亮的齐颈短发，在柜台间忙里忙外。记得不知从这里买了多少闲书，那时家里给了不多的饭钱，若有了看中的书，不吃菜，也要买到手。时间久了，有了好书，店家总是想法给留一本。书店的周围，是一大圈同样的老建筑，疏疏落落地排在一起，依稀可见当年的故事。

老镇的东边，和那条弯弯曲曲的大堤平行而建的，有一条宽阔平坦的柏油路贯通南北。老镇的近千户人家，就安安静静、挨挨挤挤地处在了这中间的一块地方。可是，老镇东西的这两条线，又似乎是两股力量，可以让老镇上的人们各得其所。要么继续逐水草而居，逍遥自在；要么由那条宽敞明亮的马路出发，去外面更大的世界里闯荡，一试身手。

很多时候，我们会把一些地方当作一种风景；而老镇上的人们，千百年来就一直生活在这宁静而美丽的风景里。也许他们不曾看到这一方水土的可爱，但是他们即使走得再远，或者生活已经是另外一种状态，也不会忘记，老镇是自己的故乡。

莲叶何田田

我不知道，莲的故乡是不是在中国。只是知道，太多的中国人，对于莲的喜爱，已远远超出了大多数草木之上。

"江南可采莲，莲叶何田田。"这是我们可以从古远的汉乐府里觅到的诗句，也许，不必去江南，莲的美丽与可爱便跃然映入我们眼中。千百年来，当我们遥遥回首，发现原本自生自灭的莲竟有我们无数的寄托，那些寄托，又如晨起的雾，如梦如幻，丝丝缕缕。

也不曾知道，莲后来何以成了佛家的象征，只是在周敦颐的《爱莲说》里，才知道这位天才的文人，与其说是在对莲花大加颂扬，倒不如说他是借莲之高洁不染而宣扬佛门净地。是的，"出淤泥而不染，濯清涟而不妖"，美好的事物总是让人没理由不喜欢。清浊相伴，雅俗共赏。莲，不是亭亭玉立的凌波仙子，是花之君子也。

杨万里是一位写莲的高手，"小荷才露尖尖角，早有蜻蜓立上头"，一幅多美的画图，妙趣天成，栩栩如生。"接天莲叶无穷碧，映日荷花别样红"，远方的湖面之上，阳光灿烂的日子里，家乡的红荷一定又在争奇斗艳吧。

采莲南塘秋，莲花过人头。

低头弄莲子，莲子清如水。

这是《西洲曲》里迷人的文字，诗人描摹的场景真的是精妙绝伦，恐怕没有人不愿意置身其中，就算我们今天忆及，依然让你心动不已。纵然是我们已身在千里之外，也难忘采莲人那脉脉的娇柔。也许，那一汪碧水之上摇曳着的，不再是妩媚的莲花，而是你的梦中情人。

"莲，可远观而不可亵玩焉。"莲的美丽，更多来自于意境和想象里；我们对于莲的喜爱，也更多地止于遥望或者遐思。"水亭风日无人到，让与莲花自在香"，或许，遥遥翘首其实是更让人感动的期许。

一切感觉和情绪都不会凭空而至。莲之美，发于我们的内心，却又会来得那么自然天真；我们是世俗的，可是，我们对于美的追求又是多么的执着。

此岸，彼岸

此岸是平原，一望无涯；彼岸是群山，连绵蜿蜒。此岸和彼岸之间，当然是一条河，从远方匆匆而来，在此绕一个大弯，然后挺直了腰身，径自远去。

连通此岸彼岸往来的，是两只小巧结实的木船，此岸一条，彼岸一条，横在了各自的岸边。长而细的竹篙插在船头，任岸上的来人自己取来撑船过河。

船主人是一个五十开外的高个汉子，面微微黑，两眼有神。只在河上特别忙的时候，船主人才会亲自撑船摆渡，或者，看着那些笨手笨脚的人，他也会掂起船篙，三下五下，把他们送到对岸。船钱是不会少的，但多少随意，船主看也不看，一律投进一只铁盒子里。而且，仅收硬币，只要听见铁盒子咣的一声，船主人就知道，客人已经付过钱了。不知道的人若给了纸票，纸票被陡起的河风吹落水里，船主人理也不理。

河的上游在几十里外的那片群山里，下游则流向同样是几十里外的一片大湖。天气好的时候，会不时看见有扯满帆的大船，从上游顺风顺水飘过来，船舱里满载着各种各样的山货；也会有个头颇大的机动船，从下游逆水而行，船上则是层层叠叠的水产。

船主人和这些南来北往的船只都很熟，常常在船撑到河中心时跟他们打打招呼。他们也会极大方地从船上拿起一些湖产或者山货来，用力甩到船主人的船头，然后彼此摇摇手，把船云一样飘向远处。

每到夕阳西下，行人渐少时，船主人就会顺着弯弯曲曲的河沿，拨开浅滩里长长的水草，把一溜溜竹制的虾笼下到水底。然后，你就可以看见，在船主人的小屋后的烟囱里，会有袅袅的炊烟升起，这一定是他在准备晚饭了。等到泊在此岸或者彼岸的船家燃亮点点渔火时，船主人就要准备收拾那些虾笼了。在灯火的映照下，那些晶亮鲜活的河虾一动不动，任你捕捉。这是一种品质绝对上乘的青虾，除留足自己享用外，第二天清晨，船主人就会把它们交给北上的货船，去山那边碰个好价钱。

与一般的荒津野渡不同，船主人在岸边的高处，筑了几间讲究的瓦房，院子不大，但打扫得清清净净。而且，更要命的是，船主人在院前院后栽满了好大一片桃树，这就让这条河的风景猛然改观。每年每年，三月的春风一起，仿佛是一夜之间，也许船主人还在睡梦里，就有一片粉红色的云，围住了他的住所。可是，如果你真的走近去看，却会发现那一树一树柔柔的桃枝上，才刚刚绽开细小的花蕾。一直到桃花落尽，花香烂漫的日子里，总是吸引着河中的行船者们注目观看。

桃花盛开的那几天，船主人的婆娘也会来到这里待几天，帮船主人打理一下这一片天地。这时，河里和岸上的人又会说，老板娘比桃花还好看。可是，桃树的花期又总是太短，等到把船上的货卖尽返程，再一次路过时，美丽的桃花早已不见了踪影，想看也只好等到明年。

船主人婆娘的老家，在彼岸那一片群山里，多年来一直经营着很大一片石榴园。可是，船主人不愿去那里受拘束，还是喜欢这里的生活。只有老板娘经常过来，并顺手带来一些通红晶亮的石榴，让船主人扔给那些来来往往的行人。

后来，这里就真的成了大山里石榴的集散地。每到金秋季节，彼岸群山里的石榴，就会被源源不断地运到此岸来，然后再由河上南来北往的商船运走。或者，会有更加厚道的生意人，用湖产和一些山货以物换物，各取所需，再去更远的地方去销售。精明美丽的老板娘，也从彼岸的山里，来到了这里，和船主人一起打理着这些互通有无的生意了。

当然，更多的时候，是老板娘热情招揽着那些来来往往的客商，船主人的大部分时间，依旧是撑撑船，然后照看一下那些河岸的虾笼。

老井

老家的村西是一所小学堂，小学堂的西边是一片菜地，菜地的中间有一眼老井。

老井有多少个年头了？村里似乎没有谁记得，也不见谁曾经问起。老井幽深透亮，青苔到底，若趴在井沿探头，会感到满身的寒意。老井没有浪花，没有喧哗，日里夜里守在田里。白天，会有三三两两的村民来此挑水；夜里，会听到井底有青蛙的叫声。

守井的是一位老人，无儿无女，性情开朗，脸上写满岁月的痕迹，为人慈祥。老人的两间小屋依井而建，井旁两株嶙峋的葡萄，枝枝蔓蔓遮满了屋檐。春天，老藤嫩叶，一片生机；秋天，果实累累，惹人爱怜。

井旁是一棵老柳，树干高大，枝条婆娑。老人在一侧枝的权间捆住一根竹竿，竹竿的前端挂一水桶，后端系一等重的石块，就是一副天然的打水工具。巧妙简易的杠杆原理，好用而且省劲，每天每天，老人就在那片浓浓的柳荫里打水浇菜，一下一下，永不疲倦。每次都是那几句谁也听不懂的号子，但敞亮而且干脆。清冽的井水从下面哗啦上来，汩汩地流进水沟，又欢快地向远处涌动。

园里都是一些家常菜。红的辣椒，紫的茄子，满架的豆角，整畦的韭菜。菜地的四周，是爬满地的冬瓜或者西瓜。瓜熟季节，夕阳西下的时候，小学堂的孩子们会小鸟一样地从校门里飞出，在菜园里嬉戏玩耍。老人便会笑眯眯地拣两个熟透了的西瓜，在葡萄架下招待他们。每逢此时，常常会引得路上的行人驻足，和正忙碌的老人打打招呼。

　　种豆南山下，草盛豆苗稀。
　　晨兴理荒秽，带月荷锄归。

　　这是孩子们从课本上学来的句子，却在老人的身上找到了乐趣。"沧浪之水清兮，可以濯吾缨。沧浪之水浊兮，可以濯吾足"。看着老人一上一下把水打上来，那水又慢悠悠地漫向绿油油的菜地，孩子们的心里真是惬意极了。

　　多少年来，无论多么干旱，井水从不见干涸。在老人的侍弄下，这一方小小的菜地，满足了人们的口腹之欲；风里雨里，老人自食其力，也给这片天地带来了欢乐。冬季闲的时候，老人会给水井加上一个自制的盖子，只在中午天暖的日子里打开。虽是冰天雪地，井水捧在脸上，竟然会凉爽而又有丝丝的暖意。

　　陪伴老人的是一只黄狗，高高大大，优雅而且温顺，从不伤及到访的大人和孩子。它或者静静地趴在老人脚下，看老人从井里汲水；或者摇摇尾巴，跟在主人身后，看老人一下一下剪夜雨后的春韭。

　　老人离世的那天是一个大雪飘飞的日子。一夜大雪，盖住了那眼老井和老人的小屋。早起的人们忽然听见黄狗不安静的叫声，当打开门时，老人已经安静地走了。除了那眼老井和这一片菜地，什么都不曾留下，也没有一言一语。

　　三天后，老人被葬在了菜园西北角的一处高坡。后来听人说，那里正是老人的祖传墓地。

后海子

1

不知从什么时候起，镇子里就有那样的一片大水。因为大约是在镇子的后半部，人们一直叫它后海子。

后海子的周围，是一圈高大挺拔的白杨，白杨树的下面，则又是低矮婆娑的垂柳。白杨是那种春季里会结满"毛毛虫"的老树种，每当新年刚过，满树上的毛毛虫，就会被阵阵春风摇落在水里和岸上。漂在水上的，很快就成了那一群群游鱼的饵料；落在岸边的，则会被人拣起，回家用水洗净，下锅佐以红红的辣椒翻炒，就是家家飘香的美味佳肴。

那些垂柳，在白杨树上的毛毛虫落尽之后，会在不知不觉间抽出了黄黄的嫩芽，经冬的枝条，也忽然一夜之间变得丝般的轻飘柔软。无数长长的枝条一起涌动的时候，又让人感到波光粼粼的水面的碧波荡漾。

后海子里的水从未干涸过。水多时会漫上垂柳的根部，水少时则清澈见底，岸上的行人会看到成群结队的鱼游来游去；阳光照进水里，又从水里折射出五彩斑斓的光环，投映在那片摇曳着的柳荫里。

2

栖居在后海子岸上的人家的宅院，有两处非常别致。

东南角的那处宅子，两进两出的大院，是青砖碧瓦的老建筑，年月已久但仍不失那种庄严和韵致。院子里栽满了各种各样的花树，靠墙处则是一圈粗大的女贞子。

宅子的老主人是位中医，已去世多年，现在的主人，是老中医的独子，面目清秀，但双目失明。是先天还是后天的原因，似乎没有人知道，也没有谁愿意打听，只是随便地叫他瞎子。瞎子性情温和，对这一称呼不置可否。

瞎子拉得一手好二胡，也不知师从于谁。有时候，夜幕刚刚降临，就会从那处老院子里传来悠扬的二胡声，有些忧伤，也有些明亮。瞎子的婆娘桃花的状况比他好多了，虽一只眼几近失明，但另一只眼是好的。她每天里外忙个不停，把瞎子收拾得干干净净，也把祖上传下来的这一片老宅收拾得清清静静。

3

在镇子的东南方向，不足十里有一座山。山不太高，但乱石嶙峋，满山杂生桃树。每年，三月的熏风一起，山上的风景要让山下的人家羡慕死，也让十里八乡的男男女女们赶往这里，争先恐后，唯恐错过了花期。山下背风向阳的一处平地上，住着一对老夫妇，他们是怕村子里闹，就移居到了这里。

除了要看那漫山的美丽桃花，有些人来这里的目的还会有一个，那就是拜访这一对老夫妇。那位老者，年事虽高，但眼不聋、耳不花。那老婆婆虽是在山野之中，却依稀可见当年的俊俏。每逢有人与老者交谈完出来，老婆婆就会笑眯眯地对人说："可别信他，满嘴的胡言乱语。"来访者却也不恼，举着采来的桃花笑眯眯地离去。

瞎子的父亲，和山下的这位老者是多年的至交。一天父亲带他去看盛开的桃花，来时就把他留在了山下。并对老者说："这孩子身体有缺陷，就交给你带带他，人总要有一技之长才好。"从此，瞎子就跟老者去山上整理一下桃树，闲下来就听他给人讲书，长进飞快。

这一对老夫妇，有一儿一女。女儿桃花，一只眼睛打小落了毛病，视力很不好，但这丝毫没有遮掩她的美丽可人。少年瞎子在她父亲身边听讲的时候，小姑娘也就在一边待着，一声不响，大眼睛一眨一眨。瞎子虽然视力全无，看不见山上那些烂漫的花朵，但当花季到来的时候，却也能够闻得到那沁人的花香；也能感觉到，此刻他的身边还应该有一个面如桃花，笑意盈盈的女孩。

等到瞎子的技艺学得差不多的时候，两家的亲事也就水到渠成。于是，那位桃花仙子般的女孩，就跟着瞎子来到了这一处老宅子里。老中医除了留下了这一处宅子，还留下了一本本的医书和诊病记录。瞎子虽然看不见，却让桃花像宝贝似地保存着。瞎子的宝贝，还有一个祖传的写字桌，上下里外，一色的紫檀，不见一点杂木。

瞎子有一儿一女，且是龙凤胎，两个儿女眼睛明亮而且漂亮，可爱得不得了。来人都说瞎子的命好，还说是桃花给他带来好运气，桃花就咯咯地笑。受家传影响，女儿是市立医院的中医专家，儿子则成了省里的二胡名奏。

4

后海子的东北角上，住着瞎子的本家堂弟，很漂亮很气派的两层小楼。堂弟早些年在县里工作，后被辞归乡镇，接着做了好多年镇计生办主任。

堂弟也是"好命"，有三个儿子。老大中专毕业，托关系去了很远的油田工作。老二军转安置后，又自己揽工程，是一个吃喝嫖赌的包工头。后来买了辆半截子车，整天拉个女人到处乱跑，终于在一次酒驾时车毁人亡。老三则因为抢劫，在那一年柳枝吐绿时，去了南方的煤矿劳动教养。堂弟的女人受不了打击，在后海子岸边的一棵柳树上自尽。耐不住寂寞的堂弟不久又找了一个女人，但很快那女人就又跟了别人。这所偌大的院子，现在只有堂弟一人住着。

现在兄弟俩很少来往，各有各的生活。瞎子照例每天做着自己的事，来了兴致，就拉拉二胡，悠闲得很。后来又琢磨着看宅基，也是让那些请他去看的人佩服不已，深信不疑。

每当瞎子的二胡声响起，那悠扬而明亮的声音，会穿过后海子岸边那些袅袅娜娜的柳枝，在远处回荡很久。堂弟有时也会在自家的院子里听上很久，然后默默地回屋。据说，他们的祖上原来是这一方有名的大户，这一片大水，就是当年他们祖上后花园的一部分。

后来，堂弟要走了，因为突发脑梗，落了个半身不遂，要去远方的大儿子那里寻个照顾。临走时，托人想把宅子卖掉。这时，桃花就有些动心。瞎子摆摆手，说："不妥，那是一处凶宅。"

在那一年老杨树上的"毛毛虫"快要落尽，家家的灶房里飘荡着"毛毛虫"的清香的时候，瞎子的堂弟不见了。从此，那一片大院子，就成了一处空宅。

红莲

红莲不是湖面上那枝摇曳的荷花，红莲是古镇水上人家的女儿。

四面皆水，小镇成了水里一片突兀的岛；离岛外出，除了小船，就是大船。站在岸上远眺，除了水，还是水；水外的一切，什么也不知道。仿佛一切已经与世隔绝，可是他们仿佛不愿意或者不屑知道。有鱼有虾有莲藕，有一块坚实的土地，让他们能够立足；一只只横在岸边的小船，又足以让他们任意逍遥。一切是如此的宁静而且安闲。

红莲家的后窗，就是那条古老的运河。运河年久失修，只允许通过那些安安静静的小渔船。有时候，在她香甜的睡梦里，就会传来咿呀的桨声和喧哗的水响。老运河的岸边，挤满了修长而茂盛的芦苇，一直伸到了红莲住的窗下。没事的时候，红莲会从窗子伸出手，采下几片苇叶，三下两下，就变成了一只小小的乌篷船。

红莲从来就没有离开过镇子，她所有的感觉和记忆，都在这一片水陆两栖的世界里；是那样的熟悉而亲切，也是那样的满足而安宁。似乎她从没有想过，这一片大水的尽处，还会有怎样的人间风景；至多，有时当远处航道上传来运煤船的轰响，她可能会静下来听一听，然后又埋头于自己欢喜的事情。

小镇有一条非常漂亮的青石老街，红莲在这里有一家店铺，主要经营莲藕生意，还取了个好听的名字，叫"莲子莲心店"。红莲一年四季忙个不停，一心一意侍弄着那些莲子、莲心和莲藕。在她的对过，则是一家当地有名的渔家菜馆，也有一个好听的名字，叫"红莲藕渔家饭"。

采莲南塘秋，莲花过人头。当运河岸边的芦苇开始有芦花飘落，那些美丽的荷花也已经花期已过，红莲就会撑一只木船，约几个伙伴，去自家的那一片荷塘里采莲子了。低头弄莲子，莲子清如水。她们总是那么小心翼翼，怕弄伤了手中的莲子，也怕惊扰了水下那些莲藕的睡梦。再过一些日子，红莲又会找一些人，把荷塘里的莲藕采上来。于是，红莲的小店，就会被红红的莲子和白生生的塘藕堆得满满盈盈，红莲也笑语盈盈，招呼着一拨一拨的客人。

小镇也有不安静的时候，那是因为越来越多的游人来到了这里。这些在闹市里疯惯了的人们，大多慕名而至，来这里享受一下暂且的安宁。可是，他们的到来，却又让这里不再那么安静。这个季节，红莲的店里总要挤满了人；他们又会说，到莲子莲心店，他们也是慕名而来，非要带一些回去。还有，这些吃腻了大鱼大肉的人们，临走前还要尝一尝地道的渔家菜，红莲就笑着指一指对过的"红莲藕"渔家饭馆，说那里的莲藕做得特好吃。

那时的红莲真的就如水上的一朵摇曳的荷花，美得出了名气，人见人爱。

来莲子店的游客，不乏有头有脸的人物，一年来了，又一年还来；父母托人给她介绍了几个大客商，可是红莲出奇地安静，把媒人婉言谢绝后，又赔罪似地给人送去上好的莲心莲子。

红莲有个哥哥在很远的都市读大学，毕业后想把红莲一起带出去，父母也劝红莲不要老在家里没出息。可是红莲总是笑笑，没答应，照例年年采莲子，卖莲子，一年四季，顺应自然，又听其自然。

后来，当水上的红荷开得正盛的季节，红莲店里的生意闲了下来，红莲也不见了。几天后，在红莲家后的运河里，在红莲的窗下，一大早忽然就来了几只迎亲的红船。迎亲的队伍在吹吹打打的乐曲声里下来，径自走进了红莲的家里。这时人们才发现，俊秀的新郎正是那渔家菜馆的主人。

草儿

1

草儿爷爷的小屋傍河而筑。河水静静流泻，两岸是漫漫漾漾片片芦苇，挺立的苇秆上有纤柔的星星草相伴相生。草儿那年出生时，正是大河的汛期，水丰草长，爷爷望着苇丛中闪闪的星星草说，就叫草儿吧。

草儿会说话会走路的时候，父母忙着地里的活计，把她放在了爷爷的小屋里，于是，草儿就成了爷爷的宝贝。爷爷在闲下来的时候，会折几片苇叶叠许多小船让草儿放进河里，还会用星星草扎成漂亮的蝈蝈笼，然后带草儿捉几只蝈蝈放进去。每早每晚，草儿就是在蝈蝈们的乐曲里醒来和睡去的。

爷爷还管着一条小船，负责摆渡两岸的乡亲。那时队里有规定，本村人过河不收钱。但爷爷心善，就是外地人上船，给钱就接着，不给也不会说什么。风里雨里，草儿早已习惯了小船的飘摇颠簸，而似乎在一转眼间，爷爷发现草儿已到了上学的年龄。

2

小学堂是从前一家大户人家的院落，很大很静的一个地方。古朴整洁的老屋，院内有十几株粗壮挺拔的梧桐。草儿一来就爱极了这个地方，星星般的双眼一眨一眨看着这陌生的一切，有些好奇，还有些朦朦胧胧的激动。

不久，草儿对这里的一切仿佛那样的熟悉。每天早上，她都是在蝈蝈的叫声里，在爷爷咿呀的摇橹声里起床，然后第一个来到学校。走进这个院落，草儿的心就会有一种难以言表的亲切静谧，还有发自心底的想探究的渴望，小小的年纪，有时却会望着盛开的梧桐花发呆。

草儿的成绩出奇的好。可是，又一年梧桐花开的时候，草儿要去河对岸的镇中学读书了。草儿似乎有些留恋，不想离开这里。

屋檐下的蝈蝈在低唱，爷爷在细细的雨丝里收拾昨晚下到河边的虾笼，草儿在床上醒着，但没有起。她在怀念那个梧桐花开的地方，爷爷看出了她的心思，草儿在回想昨夜爷爷说的那些话。

爷爷说，那座错落有致的大院子和那些古老美丽的梧桐其实属于一个很有名的人物，一个清末的举人，后来做大官进了京城。这位举人十分了得，光姨太太就有几房，都是名门闺秀。三房是京城女子学堂的一位才女，姓什么不知道，只听人叫她梧桐。后来举人大太太厉害，举人就在老家给梧桐建了这处宅院。草儿有些明白了，也知道了为何院子里会有那么多的梧桐树。

"那后来呢?"草儿眨眨眼睛。

"后来啊，"爷爷停了停，"后来，那举人就死了。"

"死了?"草儿问。这时她听见河水里有鱼翻浪的声音。

"死了。说是参加革命党,被一个很厉害的女人害死了。"

草儿知道,课本上说那个女人叫慈禧。

"再后来啊,"爷爷知道草儿还会问,接着说,"梧桐就带着两个儿子到了这个地方。"

那一晚,草儿知道了,梧桐在这个梧桐花开花落的院子里过了许多年,直到她去世了。梧桐生有两个儿子,一个叫梧,一个叫桐,但没有人知道他们最后的去向。

宛在水中央

1

少时,家乡多水,记得曾不止一次写下过这样的文字。因为,确确实实,在那些飘远了的记忆里,那一座错错落落的小村庄里,确确实实长满了大大小小的水塘。水塘里的水,四季常清,而且不增不减,每日里静静地映照着蓝天白云。

可是,这不过是留存于记忆里的影像,那些水早已不见了踪影,只可以在突然来临的雨季里,才能依稀见到它们曾经的影子。而且,当年生长芦苇,也生长游鱼的地方,早已经长满了房屋和道路。

确确实实,那些地方原来曾经长满了芦苇。每年的这个季节,应该是它们最好看的时候;柔软挺秀的躯干,婆娑青翠的叶子,如一个俊朗怡人的少年,在五月的风里翩翩起舞。

那些静静的芦苇绝不贪心,只是生长在了水渚岸边;或者长在了水中央高起的地方，给那些游鱼留出了足够自由的空间。

每年的这个时候，一定会有好事的少年来到了水岸，轻轻探出身去，采摘碧绿的芦苇的叶子。然后灵巧而飞快地折叠出大大小小的苇叶船，小心地放在那一泓碧绿的水面上。如果有风，那一只只陆续入水的小船，就会歪歪斜斜、摇摇摆摆，驶进那一圈圈微微漾开的涟漪的波心里。它们或者一圈接一圈地在那里打转转，或者，会有调皮的鱼跃上来，把一只芦苇船忽然打翻。

而且，这个季节，一定还会有不少人家采了苇叶包粽子。虽然离端午节还有些日子，空气里也可以闻得到那种稻米和苇叶混在一起的清香。那种感觉，永远无可代替，因为那种诱人的香气，早已经长在了你的心里。

那种感觉，即使过去了多少年，即使你离开了家乡多少千里遥远，也永远不会忘记。那是一种声音，仿佛离你很远，可是你知道，它们又确确实实离你很近。

就如，在这青葱的五月，你站在了岸边，看水中央的那些芦苇；那一株株的芦苇，也在看你。

2

兼葭苍苍，说的是芦苇在秋风秋阳里将飘未飘的情景。可是，这是在生机勃勃的暮春五月，而且，在那些地方，已经很少可以看得到它们；至多，只是一株或者几株，在那里孤零干枯地长着，绝没有了当年的繁茂飘逸。我知道，那些图景与感觉，永远也回不来了。

那些旧时光，虽有些青涩，却又如此地美好；那些难忘的记忆，仿佛已经远去，却又如此地清晰深刻。一如那些秀美的芦苇，仿佛就在泛着轻轻涟漪的水中飘摇着，却又够不到；也正如《诗经》里的一首名篇所写，"宛在水中央"。

在我们的人生里，还会有多少相似的情景和感觉，如此清晰，却又如此的迷茫。是我们曾经的过往，却又随风而去；如此让人感动，却又让你如此无奈。这种感觉，既要每每引诱着我们回头，又要引领着我们向前走；因为美好的回忆总是无休无止，未来的日子也仿佛无边无际。

那些择水而居的芦苇，那些择水而居的日子，那个临岸凝望的少年，那些懵懂静好的岁月。一切，如此远；一切，如此近。

那是一种对自己曾经的生活的爱，是对自己生命里的一份留恋和纪念。这种爱，会永远穿行于我们的人生岁月里。

所谓伊人，在水一方。人的一生，总会为什么而来；或者孜孜以求，或者漫不经心，或者永远也说不清楚。

也许已经如愿以偿，也许已经倾心相许；也许，只能是一种永远也看不到边际的追寻。

也许，只能如一株千年芦苇，永远在水岸守望等候，却是如此欢欣与虔诚。

上善若水

几乎一切的文明，都是因水而起；一切文明的流动，都要上溯到那最初的活水源头。

子在川上曰：逝者如斯夫，不舍昼夜。这是一句流传了千年，也将继续让人感叹千古的呼喊。岁月如歌，流年似水，当文明之水流经至孔子脚下时，人类进化的脚步，正焕发出日益灿烂的光辉。

发源于高山雪域间的那一缕清澈的雪水，几经千回百折，终于峰回路转，在这一片大地浸浸开来，创生出这个地域文明的原发地。这一片丰腴的土地，林木葱茏，草长莺飞；先民们"生于斯，歌于斯"，结绳记事，钻燧取火；这里，被世人称为中国。

商代，是最早有文字可考历史的开始。甲骨文，那些歪歪斜斜，奇形怪状的符号，是这一片文明最早的文字启蒙，也是最初的表达和记忆。它是难懂的，它又是那么美丽多姿。

青铜器，是这一片多情的土壤留给我们的奇迹。金木水火土，相生相克不已。当年它们新鲜铸造出炉，一定不会是今天出土的样子，而是美轮美奂，光彩照人，象征着尊严，演绎着高贵。千年的岁月剥蚀，千年的水浸土漫，虽早已锈迹斑驳，却掩不住那份天然的亮丽光鲜。

"浊泾清渭何当分"，泾水、渭水，本是这条大河的支流或者支流的支流。但就是这么一块地方，却在数年之后，把一枝独秀，风光一时也骄傲一时的商人取而代之。这一片文明的居民，我们叫他们周人。周代的崛起，据说是遇到了智者和高人。当初姜子牙渭水垂钓，却不设饵，河水洋洋，成就了一段历史的传奇。

孔子曾说："郁郁乎文哉，吾从周。"至此，中国文明已见洋洋大观，令人惊叹不已。这是中华文明的"百家争鸣"，也是世界文明的"轴心时代"。

《诗经》，是生发于此际的一支源头活水；它是如此难懂，却又让我们如此熟悉。诗里，也蔓延着一条河流，鲜花烂漫，芳草萋萋；采薇的女子，正在彼岸向我们招手。这里是关于美的发生地，我们的情感由此而更加妖媚曼丽。

"天不生仲尼，万古如长夜"，但孔子不是圣人。他为我们留下了文明的经典，但一部《论语》没能治天下。他只是独自一人，在文采斐然的盛世里，栖栖惶惶，知其不可而为之。也许，在不合时宜的时代，伟大的心灵都是孤独的；在乱哄哄的国度里，所有的追求，都不过是在寂寞地行走。

还有，那位周王朝藏书的管理员，在匆匆留下了洋洋洒洒五千言后，却一路西行，不再回头。"玄之又玄，众妙之门"。他的思想，正渐渐被现代的我们认可；他的预言，似乎也正在这样或那样的现实里兑现。

"黄河之水天上来，奔流到海不复回。"与这条大河源于同一片雪域高山的又一条大河，几乎与此同时，灌溉出了又一块沃野天府，孕育着另一片辉煌烂漫的文明。大河两岸，桃红柳绿，民风淳朴，水草肥美。

"我住长江头，君住长江尾。"这是一片温暖湿润的土地；江南的细雨，催生了优美迷人的风景；江南的熏风，也吹开了一位天才诗人的浪漫梦想。北有《诗经》，南有《楚辞》，同样的文质彬彬，同样的美丽感人。

"路漫漫其修远兮，吾将上下而求索。"可是，群雄并起，逐鹿中原的世纪，求索之路是何其艰难。"举世皆浊我独清，举世皆醉我独醒"，报国之心又何其无奈。沧浪之水清兮，可以濯吾缨；沧浪之水浊兮，可以濯吾足。汨罗江的一泓碧水，终于成就了一颗浪漫不屈的灵魂。

"上善若水，水善利万物而不争。"青山遮不住，毕竟东流去。大浪淘沙，流走的一去不返，留存的都是不灭的记忆。

择水而居

1

"上善若水"。多少年之前，老子就看到了水的善，也看到了人性的恶。

逝者如斯夫，不舍昼夜。在一条大河边，孔子面对浩浩荡荡的河水，发出了这样的慨叹。

其实，这样的千古一叹，不仅仅是孔子的，也一定是每个人的，因为，匆匆逝去，不再回来的，不仅是那些流水，还有那些一寸又一寸的光阴，以及随之而去的我们的生命。

"子非鱼，安知鱼之乐？"这是惠施的狡猾和迷茫。

"子非我，安知吾不知鱼之乐？"这又是庄子的放诞和达性。

那些岁月，实在是一个难得的美好时代，似乎，我们所有的思考或者感悟，都是由此而来，直到今天，那里依然是我们的文化原点和精神家园。

"关关雎鸠，在河之洲。"那里仿佛永远流水潺潺，芳草萋萋，鲜花遍野，四季如春。

"所谓伊人，在水一方。"那样的遥望和期盼，那样缥缈的等待，那样心甘情愿的联想，仿佛遥远得不能再遥远，仿佛现实得不能再现实。

伊人在哪里？这样的疑惑和纠结，这样喜悦而迷人的风景，不仅他们有，我们也有。

这样的淳朴和优美，这样原始几近于天籁的声音，这样的辛苦和努力，我们依然没有忘记。

溱与洧，方涣涣兮。士与女，方秉蕳兮。女曰"观乎？"士曰"既且。""且往观乎？"洧之外，洵訏且乐。维士与女，伊其相谑，赠之以勺药。

依然，这是《诗经》里的文字。风和日丽，春水迅流，河边的花，开得正好，一群青年男女相聚在溱、洧河间。

这时，一个女孩邀约一个男孩到一个地方去玩，男的说已经去过。

可是，他终究经不起女孩的邀请，又去了。

2

"杨柳青青江水平，闻郎江上唱歌声。"似乎，那些因水而生的风景，总是那么的美丽流畅，那些因水而来的故事，总是那样的浪漫缠绵。

可是，我们因此又知道，并不是所有的场景都是如此的美好，并不是所有的想象都如此富有诗意，也并不是所有的当事者都如此幸运。

"力拔山兮气盖世"，如此的硬汉，却也有着如水柔情。

背靠大水，面对追兵，那样的女子倒下了，为他而死，为他而生。

面对乌江，面对江东父老，终于，他没有跨过去，虽然，江水根本挡不住他的脚步。

"至今思项羽，不肯过江东。"这是一种回忆，还是一种遗憾？是一种赞美，还是一种思念？

当年，项羽的虞姬倒下了，千年之后，她的夫君也没有回来。

有一种爱，我们可以读得懂；有一种恨，我们永远读不懂。有些事，过去就过去了，有些事，我们永远忘不掉。

常记溪亭日暮，沉醉不知归路。

兴尽晚回舟，误入藕花深处。

争渡，争渡，

惊起一滩鸥鹭。

自此以后，那样无忧的率性，那样天真的幸福，那样的兴致和闲愁，再也没有了。

自此以后，宋代的词坛上，少了一个赵明诚，多了一个李清照。

"落花流水春去也，天上人间。"同样失意和无助的，还有李后主。

桃花开了的时候，那些流水就在身边。桃花谢了的时候，那些流水还在身边，可是，爱妃没有了，家国没有了。

这样的风景和回忆，情何以堪？这样的年华和守望，更与何人说？

"念去去千里烟波，暮霭沉沉楚天阔。"伊人将行，执手相送，此地一别，遥遥无期。看到的，是烟波浩渺，看不到的，是无尽的离愁。

沧浪之水清兮，可以濯吾缨。
沧浪之水浊兮，可以濯吾足。

如果我们愿意循着这些流水上溯，我们一定能够想起汨罗江边那位寻寻觅觅的三闾大夫。

应该说，有史以来，几乎所有的长叹低咏里，我们可以见得到类似的浪漫的情怀，也许见不到如此高傲倔强的灵魂。

或者说，能够和他相提并论的，还有唐代的那位最惹人注目的诗人。

"自称臣是酒中仙，天子呼来不上船。"这样的豪迈和蛮横，只有李白有。"举杯邀明月，对影成三人。"这样的孤独和自得，只有李白有。

"巴东三峡巫峡长，猿啼三声泪沾裳。"这样的感染和伤感，只有李白有。"仰天大笑出门去，我辈岂是蓬蒿人。"这样的天真和自许，只有李白有。

"桃花潭水深千尺，不及汪伦送我情。"这是他自信满满的款款深情。"吟诗作赋北窗里，万言不及一杯水。"这又是他明明白白的拷问和无可奈何的自责。

宁静或者奔腾，沉淀或者刷新，引领或者润泽，如果我们用心或者留意，会发现有太多的文字与水有关，太多的情感因水而起。

我住长江头，君住长江尾。
日日思君不见君，共饮长江水。

水，永远的源泉和载体。择水而居，是我们的幸运。

第二辑

往事随风

枣花淡淡香

　　"八月剥枣，十月获稻"，这是可以从古远的《诗经》里找得到的句子。金秋十月，秋意正浓，阳光灿烂，稻花飘香。而在初秋的八月，凉意乍起，那一树一树的红枣正压弯了枝头。

　　关于老家的记忆，应该还有那些清香四溢的枣花，还有那一树一树惹眼的红枣。

　　杏花开了梨花开，可是，枣花是一种很懒的花。一直等到梨花满地飘白，枣花依然不见踪影。

　　或许，会是在暮春的一场细雨之后，在某天的清晨，你猛然就会发现，在稀疏细碎的枣叶的顶端，长出了嫩嫩黄黄的花蕊，小米粒般的模样。枣花就这样朴实无华，静静地开放了。

　　"四月南风大麦黄，枣花未落桐阴长。"枣花的花期有多久，没有谁会去注意，只是那淡淡的清香会飘出很远，也会在村子的上空弥漫很久。也许，还会是在一个雨后的清晨，你又会发现，枝叶间那些细细小小的嫩黄不见了，而你脚下的小径上，则落满了一层薄薄的枣花。

　　"簌簌衣巾落枣花，牛衣古柳卖黄瓜"，记得外婆每年都是在这时候来到老家的。

　　那时的日子，虽不算多富足，但生活得简单而安宁。就像那些树，杏花开了梨花开；他们的生活，随季节的转换而转换。春分，清明，谷雨，绝不活。似乎没有算计，也不会有太多的希冀，一切都出于自然。

慈祥的外婆，高高细细的个子，眼睛不太好，脸色略显白皙，头发总是干干净净。一双小脚，让她走起路来总是让人担心，仿佛不太稳似的，但她又总是闲不下来。

每天，我们几个从外面回来时，饭菜早已端好。饭后，父亲和我们姊妹几个去学校，母亲去生产队挣工分；家里就她一个人，安详而忙碌，把我们的日子安排得有条有理，不慌不忙。

每年的枣花正香的时候，父亲都要从集市上买回一只小猪仔，因此，这时外婆也就额外多了一项忙碌。我们几个放学回来，或者星期天，就会去野外采猪草。马苋菜，狗尾巴花，车前草等，那时应有尽有。也是因为太顽皮，每次回来交差，总是我篮子里野菜最少，外婆就半嗔半怒地骂一句。

在外婆的照料下，那头小猪仔一日日地膘肥体壮。到年底，父亲就让人把它杀了，把猪肉给乡邻们分一些，剩下的，就可以等着把新年过得有滋有味。

老家厨房的门前，有一棵粗壮的枣树，枣树的一旁，是一只硕大的水缸。每天的清晨，我们去上学，外婆就会踏着满地的枣花，去村头的那口井里挑水。等水缸里的水满了，水面就会有枣树的影子在里面晃动，还会有一粒粒的枣花落下来。

可是，等枣花落尽，满树的青枣刚染上一抹红的时候，外婆却又要回去了；毕竟，那边还有一大家子人，有一大摊子事要面对。每次回去前，外婆总会说，什么都不要，等满树的枣红透，让我给她送过去一些就可以。还一再叮咛说，一定不要忘了。我知道，老人家爱吃枣。

记得那一年，一直到满树的枣花落尽，外婆还没有来。当然，那时候的日子，都已经好了起来，我也去了外地求学。等到秋后，满树一片片枣红的时候，忽然就传来了外婆病故的噩耗。

我总认为，外婆没有走，她只是还没有来到；或者，她正在家里，盼着我像往年一样，把那些红枣给她送过去。

可是，外婆毕竟是真的离去了。像树上那些朴实无华的枣花，只给我们留下了淡淡的清香。

后来，母亲每年去上坟时，总是不忘带上几把外婆爱吃的红枣。

稻花香，漫漫长

少时，家乡多水，村庄周围多是大大小小的池塘。雨季来临的时候，那些池塘就又都漫延成片，小村庄就仿佛成了一座突兀的岛，横卧在了水雾里。乡亲们在适宜的地块上，大者种稻，小者植柳。于是，家乡的风景，就不再是诗情画意，而是美不胜收。春季里，依依的杨柳，让整个的村子仿佛都在跟着摇曳；秋季里，则是满眼的金黄和阵阵稻香。

那时交通不是很好，乡亲们就守着这一块宝地，仿佛是在人间的一个角落里。他们没有机器，完全是靠纯体力上的劳作，换得每年丰实的生活；没有得意，没有失意，只尽心尽意地享用着这一片宁静的田园水乡。

"稻花香里说丰年，听取蛙声一片。"乡亲们不仅享用着一年四季的水乡美景，更是在期待着金秋时节的好收成。

农家的生活是清静的，但也一定是忙碌而辛苦的。可是，你如果是一个热爱生活的人，就会发现简单淳朴的田间劳作里，到处都充满了诗情画意。

单说插秧的时候，就是一个美丽的季节。艳阳下，蜻蜓频点水；柳浪里，燕子斜斜飞。但或许会是在一个傍晚，忽然就来了雨。第二天早晨，雨后初过。如果你运气好，田边的水渠里会忽然有一条不太小的鱼跃上岸来，蹦跳着来到你的脚边。

插秧是纯手工操作，更是一个技术活。巧手的人，只见双手上下翻飞，一行行秧苗，忽然从水里冒出来似的，整整齐齐排在你的眼前。等到一方田已经收工，看着那一片片绿油油的劳动成果，田间又是一阵阵欢声笑语。

当然，最迷人的还是要等到收获季节。满眼金黄，稻花飘香，蛙鸣声声。一阵风过来，稻浪会水一样从远处涌动，一直推到你的脚下。这些日子正秋高气爽，是丰收的好季节，乡亲们又是一阵子欢喜满足的忙碌。

春种一粒粟，秋收万颗子。颗粒归仓时，天气也就一天比一天见凉。等到溪畔的柳树飘下片片黄叶，在村子的周围就又能够见到许许多多高高矮矮的草垛，透着泥土和稻花的香气，弥漫在村子的大街小巷。

若是一个很好的月夜，如水的月光泻下来，沁人心脾的稻花香，真的就如一支迷人的名曲，飘飘摇摇萦绕在你身旁，又像朦朦胧胧的轻雾，直到要把人送入梦乡。然后，仿佛是一眨眼的工夫，又要把人摇醒，让你睁开眼就是清晨明媚的阳光。

那时候，稻草是个好东西，家家户户在冬季里搓草绳，打草包。这是一项不错的副业，他们也同时在淡淡的稻香里，打发着富裕而悠闲的时光。等到北风乍起，雪花飘飘，那些被厚厚的积雪覆盖着的大大小小的草垛，立刻让整个村庄变成了一幅国画里的冬雪山水。

就是在这样一个寒冷的冬季，在皑皑白雪掩映下的那些农舍里，却洋溢着阵阵温暖。此时，农闲中的一家人，就会围住一个红彤彤的火炉，在说笑声里，搓搓草绳或者打打草包。当然，也会有不少坐不住的孩子，屁股下夹把稻草，把草绳从家里搓出来，一路搓到村中间冰封的小河上。有人不小心，还会摔个跟头，然后引起一阵大笑。

坐在一架自制的打包机前，一左一右，慢悠悠地挂绳，传草，发出很有节律的"唰唰"声。我们几个躺在床上，听着这悦耳的音乐，伴着那满屋子的稻香，不知不觉就进入了香甜的梦乡。

那时农家的日子都不算富裕，但过得踏实而安宁。他们的心中，当然不乏梦想，但绝对不会有太高的奢望。就像他们赤脚在稻田里劳作，一棵棵秧苗插下去，收获的希望和喜悦也就会在心中漫上来。雪白晶亮的米，可以让他们果腹，香气四溢的稻草又可以让他们换来另外的一份收入。人生往往就是这样，简单质朴的生活，反而会让你得到最切实的快乐。

人生漫漫长，稻花悠悠香。淡淡的记忆，就如头顶上那飘逸的云，柔柔地来了，又柔柔地去了。

槐花香，微微凉

在我的记忆中，老家还有一棵老槐树，高高大大地站在院子里。祖母虽已去世多年，但每逢想起的时候，仿佛就看见了她在槐树下忙忙碌碌的样子。

那是一种家槐，不是现在流行的那种带刺，而且花香扑鼻腻甜的洋槐。每年的第一阵秋风吹过，满树就会挂满米粒般的槐花。花朵黄白相间，透着淡淡的清香，在细碎的树叶间闪闪烁烁。月色很好的夜晚，可以闻得到伴着花香送来的丝丝冰凉。

似乎在村上所有人的印象里，老槐树从来就是已经站在了那里；枝干粗壮，冠盖如云。那几间老屋，俨然成了依人的小鸟，扑在了它的脚下。有雾的清晨，轻纱般的雾气，会在细碎的叶片上凝成更加细小的水滴；一阵微风漾过来，枯萎的花蕾会伴着水滴一起落下。太阳高上来的时候，祖母已经坐在槐树下忙活了；阳光透过树叶照过来，又在树下的地面上铺满了斑斑驳驳的花朵。

在老人家的脚前身后，有时会围着几只黄白色的芦花鸡；它们或者在咯咯乱叫，或者在悠闲地踱着方步。

每年的春季，当那两只或三只老母鸡"咕咕"叫窝的时候，祖母就会把积攒下的鸡子塞在它们身下，并且认认真真地每天在墙上画道道。"鸡鸡鸡，二十一"，等到第二十一天的时候，也许会是一个黎明，也许会是一个灯火初上的傍晚，就会猛然间听到了"叽叽喳喳"的声音。祖母就会踮着小脚，忙不迭地跑过去，把刚刚出壳的小鸡仔捧在手里，笑呵呵地看个不停。以后的日子，就是用心地照料。看着一群黄洋洋、毛茸茸的雏鸡们球一样乱滚乱跑，老人家整日里忙个不停，也笑个不停。

那些可爱的鸡仔们，或者在老母鸡的带领下，呼啦啦乱跑一阵，或者挤在槐荫里，一下一下啄食落下的槐米。等到小鸡羽毛渐丰，母鸡们则会变得神态安详，公鸡们则骄傲漂亮。这时的祖母，就又会一天天地数着日子，盘算着哪几只母鸡要下蛋了，哪只公鸡可以用来招待远方的客人。

那时的孩子们，大都野性顽泼，磕着碰着是常有的事。这时便会有人找上门来，向祖母要一块老槐树上的树皮，回去给孩子熬水喝。老人家就会照例拿出两枚鸡蛋，递到来者的手里，和槐树皮一起煮了吃。这是当时十分流行的方子，专治跌打损伤。老人家大部分的鸡子，就这样送给了村里那些活泼可爱的孩子们，孩子们也就心安理得地享用着这难得的奢侈，完全忘记了身上的伤痛。

老人家就是这样，每天，都在老槐树的陪伴下忙碌着，也快乐着。可是，她有时也会有不高兴的时候。

记得有很多个夜晚，忙碌了一天的祖母一人静静坐在槐树下；月色如水，透过树叶洒下来，在地上留下了细碎的影子。微风吹过来，地上的影子又在轻轻摇动，淡淡的清香和着微微的秋凉向人扑过来。有时，会有米粒般的花蕊落下，洒在老人家花白的发梢间，然后又落在她脚下光滑的地上。她总是会轻轻地把槐花从地上拣起，然后又轻叹着一口气。

我的伯父，是哪一年离家走的？我不太清楚，是在淮海战役开始的那一年吧。那也是这样一个夜晚，十六岁的伯父跟着部队上的两个人走了，从此就打听不到任何音信。

槐花香了又落，直到三年后的一个秋天，伯父又带着两个人回来了。此时的他已是警卫连长，整个人都改了模样，显得威风凛凛。祖母踩着满院的槐花迎上去，一下子握住伯父的手，竟一句话未说，眼泪就先无声无息地落了下来。

祖母去世的时候，伯父又随军去了西藏，没能回来。现在老槐树也已经不在了，那年老房子拆迁，老人极不情愿地把它伐倒了。然后找了本家两个手艺精巧的木匠，用槐木做底，配上香椿做面，打了两套结实好看的家具。一套给了父亲，另一套，在她离世前一再叮嘱，一定等伯父回来交给他。

东学堂，西学堂

不知为什么，总是喜欢把家乡的小学校称为学堂。

最初，小学堂被设在了村子的东头。这里曾经是一大户人家的院落，偌大的一处四合院，青砖碧瓦，虽斑驳但依旧可见当年的气派。院里满是高大的梧桐，有风的时候，老屋顶上长长的茅草会摇曳着，和大片的树叶一起沙沙作响；天气很好的冬日里，灿烂的阳光会让小小的校园出奇的温暖。

小学堂的老师们，一个是年过花甲的私塾先生，还有几个是当时刚刚下喧闹。一切仿佛那么的新鲜，但在这一圈老屋的包围下，又洋溢着一种神秘。

私塾先生总是要起得比别人早，不知疲倦地在梧桐树下读他喜爱的唐诗宋词，声调高高低低，一唱一叹。等学生都到齐了，上课的钟声敲响，会把树上的宿鸟惊得扑啦啦乱飞。有雨的日子，整个村庄都静寂在一团雾霭里，学堂里朗朗的读书声，会随风飘出很远很远。第二天清晨，早起的人会听到院子里有"沙沙"的扫地声，就知道这一定是老先生，在清理被雨打落的梧桐花了。

我的父亲，就是当年下放归家的学生。三年的自然灾害和国家困难，让许多人的命运因此发生了改变。青春与梦想，就像被雨打湿了翅膀，只好听从命运的安排，和老先生一起教书育人；也在孩子们朗朗的读书声里，酝酿着另一个人生梦想。

在举国困难的年代里，虽然可以有梦想，但却不会有太多诗意的岁月；读书人可以有昂扬的人生姿态，但现实却不可能让你尽情展现。因为，生计必须面对，生活正在继续。特殊的年月，大家都在勉力生活，满肚子的委屈，也就慢慢让人变得心安理得。毕竟，能有一个安身之地，照顾好全家人的生活，比什么都重要。日出而作，日落而息，也许并不就是坏事情。当时被耽误的，不再仅仅是哪一个人的命运，而是整整的一代人。看着小学堂里孩子们天真烂漫的笑脸，父亲的身上仿佛又充满了神奇的力量。

记得在我上小学之前，小学堂已经从村东迁到了今天的村西。一排排整齐的瓦房，宽敞明亮，而且，又同样地在房前屋后栽满了梧桐。春天来了，一树一树的梧桐花，远望就是一片粉红的云，花香扑鼻，弥漫了多半个村庄。在西学堂的墙外，是好大的一片苇荡，每年秋风吹起，夕照里那些飘飞的芦花，让小学校成了人间天堂。

这时的学校，已经相当的正规，而且有了初中部。那位老先生还在，因为古文好得不得了，退而不休，成了学校的招牌。父亲这时也落实了政策，为他比谁都更加清楚，一个人的一生耽误不起。从东学堂到西学堂，是孩子们留住了这几个教师一生的光阴。

东学堂，西学堂，村里不知有多少愚顽的孩子得以从这里起步，带着那淡淡的梧桐花香，到更远的地方圆自己的人生梦想。那些苦日子仿佛已经远去，意气风发的人们，都在憧憬着更加美好的生活。

每个年代里，都会有不平常的故事，也会有曾经委屈的心灵和折断翅膀的梦想。但他们却没有停止于消沉和怨言，只是默默无闻，努力把自己的孩子培养成人，让学堂里的孩子们学有所成，也把自己曾经的梦想加在了他们身上。正如学堂里那些满树的梧桐花每年都会绽放芬芳，生活永远都在继续；虽然有时造化弄人，但只要心中装有梦想，未来就会洒满阳光。

梧桐花，只在那个季节里开放

老家的小学堂里，多年前就曾长满了这种梧桐树。记得那年入学时，它们就已经是树干高挺，冠盖如云。只是在微微晃动着的枝叶间，落下了道道五彩的阳光，然后又会有斑驳的影子在地上摇晃。整个校园，古朴幽静，却又透着灿烂神秘。

每年的春天，最让人难以忘记的，就是迎来满园的梧桐花开。那一片如云的绯红，真的可以胜过清晨的彩霞满天；那上课下课的钟声，也就淹没在了随风而来的花香里。

等忙完了一天的功课，夕阳的余晖，又让满眼的梧桐花和漫天的晚霞连在了一起，彼此掩映成一种难以言表的美丽。更不要说，当孩子们在欢声笑语里回家的时候，还会有成群结队归巢的鸟在树上跳来跳去。

在那时的记忆里，绝不会有叶落知秋的惆怅。当树上的秋蝉停止了歌唱，在秋风和阳光里，会有片片黄叶如蝴蝶般翻飞。走在落叶铺地的路上，也许会有感叹，但一定是和某种柔软和温暖有关。

这样的风景，真的是如诗如画，真实而又浪漫。即便是在下雨天，看着那些梧桐树，懵懵懂懂的孩子们，也绝不会无端生出许多凉意。他们还不识人生愁滋味，他们有的是晴天和憧憬，有的是关于春天的记忆。

"一株青玉立，千叶绿云委。"在我童年的印记里，梧桐，就如翩翩而来的君子；有婆娑的花叶，又有伟岸的身姿；有关于美的启迪和延伸，又能让人肃然而起敬意。

那些日子里，岁月仿佛无穷无尽，一日一日，用了还有，可以不慌不忙。正是在这样一个小小的地方，在人间里一个安静的角落里，在这些梧桐花的陪伴下，一个不谙世事，只知在家乡的田野间嬉戏的少年，度过了人生最初的静美时光。也因此看到了春天的美丽和喧闹，看懂了烂漫和热烈之后，所有的生长，都要转入沉静的力量。

远方的林

这条路在田野和树林间穿行着，是由多年前人工造河时剩余的泥土堆积而成，但却不再是林荫小道，因为路面足够宽，路的两侧，除了树，就是各种野花野草。黄土的松软，使得整个路面极其平坦，曲曲折折，又伴着日夜奔涌的一河碧水，直通向那片浩浩渺渺的大湖。

陪伴在路两旁的树的品种极杂，有高挺的杨，有沉静的榆，还有婆娑的槐，且都有了不少的年头，郁郁葱葱。有人家住的地方，一定会有几株低低矮矮的桃树。于是，一路走来的景致，也就高高下下，丰富多彩，一年四季，风情无限。

那些树不是花，所以你不能说，什么时候它们最美；它们生长在那里，什么时候都是一种风景。而且，无数棵不同的树集结在一起，行走其间，就仿佛来到了那莽莽苍苍的森林里。其实，树的风景几乎是相似的，无论它们生在何方，无论它们是绿叶满枝，还是落叶满地，都会引领着你对它们仰视，以至于敬畏。

与这些树隔河相望的，是不远处的一片山峦，起起伏伏，或凸或凹。最近的一座，从此岸看去，竟像极了日本的富士山。每次路过，都要让人禁不住观看而且惊叹，世间竟有如此相近的神奇。每天的清晨，阳光就从那一片山头上漫过来，然后此岸每棵树的绿叶上，立时染上了太阳的金光。

走在路上，除了身边有各种鸟的叫声与你做伴，树下也有无数的不知名的小花，像是野草丛里的眼睛在一闪一闪，还会有堤上人家的小屋，掩映于稀稀疏疏的树木之中。看到他们不慌不忙，慢腾腾劳作的样子，真要把过路人羡慕死。林子是如此幽静，他们是如此悠闲。那些错错落落的树，围住了他们的小屋，小屋的后面，无一例外，都是耸立着一道高而黑的烟囱。讲究些的，会用地上的乱枝围住一个篱笆小院；不讲究的，则干脆四面开放，而且夜不闭户，也正好让那些大大小小的鸡，随意地跑来跑去。

这一片天地，当然会一季有一季的色彩和风格。不用说春天的嫩枝与夏天的翠叶，也不用说秋季到来，你简直就是踩在了落叶铺就的金黄色地毯上；单是等到枯叶飘尽，那些在鹅毛大雪里精神抖擞的枝丫，就是冬季里的一幅名画。或者是在有雾的日子，仿佛什么都隐去了，只听得到堤下河流的声音。阳光高上来的时候，那些隐约可见的枝丫，又仿佛是河中的桅杆。此时的你，会真的就以为自己正在江上的一只行船上。

多年前，不知曾在这片林子里穿越过多少次，也流连过多少次，也正是从这里经过和出发，开始了自己的人生之旅。

春天里

惊蛰早过，春天回来了，有空中那欢快的雁叫声为证，还有，校园里的三叶草在灿烂的阳光里已铺成一片惹眼的绿意。这是每一个人都喜爱的季节，但春暖花开的惬意和草长莺飞的美丽，还是要耐心等些日子。

春天是每一个梦想苏醒的季节，也是每一个生命个体生机勃发的开始，春天，让人充满了期待和畅想。可是我又深深地知道，我敬爱的父亲再也不能够享用这美丽的季节了，我再也不能够看到他每天早出晚归地散步，一心一意地侍弄他的花草，还有，我给他买下的那些书，有许多都未来得及看完。

我的生命和生活，也由此而突然改变。忽然感到过去的四十年，全部都是冒失与莽撞，也忽然想到，父亲生前的言传身教对我是多么的重要。往事一幕一幕，忽然间被一种力量唤回，从懵懂的孩童到现在，一切都变得分外清晰。但一切又只能是回忆，再也不能和他一起谈论那些遥远的日子。我宁愿相信，在那高高的云端，能够看见父亲的影子。

我不会轻易说爱一个人有多深，对于父亲，我更多的是理解和敬重。尤其在他这一年来治疗的日子里，他对病痛的忍耐和对生的渴望，让你想起就会泪流不止。他自己决不会想到会走得那么突然，虽然他对此十分冷静和坦然。当一个生命逝去的时候，我不知道是否真的会有灵魂的永存，我只能够在这温暖的春夜，仰望星空，不断寻找哪一颗是他的眼睛。

死去原知万事空。对于逝者，也许可以安息，但对于生者，他们的离去却难以让人安宁。时光流转，生生不息，我当然明白，老去和更新是天地间永恒的法则。但我更明白，世间万物，无论如何变易，终将会有一种东西被人永远铭记，那就是相濡以沫朝夕相伴的亲情。在这美丽可人的春天，我只愿自己能够快乐起来，一如往日的自由和自在，只愿自己尽快走出伤痛，把失去亲人的哀思化作淡淡的怀想，伴着缕缕春风，送达那高高的云端，告诉他老人家，来世，还做你的儿子。

父母在，不远游

古人笃信天人合一，因此我们的节日总是那么别致。源于天地自然，又总要和我们的记忆连在了一起，与美丽的季节相关，又总是要我们心生感动。当那一个个节日精灵似的来到我们身边，缀满了我们的生命和生活，也唤醒了我们的记忆。

"尘世难逢开口笑，菊花须插满头归"，岁岁重阳，今又重阳，每逢此时，就会让人想起杜牧的诗句。古老的《易经》里，以九为阳数，九九则是纯阳之象，九九重阳，是吉利而值得庆贺的日子；九九重阳，与"久久"同音，九在数字中是最大数，有长久长寿的含意，又代表着我们敬老爱老的美好祝愿。

秋天，是如此灿烂美丽，又是如此宁静深沉。孔子说："父母之年，不可不知也。一则以喜，一则以惧。"这位仁者总是让我们感动，在这个乍寒还暖的季节里，我不知道，该不该留下一些文字。

人家还没有离去。人都走远了，还记这些干什么呢。父亲生前就曾说，一定不要留照片，不给孩子们留下影子。也许父亲是对的，但曾经的音容笑貌还在，那些教诲和庭训也会永远记在心里。

都说清明才是我们怀念故人的日子，那些曾经的记忆，在清明的蒙蒙细雨里，会把我们的心思打湿。而在重阳节的日子里，当我们看到那些依然健在的老人们，那些沧桑而又天真的笑脸，让我们是那样的欢欣鼓舞。可是，当一个人孤独地走了，却把另一个人孤独地留下来的时候，这个艳阳高照的好天气，竟又让人感到几丝淡淡的忧伤。

"谁言寸草心，报得三春晖。"这是父亲生前喜欢念叨的诗句，有两次我记得清清楚楚。一次，是在我那年求学外出，母亲给我缝补衣服，父亲在一旁半开玩笑半认真地吟着，"慈母手中线，游子身上衣"，眼泪差一点没掉下来。我知道当年求学的艰辛，也明白父亲的期望。一次，是老人家病危从医院归家的车上，一路话语不断，叮咛不断，意识已经模糊的父亲，竟又清晰地吟出了"谁言寸草心，报得三春晖"，这一次，眼泪再也止不住了。我当然知道，这是他放心不下年迈的母亲。今天可以告慰他的是，母亲虽年事已高，但身体尚好，一切不用挂心。

"死去何所道，托体同山阿。"以父亲的坦荡和释然，在与病魔做斗争的那些日子里，早已经把生死置之度外，也不会视死别为畏途。只是在这个温暖如春的节日里，当那个给了你生命，疼你爱你伴你成长的人离你而去，永远不能再见的时候，仅仅靠祝愿和回想，就可以抚慰我们的心灵了吗？

在那些伤痛的日子里，曾经写下一些文字，可是至今藏在邮箱里，不敢再去打开，怕自己流泪，也怕老人家不高兴。人生易老天难老，天地之间，无论伟大，还是平凡，面对日月流转，真的就是白驹过隙，忽然而已。每年每年陪伴我们的那些节日，让我们感动开心，也会让我们伤怀失意。那些过去的岁月，留下了我们的记忆，也会让我们在未来的日子里，好好珍惜自己的生命和生活。

父母在，不远游。一个人无论能够走得多远，都会在这些节日里停留一下脚步。父母健在的日子，当然是我们最大的幸福；父母不在的时候，那些怀念也许就是我们最好的安慰和陪伴。

无路可逃

三妹打电话来，说，父亲的生前好友来了。

我立时无言，愕然，甚至有些恼怒。

电话那边说，母亲一人在家不好招待，要我马上过去。

我不是走不开，我知道自己应该过去看一看。

可是，我不想走，也不能走。

这位突然出现的老人，是父亲多年前的好友。他们曾一起考取济南农校，又一起在那个艰难的岁月里被下放回家，若干年后，国家落实政策，又一起去母校补领了毕业证。

由于相隔遥远，几十年来，他们很少往来，可是我明白他们交情极深。在几乎一模一样的人生境遇里，他们从健壮青春走到了风烛残年，只是父亲比他早走了一步。

可是，就在到来之前，老人并不知道父亲离世的消息。他也许一直认为，身体一向比他好的挚友应该还健在，还在家里一直等候他的到来。

老人就这样出现了，不是早一步或者晚一步的遗憾，只是有些尴尬，有些揪心。

我能够想象老人一路奔走的风尘和兴奋，却不愿意相信老人进门之后的哀伤和惊异。

老人对母亲说，自己身体不好，怕万一哪天不在了，特意赶过来看看。

可是，有生之年，他看到了想看的吗？

我更不能想象，当他和母亲面面相觑，那会是怎样的一种情状。可是，无论如何，我知道那将是一种怎样的无奈和哀伤。

我知道，我应该回去，即使是出于一种礼节。可是，我不想面对那一幕，无论别人理解或者不理解。

有些相遇，除了落荒而逃，你别无选择。

生活已经平静如水，曾经的音容笑貌仿佛渐渐了无痕迹，却经不起突然的轻轻一揭，一切重又恍如昨日，历历在心。

心灵的伤痛不是肉体的伤痕，永远不会有真正愈合的时候。当那个人渐渐离你远去，当你能够安心打理着当下自己的生活，却忽然明白，人世间永远会有一种躲不开的哀伤，人生最真最深的痛苦，都是无言的。

这个有点漫长的秋季，阳光如春天般的灿烂温暖，就是在那个乍暖还寒的春天里，父亲永远地离去了。

可是，到访的这位老人并不知道，他只是知道自己的好友还活着，他只想在这个美好的季节里和他畅谈，一如往日的相知相惜。

我终于没有回去，也不想看到老人哀伤失望的样子。

少小离家老大回

"少小离家老大回，乡音无改鬓毛衰。"第一次见到这一句诗，自己还不过是一个懵懂少年，只知道整日无忧无虑地嬉戏于家乡的山水田野间。等到再想起回味这些难忘的文字时，仿佛是一转眼间，几十年的光阴早已经不见了踪影。

年华似水，故乡的那条河还在，那些流水还在，可是，当年那个在阳光下弄水的少年，今天去了哪里？浮生如梦，当一切已经成为过去，当你想回头看看自己来时的足迹，却又忽然发现，美梦成真的愿望和浪漫，也许不过是一句最无用的话语。

少小离家老大回，你难以琢磨自己是一种怎样的感觉和心情。有亲切，更有局促；有温暖，也有惆怅。是一种放松，还应该有丝丝缕缕的沉重。

村头的那些老树，依旧是那样的熟悉；田间的那些新坟，却又是如此陌生。每天的太阳，依然是从河对岸的柳林上空升起；黄昏时分，夕阳的余晖照过来，老家的模样依稀可见当年的美丽迷人。

一年四季，风景仿佛依旧。多少年过去了，多少个季节过去了。记忆里的一切和正在进行中的一切，正如路上来来往往的行人，每个季节，每个日子里都在擦肩而过。时间的流水，正在让一切回忆成为愈来愈远的往事，又让当下的一切，瞬间成为过去。

"儿童相见不相识，笑问客从何处来。"纵然无人这样问你，当你离老家越来越近的时候，都会有这样的亲切和疑问。可是，我不是客人，这是我的不会忘记自己当年那些外出求学的日子。每次回家，父母都是忙里忙外，像是迎接和招待一个远方的客人；那份拳拳深情，仿佛岁月愈长，记忆里的场景就愈深刻清晰。忽然想到，他们风雨一生，仿佛只愿意付出，从未在意回报。也忽然想到，自己总是索取太多，给予太少。每次回去，都是满心的感激，也会有说不出的小心。

少小离家老大回，每一个游子的心路应该是一样的。无论多久，无论多远，无论你身在何方，无论你何时归来。

那些星光灿烂的日子

1

后半夜起来，见半轮明月不见了影子，黑色的夜幕上，点点繁星，闪闪烁烁着。

它们是如此遥远，此时它们又仿佛就在你的头上，一抬手就可以够得到。可是等你真的踮起脚，伸出手，仰起头，却又明白那不过是一种妄想。它们永远只在遥远的高空，离你那么远，而且早已经存在了千万亿年，比我们人类不知要早了多少光阴。

真正的凌晨还未来临，眼前是一片看不见的黑，说看不见，其实黑色就在你的眼前。这一团黑色不知由何而来，只让你感觉到它的真实存在。它就在你的周围而且正在把你包围，可是，你又不可能捕捉到它的一丝一缕。

这样的空间，你是安宁的，又是朦胧的。可是这安宁又让你有了一丝小小的躁动，这样的朦朦胧胧，又会让你想努力睁大了眼睛，想拨开这一层黑

"黑夜给了我黑色的眼睛，我却用它来寻找光明。"忽然就想起了顾城的句子，这首只有两行的小诗，后来震动了整个诗坛。当年的顾城想表达什么，我不知道。可是今夜，我却真正看到了诗的妙处和夜的妙处，尤其是有那些点点星火陪伴的时候。

我知道，东方那颗最明亮的叫启明星，等它看不见的时候，就是清晨，新的一天就要开始了。而且，等到夕阳西下，黄昏来临，夜开始的时候，西方的天幕上，也会出现一颗明亮的星星，叫长庚星。其实，它们是一颗星，虽然一个东方，一个西方，一天出现两次。也许，我们很少看到它们，我们只是知道低头忙碌着我们的日子。

可是，就这样，它们一来一往，我们人生里一天的光阴就不见了；而且，它们明天照样升起，不知道，它们的日子有没有尽头。

没有这样用心地仰望满天星斗，已经多久了？真的就回忆不起来了。可是，关于那些灿烂星光的记忆，此际，却从遥远的地方突然来到了眼前。

2

有人说，童年，即是一个人的全部生涯，过完了童年，也就过完了一生。童年的经历对一个人的影响有多大，我们或许不好推测，我们只是知道，童年里有着我们终生不能抹去的印痕。很多的时候，不经意间，童年里的美好记忆就会浮现在我们心头。

在童年和少年的记忆里，有着太多关于夜晚里满天星星的回忆，那些回忆历久弥新，伴着今夜的点点星光，就这样不知不觉来到了眼前。

在那些遥远而美丽的回忆里，有老家那一弯欢快的河水，有河岸上的凄凄碧草，有林子里热烈的蝉鸣，有村落上空那袅袅炊烟的剪影。

黄昏晚饭过后，父母就会扫净了院子，在几条长凳上架起苇箔，然后铺上洁白光滑的席子。于是，一家人就在上面乘凉，聊天，看星星。当然，其间一定少不了我们姊妹几个的打闹和斗嘴。

凉风习习，暑热渐退。母亲在一旁不紧不慢、不声不响地用一把蒲扇拍打着蚊子，父亲则在一旁一面喝茶，一面给我们讲他脑子里似乎永远也讲不完的历史典故。

月色很好的夜晚，老榆树会在干净的地上留下长长的暗影，从稀稀落落的枝叶间，会洒下来斑斑点点的月光，它们和那些闪闪烁烁的星光一起辉映着，扮靓了整个村庄和原野的夜晚。

没有月光的时候，夜空里的星星就会分外的多，密密麻麻，仿佛挤不开似的凑在一起。它们真的仿佛离你很近很近，就像今夜，让你感到一抬手就可以够得到。

不知有多少次，伴着淡淡的草香和阵阵凉风，在父母无言的呵护下，几个孩子渐渐进入了甜美的梦乡。也就是在这些朦胧的星光和迷人的夜色里，跟父亲认识了许多星座，也因此知道了嫦娥飞天和牛郎织女的传说。

3

相信每个人对于年少时的记忆都是刻骨铭心的。也许，成年以后会忽然发现，只有走进那一片记忆，才会找得到本真而安宁的自己，那些时光因此诱惑着我们频频回头。今天的我们是如此的匆匆忙忙甚至狼狈不堪，生命的自由和欢乐，被生活的重负和规则打扰得一片灰色和混乱。那些日子，就如今夜头顶上的星光，我虽然可感受得到它们的光照，却再也回不去，再也不能够亲临其境了。

我们看苏童的作品，那些文字，印象最深刻的也许就是年少时光的记叙和故事。他的作品，固执地认定了一个人的早年对于以后人生的莫大影响。而且，他的作品，也都是一成不变地用一个少年的眼光忧郁地打量着这个世界，仿佛时光的流逝并不重要。在他的笔下，人性和情感永远不会变化，变化的只是季节的轮回，只是一代又一代的新生和老去。

现在，或许没有谁再愿意真的回到那个年代，也没有谁会一整个晚上躺在那里看星星。虽然，那样的时光是如此的惬意、安详与宁静。而且，现在的日子里，再也不会有人不知疲倦地给你扇扇子、打蚊子；也不会有人每晚给你有声有色、语重心长地讲故事了。

因为，时光永远都不会倒流。今夜，那片星空还在，给你讲故事的那个人却永远地走了。

真的，已经很久没有像今夜，这样一个人静静地在星光下，静静地发呆，然后抬起头来，茫然而又分外清醒地看着那些星星。可是我又清楚地知道，不久它们就会消弭了身影，我又得回身继续我的生活。

在岁月的流逝中，我们一路走来，疲惫、坎坷、得意、失落。似乎，我们历经的岁月愈多，就愈发愿意回眸那些曾经的日子，无论世事如何变化。

可是，那些欢乐的场景，那些挥之不去的童话般的梦，那些宁静而自由的力量，又都藏在了哪里呢？

生活都是真实的，回忆都是诗意的

1

很早的时候，就没来由地喜欢郁达夫的文字，喜欢从他笔下自然流出的那种哀而不伤的忧郁；相信在所有关于秋的文字里，《故都的秋》，一定应该是能够让人记住和值得永远回忆的一篇。

秋天，无论在什么地方的秋天，总是好的；可是啊，北国的秋，却特别地来得清，来得静，来得悲凉。

这是开篇即见的文字。寥寥数语，看似轻描淡写，其实我们由此看到了他的心。这是他熟悉的秋天里故都的景致，可是身在异乡的"我"却再也看不见，只能够在回忆里，才可以找得到那些丝丝缕缕的影子。

北国的槐树，也是一种能使人联想起秋来的点缀。像花而又不是花的那一种落蕊，早晨起来，会铺得满地。脚踏上去，声音也没有，气味也没有，只能感出一点点极微细极柔软的触觉。扫街的在树影下一阵扫后，灰土上留下来的一条条扫帚的丝纹，看起来既觉得细腻，又觉得清闲，潜意识下并且还觉得有点儿落寞，古人所说的梧桐一叶而天下知秋的遥想，大约也就在这些深沉的地方。

这一段描摹，真的是妙极了。清冷，萧索，闲适，无奈何的落寞，甚至，还会有隐隐约约的槐花香。

"一层秋雨一层凉了"，这是他记忆里初秋的风景和况味；当然，"七八月之交，是北国的清秋的佳日"，可是，这"一年之中最好也没有的 Golden Days"，却又和乍暖还寒的早春季节是何其的相似。尤其，当我们踏着那些去年秋天里的落叶，在清明节里匆匆赶回老家的时候。

"故园肠断处，日夜柳条新。"或许，不必去古诗堆里翻捡那些远去的咏叹和记忆。这样的一个季节里的风景和情意，其实和那时没有什么两样；这样的一个日子里，你什么都可以想，也可以什么都不想，因为所有呈现于眼前的都是真实的，所有逝去的永远不会再回头。

2

这个季节，即使有花，也只是稀稀落落，很惹眼地挂在枝头，然后飘飘荡荡，在风中摇曳着。早上还是星星点点满树的美丽，也许黄昏却变成了溪边满地的落英。路旁的草，正努力向上生长着，在层层叠叠的枯草丛里，展露着春天的绿意。这个季节，还不是万紫千红春意闹，更何况，又一个惹人回忆或者伤怀的日子正在来临。

清明，一个无可替代的日子，在这样一个季节里来临，真的是恰到好处。有些许秋天的清冷和萧瑟，却没有严冬的凛冽与寒意；有已经醒来的春天的欣悦和宁静，还没有盛夏的喧闹和热烈。这样的日子里，最适于渲染一种情绪；即使没有雨，也会有淡淡的凉意和怀念的忧伤，而且，也会有掩不去的关于春天畅想的美丽。

歌德《诗与真》的回忆录中曾说，生活的真实是真，而今天他的回忆是诗。是的，这是一种多么洒脱高明的人生境界。天之大德曰生，生生不息而又逝者如斯。在这个季节里，面对那些花落花开，我们只能如此安排我们的行程和思绪，然后安顿我们的灵魂和人生。我们也只能去亲人们的坟前走一遭，然后回来继续我们的生活。往年鲜活的音容笑貌，只能化作挥之不去的温暖记忆，而所有曾经在一起的日子，早已经变得诗意而美丽，无论那些岁月曾经是多么痛苦或艰辛。

是的，如果起点是爱和善，终点都是美的。

是的，生活都是真实的，回忆都是诗意的。

3

这早春和那些初秋的风景，是何其的相仿，包括那些况味和感觉。

这样的日子，也许是细雨霏霏，也许是阳光明媚。走在路上，我们会遇到许多人，匆匆而来，匆匆而去，仿佛丢失了什么，又仿佛找回了什么。

似乎，我们无时无刻不在辛苦奔波；有应该的忙碌，也有不应该的忙碌。岁月永远像一首不知疲倦的歌，每一个旋律都在空气里浮动着不同的味道，或悲或喜。也只有在这样的日子里，才让我们忽然想起应该回头回忆那些也许还不太远的记忆，也应该怀念那些永远也忘不掉的思绪。

"死去何所道，托体同山阿。"其实，我们最不应该惧怕的就是死亡；因为从来到这个世界的第一天起，每一个人就已经面对了这道难题。虽然，它是如此让人望而生畏；虽然，当真的要离开这个世界的时候，我们是如此不忍和不舍。

一场春雨一层暖。清明之后，真正的春天，就要来临了。

春和秋，这是两种不同的力量和方向：或者走向温暖和热烈，或者走向寒冷和空寂。而且，春去了，秋来了，这种转换一年四季轮回不止。

或许，我们的悲剧或者遗憾正在于，四季可以轮回，我们的人生无论如何不能够。我们可以尽心享受四季里的灿烂阳光和花开花落，可是，我们享受了多少日子，也就没有了多少日子。幼稚和成熟，茁壮和衰老，其实各占了我们生命的四分之一。

如果时光能够倒流，那将是人生里一件多么欢乐的事情。可是，时光留给我们的，只有回忆和记忆；至多，我们只是在梦中见到他们匆匆离去的背影。

一个个新生正在到来，一个个长者正在离去。一个个日子正在来到，一个个日子也正在消失。我们拥有的越多，最终属于我们的也就会越少。

人生有酒须当醉，一滴何曾到九泉。这一天，让我们看到了脚下坚实的土地，看到了阳光照耀下的野花和小草，也闻到了久违了的亲情的味道。

生活都是真实的，回忆都是诗意的。更加珍惜生活，为了自己，也为了我们所爱的人。

伊妹儿

　　伊妹儿要走了。她要离开这个地方，离开这个山清水秀的小城，虽然这里的一切曾经是那么让她心仪。

　　她的离去，不是因为别的原因，是因为她感到，这里的一切她已经太熟悉，或者说，她更喜欢流浪与陌生。

　　她害怕这种熟悉。她唯一放不下的，是她的顶顶和多多。

　　顶顶是一只狗。是她初来这里时，在街上捡到的。近三年的时光，她和它总是形影不离，伊妹儿去公司上班，顶顶就老老实实地待在自己的房间里。

　　第一次看到它，伊妹儿就喜欢上了顶顶。小巧而白的身子，毛茸茸的尾巴上，只在末端顶着一点黑色。它摇来摇去的时候，就像一颗闪闪的星星，又让伊妹儿想起了小时候在杂技团里看过的顶碗节目。

　　这是一只很聪明的狗。每逢伊妹儿起床后，他们一起吃过早餐，它就在一旁静静地看伊妹儿梳妆打扮，它知道伊妹儿就要去上班了。当伊妹儿把那只小巧的肩包挎上，它就摇摇尾巴，老老实实趴进自己的小窝里，一直到它的主人回来。等伊妹儿下班回来，开开门，最先看到的，就是顶顶在对她摇着尾巴。

　　伊妹儿去购物或者去散步，总要带上顶顶。她对它一招呼，它立即就会窜到门外，然后无论主人走到哪里，它总也走不丢。伊妹儿可以不用管它，只管放心自己做事。

　　可是，等伊妹儿已经收拾好一切，招呼顶顶时，它却一动不动，只是把漂亮的尾巴不情愿地摇了摇。

还有，伊妹儿在这里生活的三年里，在小区的一处废旧的房子里收养了十几只猫。这些流浪猫，都曾经是主人们爱得不得了的宠物，但是后来却又把它们抛弃了。伊妹儿把它们集中起来，每天下班第一件事，就是去市场买猫食。久而久之，这些可怜的猫们不再到处乱跑和流浪，吃饱后，就在那里老老实实晒太阳。

一开始，是一只，两只，后来是三只，五只。等多到十几只的时候，伊妹儿给它们起了一个共同的名字，叫多多。每逢给它们喂食，它们就从四面八方跑过来，把伊妹儿像个公主似的围在了中间。

可是，伊妹儿真的要走了，她已经给自己选好了要去的地方。临走的时候，她一再叮嘱房东，不要伤害顶顶，如果新来的主人不喜欢它，就把它重新放回到大街上。

伊妹儿在一个地方安顿下来，打开电脑，发现自己的邮箱里多了很多的邮件。其中，有公司主管，有曾经的同事，还有曾经向她示爱的帅哥。他们说，都对她的离开感到惋惜，并说，在一起的日子里，如果有冒犯和得罪，让伊妹儿一定原谅，并祝她永远快乐。

伊妹儿合上了电脑，仿佛合上了那些往事。

伊妹儿最不放心的，还是她的顶顶和那些猫们。

雨季

在中国古代的诗文里，写雨的文字俯拾即是。缺少了雨，古远的文明便失去了那份润泽洒脱和灵秀。"南朝四百八十寺，多少楼台烟雨中"，这分明是一幅天然的水墨山水。"夜来风雨声，花落知多少"，每个人的一生里，不知有多少次是睡在了风里雨里。

也许，最古老的咏雨诗要去《诗经》里寻找。"昔我往矣，杨柳依依。今我来兮，雨雪霏霏。"这一句真是美极了，任你看一眼就可以永远记在心里。它像一卷画，把一个出门在外旅人的思归心情表达得淋漓而且诗意：回想当初出征时，杨柳依依随风吹；如今回来路途中，大雪纷纷满天飞。"何当共剪西窗烛，却话巴山夜雨时。"当重逢和团聚已成为眼前的现实，无论多么苦苦的思念都会变成美好的回忆。

不一样的时空，却会成为相同的雨季，不期而至的忧郁，油然而生的期冀，我们的先人从来就笃信天人相通。由自然而人文，我们没有理由不赋予雨很多的情怀，或感伤追思，或快乐欢欣。

"清明时节雨纷纷，路上行人欲断魂。"这已是一句每一个中国人耳熟能详的句子。离我们最近的那个人走了，最爱我们的那个人走了，我们只能借着这冷丝丝的清明雨寄托对逝者的回忆。在每个人短短的一生里，应该放下的东西有很多，可是我们放不下的东西也会有很多。不是吗？

"好雨知时节，当春乃发生。随风潜入夜，润物细无声。"在这样的一个季节，在这样的一个雨夜，每一颗有感觉的心都会是湿润而且温暖的。"沾衣欲湿杏花雨，吹面不寒杨柳风。"这或许已经不是在写风景，是风景里的我们拥抱了整个的春天。

秋风秋雨愁煞人。词人李清照似乎从未感到过雨的润泽和温情，落笔就是愁苦与冰冷。"梧桐更兼细雨，到黄昏，点点滴滴"。冷冷的秋雨一下一下直打在飘摇的梧桐叶上，也打在了词人的心上。"这次第，怎一个愁字了得"。李清照，写雨也真是了得，让人感动，更让人揪心。

我们所有的感情，似乎都会与季节相关。雨季似乎永远不会终结，那雨一直淋着，春夏秋冬，年复一年。冰冷而且温暖，凄迷而且诗意，热烈而且缠绵。

"最难忘的不是下雨天，是和你一起躲过雨的那个屋檐"。雨季来临的时候，我们谁也躲不过。不是吗？

大海

在看了最后一眼大海后，我恋恋不舍地回来了，但却不能够带走她的一丝气息。

站在大海边，你无法说出是一种什么样的感觉，但却可以忘却身外的一切，甚而包括你自己。眼前唯有那一片大水，唯有那些不知疲倦的海浪，还有那一轮冉冉升起的太阳。刹那间，阳光在浪尖上弥散开来，你的心也在涌动翻卷，弥漫扩张。置身海边，你的过去以及你曾经的存在都不在了，身外与身后的一切都没了印象。一切那么纯净无染，大海把人的一切淘空，让你回到原生的质朴和纯真。一切尘土尘事不复存在，一切烦恼郁闷随风而去。

一位妈妈领着孩子走过来，孩子撒手向海里跑去，但没走多远就停下了脚步，海浪正迎面涌来。在大海面前，什么都是渺小的，包括我们人类自己。大海创生一切，又包容一切，容纳一切，又藐视一切。在她面前，我们永远是长不大的孩子，大海，是我们最初和最终的家园。

很多的时候，人真的是一个怪物，在家待久了，想出去，在外面待久了，想回来。其实，无论我们身置何处，面对的不过就是自己的心灵，我们每到一个地方，其实就是想身处天地之间，让灵魂与自然对话。在大海面前，她不是要感动你，而是能够改变你，让你忘却和更新，让你吐尽铅尘，吸纳海风。没有一个字可以形容大海，我们所喜欢的美丽不适合她，因为，大海不是一种风景。

晚上去万平口，看海浪翻涌，听涛声阵阵。耳畔忽然响起"月光水岸"的旋律，那么亲切，那么熟悉。我感动极了，虽然今晚没有月光，但内心却溢满了感激和怀想，仿佛月光正洒在身上，赤脚走在沙滩上，真想就这样一直走下去。曾经的感动是那么让人感觉温暖，往日的温情更加让人难忘。此情此景，真的是天造地设吗？此时此刻，你又在哪里呢？

临来的那天早上，又只身去了海边，依旧是阳光，大海，沙滩。阳光暖暖地照着，一阵海风吹过，却油然而生一丝淡淡的忧伤。人真的是太奇怪，是叹韶华易逝吗，是伤风情不再吗，还是因为一个人在日光海岸边孤独地行走？那种温暖与忧伤相缠相绕的感觉无法言语和诉说。也许，这天地世间，那些最能够打动人的东西大都让你说不出来，也不必言语。就像我们来看海，除了拥有那份亲近，感动和体悟，你离去时，什么也带不走。

今夕何夕

明月几时有，把酒问青天。

不知天上宫阙，今夕是何年？

苏东坡真的是一位难得的天才，千百年来，当他抬头问天的时候，也一起把我们的思绪和情感打开。今夕何夕？其实从来就没有人能够真正忘记。因为，能够留存于我们记忆里的，从来就不需要被想起。

中国人的节日总是非常别致，源于天地自然，又总要和我们的记忆连在了一起。也许，我们真的应该把那些沉甸甸的心思和岁月打结，在那一个个情意盎然的节日里释放。子在川上曰，"逝者如斯夫"，我们之所以回望那些节日，是想留住那些曾经的记忆。我们的岁月没有空空流走，不经意间都化作了那些曾经的悲欢离合。

"不应有恨，此事古难全"，是这样的吗？可是，这世间又会有许多事，让你记住那些欢乐和感动，也让你记住那些惆怅与悔恨。"床前明月光，疑是地上霜。"过去的一切，也许不会再重现，但也许会在你一转头间化为眼前的幻想。"举头望明月，低头思故乡。"一俯一仰之间，不知我们是想起了一些人，还是忘却了一些事？"山中无甲子，寒尽不知年。"如果真的有这样的桃园胜地，苏轼也许就不会把酒问青天了。

杜甫在《七夕》中说道：牵牛出河西，织女处其东。万古永相望，七夕谁见同。七夕，其实是一个分离的日子，"盈盈一水间，脉脉不得语"。但我们却相互期许来日的团聚，纵然是天各一方，却期盼着让再见成为可能。"但愿人长久，千里共婵娟。"也许，七夕的夜里不会有如水的月光，但柔情似水，也愿佳期不再如梦。今夜星光灿烂，无论在天上，还是在人间，有多少浪漫美好的恋情在演绎，又有多少相知相慰的心灵仰望长天彼此祝愿。

"月上柳梢头，人约黄昏后。"中国人的情感总是那样含蓄诗意曲折缠绵，是一种别样的浪漫和温暖。他们往往把思念藏进心里，在等待中独自品味享受另一个人的美好，也在期盼中寄托那份淡淡的哀怨。就如七夕夜的月光，皎洁朦胧，又淡淡如水。我们可以仰望，却无法抵达。虽然身沐其中，却又是可以感受，而不能够找得到。

"今夕何夕，得见良人。"也许，七夕的夜里，应该会有绵绵的细雨，有丝丝的凉意，又有阵阵温暖，点滴到天明。或者，枕着那些未了的心事，让雨打芭蕉，伴你入眠。

第三辑

春花秋月

四季如秋

天凉了，不用说，这个季节，最适合写一些怀念的文字。

不用去听那夜间点滴的雨，不用去看夕阳里那片飘落的叶。枝头已挂满金色的果，阳光灿烂里，还有盛开的花，花丛里，有两只美丽的蝴蝶在蹁跹起舞。

晴空万里的时候，忽然过来一缕自由的云，飘逸得让你想飞。夜晚仰视星空，会有凉凉的雾打湿你的脸。

仿佛已经来到秋季，仿佛又不是秋季。

河边，有凄凄碧草在迎风招摇；岸上，有不知名的小花，在草丛里眨着眼睛。满河的秋水，在不知疲倦地流动，远处，有打鱼的船在顶风扯帆；一排排南归的雁，正鸣叫着，高飞过你的头顶。

秋天，是如此让你感动，让人的感觉不再莽撞迷茫，而是走向成熟与沉静，我们的生活逐渐舍弃铺张与亢奋，由此归于健壮和朴素。

这个季节，你可以回想春天的花，冬季的雪；也可以在一个好日子里，背起行囊远游；或者，在一个雨后的黄昏，看门前低飞的燕，忽然落入寻常百姓家。

一切，仿佛都还未曾远去；一切，都仿佛在眼前发生。理想的生活，已经是可见的现实；生活的理想，正在明媚的阳光里兑现。

"人烟寒橘柚，秋色老梧桐。"这是李白的感叹，但现在还不是时候，那样的感觉和色彩要耐心等到深秋。至多，你只是在每晚甜甜的梦里，忽然就听见了，深一声或者浅一声的虫鸣。

四季如秋，人生如歌。在这美丽的季节，还会有一个个特别的日子，在不远处等待着我们。佳节思亲，人之常情。中国人的节日，总是那么的诗意，与浪漫的季节相关，又让节日把人的心灵点亮。

海上生明月，天涯共此时。中秋的夜晚，也许不会有月光，但要让那些思念的潮水漫开，让美好的祝愿，随漫漫夜风飘向远方。

春之梦，夏之生，秋之思，冬之静。四季轮回，把人间打扮得如此的绚烂，美丽而安静。

秋夜以及清晨和阳光

秋夜，有零星的雨。

没有风，雨落下来，一下一下，极其细微，但清晰可辨；间或，会露出半圆的月亮。

或许，这就是人到中年的心境。有些冷清，有些落寞，享受着平淡，还有些许的冲动。

暗夜，仿佛一张黑色的大幕，或明或暗的灯光，反而成了陪衬。

雨停了，耳畔依然有滴答的声响，是墙上的钟，不知疲倦，仿佛日月没有尽头。望着那面墙，我听到了自己的心跳。又忽然想到，远方的女儿，一定已经进入香甜的梦乡。

在即将来到的冬季，一定要一心一意读一本书。不是为了什么，是自己觉得必要。也许会在一场大雪后开始，停止一切尘事，只让阳光进来，眼前只有文字和思想。

暗夜，让人看不见自己；那些失眠的人，看到了夜里以及白天里的一切，只是不想睁大了眼睛。

唧唧的虫鸣突然消失，漫野的庄稼突然消失；夜色洋溢着泥土的芳香，地里的种子在孕育着春天的梦。

看到了鲁迅后花园里的那两棵枣树，和那奇怪而高的夜空，以及冬雪里的野草，雪下面有蝴蝶的呓语。

清晨，有薄薄的轻雾，凉而润。被夜隐藏的一切，陆续回归应该的位置。只是远方的景物成了水面上的岛，那些桅杆，其实是浮在雾里的树。

桌上一杯清茶，清晨的阳光漫过来，茶香在阳光里缠绕弥漫；窗台上，是一盆吊兰，油绿而椭圆的叶子里，满挤着红色的小碎花。

秋雨，必不可少，但多了，就是浪费。

在这个早春的季节里

几日前的灿烂温暖忽然不见了，早上起来的时候，天气还没有完全地晴好。灰而白的空中，有些明亮，也有些压抑，几乎没有风，只听得见匆匆忙忙的喧闹。这个早晨，一切都醒过来了，可是没有看到太阳，而且，似乎还有些东西，依然还没有真正到来。

走在路上，眼前忽然飘来丝丝点点的雪花，抬头看，大块的铅云下，有白而晶莹的小东西正断断续续地落下来，落在了你的脸上和脖颈里，让你感到了一丝冰凉，还有几丝惊喜。

新的一天又开始了，伴着这灰而白的天和朦朦胧胧的阳光，还有这悠然而至的细细的雪花。

春寒料峭，忽而想到了这样一个词。可是，到现在为止，却不能够确切地说出它的真正含义；或许，这个季节里，就应该是这样的一种感觉吧。记得小时候读书，只是觉得这个词很新鲜，也很美丽。虽然很喜欢，却从未曾认认真真地查阅或者感悟过它的真切含义。那么，春寒料峭，描摹的就是眼前这一幅早春意境吗？

除了室内的那些花草，除了那些刚刚返青的田野里的麦苗，还看不到一株经冬的树长出新叶；它们只是把秃而尖的枝丫斜向高空。它们只接受那些鸟们的来访，或者，在阳光消失后的暗夜里，又在点点星光的陪伴下，迎来又一个日子的来临。

天空忽然亮了许多，雪花也不见了。眼前仿佛有看不见的光在晃动，可是在地上却寻不到一丝影子，太阳始终没能够从那层云里出来。这是一种很奇妙的情致，好像有什么要发生，其实什么都未曾发生；好像会有一个新的开始，可是却什么也抓不着，就如眼前的那些光和那些消失了的雪花。

今冬几乎无雪，我们也就这样过来了，然后，迎来了春天的脚步。这些悠然而来又悄然而去的雪花，让人又想起了雪天的风景和一个冬季的诗意，以及那些曾经的梦想和往事。

吹面不寒杨柳风？不是的，现在还不是时候。那些风景和感觉，要等到那些高挺的杨树的脚下铺满了"毛毛虫"，要等到河边那些婆娑的柳树的柔枝上抽出了嫩黄的叶之后。

"人间四月芳菲尽，山寺桃花始盛开。"怡人骀荡的杨柳风，同样会带给人间另一片粉红烂漫的惊艳，可是，现在依然不是时候。那些美丽而心仪的风景，当然会随季节的轮回再次来到我们身边，可是，它们的到来也须让人有着足够的耐心和等候。

桃花雪，清明雨。春天，尤其在这早春时节，这些正在到来的日子，也仿佛正要把人的感觉和记忆唤醒，带给你希冀与畅想。也许，当草长莺飞，百花争艳的时候，新的一年才真正开始。

当春天正在来临

子在川上曰，逝者如斯夫。似水流年，流年似水。年年岁岁，随那流水逝去的，不只是两岸的花香和落叶，也不只是那些徘徊飘荡的天光云影，还应该有岸边人的满怀期许以及那一声轻轻的叹息。

"最是人间留不住，朱颜辞镜花辞树。"可是，明媚的春天，正在向我们走来，又是一季春暖花开的日子。幸福与快乐，其实很简单。无论是陌上花开，还是遭遇几丝春雨，都应该是生命里的一种恩典和享受。

也许，在哀痛与伤心的阴影之下，我们离真实的自我最接近。当太多的东西已经时过境迁，当曾经的梦想和旖旎的青春已然悄然远去，不禁自问：我在哪里？我在干什么？那些约定和遥望，能否如春天里的花，再一次来到眼前？

"吾所以有大患者，为吾有身；及吾无身，吾又何患？"其实，不必责怪自己的肉身，或许，更多的时候，人生的种种颠倒处，是那一颗灵魂在自扰自忧而已。

喧闹而奔忙的世界，每个人都有自己的故事，也会永远有着比你强和比你弱的人。我们，不能说谁最完美，每一个人，只能尽善尽美。或者，在尽可能多的时候，不要对美德视而不见。最好的选择是：善待这个世界，善待他人，善待我们自己。

被迫生活着是痛苦的，眼界的局限，注定了我们自以为做得极其自然的事情，不过是另外一种勉强。在内心生活得更严肃或者不再苛求生活的人，才会在外表上生活得更朴素和也更真诚。在一个奢华浪费的年代，我们真正需要的东西，其实非常微乎其微。优于别人并不高贵，真正的高贵，应该是优于过去的自己。

美丽烂漫的春天正在来临，能够和你心爱的人长相厮守，真的会是人生里一件非常惬意欢乐的事情。当然，你的心爱之人，或者远在千里之外，或者就日夜陪伴在你的身旁。

午后

已经是几日的铅云密布。这个午后，天气还没有完全地晴好，但太阳的圆脸还是顽强地穿透了灰白的薄云；金色的阳光又透过窗子照进了室内，也洒在了眼前的地上。于是，小小的室内的风景，立时就被分成了阴阳两个世界。那被灿烂的阳光罩住了的一半，又立时焕发出一种异样的光彩。

窗台上的那盆吊兰，正在由暗黄转为葱绿，碎小而圆的叶片，正努力挺直了腰身，对着太阳笑。那株经冬的仙人掌，却还是老样子，仿佛不用理睬季节的转换和阳光的到来。

这是一幅简约美妙的静物图，阳光也仿佛静止了。和它们一起静止的，还有人的大脑以及思绪。只有杯中普洱茶馥郁的清香，伴着阵阵腾起的水汽，在阳光的照耀里，袅袅娜娜，荡漾漂浮着。

很好的阳光里，继续看书。是陈村的《四十胡说》，一本文字朴实然而装帧精美的集子，内容都是作者 1993 年的点滴记述。这一年，正是自己读大学的时候，忽然就有了情绪和感觉。但那些记忆和场景，虽然很熟悉也很难忘，却又仿佛很陌生很遥远了。毕竟，那些往事都是发生在另一个世纪，而且，自己也早已经不是过去的自己了。

陈村说，那些文字，都是自己用每一天的人生写出来的；就像一个信佛的人，手捻佛珠，每一个句子，都是在捻着自己的心肠和心事。是的，人到中年，除了要不停地向前走，很多的时候，更是愿意回头看一看来路。

屋内很温暖，也很安静。虽然还会有一阵阵的欢声笑语从外面传来，可是，我只想默默地看我的书，或者打量着那些阳光。也忽然觉得，自己是越来越不愿意言语了。除非是情绪很好或者是酒喝高了的时候。更多的时间里，只想静静地待着，或者不知疲倦地看书。

窗外，还有些许微冷的风。窗前的那棵树上，还不见一片新叶，光秃的枝条，在没有遮拦的阳光里摇晃着。忽然想到，这样的日子里，还会有人奔忙在不同的路上，也许为了生计，也许为了心中的梦想。

也忽然感到，佛家说，一切实相皆是虚妄，一切念想都是执悟；那么，眼前和当下的一切是什么，四十年来的一切是什么？如果说，佛在我心，我心即佛，那么，我们的心，又该去哪里留驻？

在这个晴朗的日子里

天气晴好，碧空如洗，万里无云。天地间只有阳光在尽情地照着，渲染着一种好心情。还会有阵阵的寒风吹来，但只要你宅在家里，不去外面满世界乱走，尽可以用心享用着这个季节里阳光的灿烂迷人和宁静温暖。

又闻到了久违的茶香。真的应该感谢茶的诞生，否则，我们的生活也许不会有如此的感觉和回味。那一株株朴实无华的茶树，日夜汲取了天地间的精华，又把一枚枚同样朴实无华的芽尖奉献给我们，让我们因此才得到了生活的些许美好，也品尝着人生的醇香和美丽。杯盏留香、唇齿生香的时候，不仅丰富了我们的生活，陶冶了我们的情操，更让你在那些茶尖的浮浮沉沉和馥郁醇香的腾腾挪挪里，看清了世间事，也悟透了人间情。

真正的好茶，有淡淡的苦，更有悠长的香，足以让你回味不已。这，正如我们静下心来回望来路，正如我们心存感激时回味自己的人生和生活。每个人都会有着不一样的人生，也正在不同的生活里行进着。当我们真正看清人生的面目和生活的目的，那感觉和醒悟，也许正如你真正品出了一杯好茶的滋味。

好茶也正如好书，永远让你念念难忘而且爱不释手。在晴好的日子里，收拾一下那些曾经心仪不已的书，其实就是收拾和整理自己的思想和感悟。翻翻那些沉默的书，一定会给你一个好心情。那些书很安静，却可以让你欣喜不已甚而情不自禁，或者又让你沉静而入旧日往事。它们又是如此忠实，一定永远在那里陪伴着你，在你需要时，一定可以在那里得到也许是意料之外的收获和帮助。

人生如梦，为欢几何？不是的，真实而切近的人生本不应该如此忧郁。当你的人生已经过半，我们会忽然发现：也许，在我们的人生里，欢笑与忧伤，笑声和泪水大约一样多。无论哪一种情绪和感受，最终都会沉淀为你回想和感动的资本和财富。悠长的人生里，或许不可以没有美丽的梦想，但真正的生活其实不是梦，无论现在和未来，还是那些往事和记忆。

人生若寄，如白驹过隙？不是的，人生的路，也不应该如此匆忙和慌张。不要太苛刻于自己，也不要太为难他人。"最憎明镜里，黑白半头时"，岁月匆匆，冷暖自知。该放弃的应该放弃，该坚持的一定坚持，能担当的责无旁贷。无论我们心生何念，该来的一定会来，要走的一定会走；失去的也许永远不再回头，迟到的也许才能真正属于自己。

每个人都是赤条条来到人间，又最终一无所有地离世而去。不必期许人生的尽善尽美，凡是生活给予我们的，都应该欣然接纳。对己多一些提问和检查，对人多一份问候和关心。无论成就多寡，要紧的，也许是让自己的灵魂得到安顿和从容。

有欲而不执着于欲，有求而不拘泥于求。心静如水，依物随形，凡事只要尽心，也就是到达了理想和极致，剩下的，也就只有明月清泉在怀的静谧与释然。

阳光的畅想

天气很好，夕阳西下的时候，于是想出去走走。

太阳的红脸，仿佛就在我的前面，就在那一片树林子的上方，美丽的光漫过来，引诱着我向前去。

可是，等我走近那片树林，我分明听到了鸟的歌唱，那些鸟就在我头顶旁的枝上。太阳却不见了，它又卧在了不远处的又一片林子的上空，红光满面，得意扬扬。再一转眼，它竟然不见了踪影，只看得到西方彩霞满天。那些归巢的鸟，在光和影里一阵子乱飞。

我知道，我的脚步永远也赶不上太阳的脚步；也知道，我的目光将永远追逐着太阳的光和影，然后在地上留下自己的影子。

阳光不见的时候，我们也许就进入了甜美的梦乡。太阳又会让星光陪伴着我们入眠，或者，有时候让月光来到了我们身旁。如果没有那些烦恼忙碌以及辛苦和风雨，我们是多么悠闲而且幸福。

忽然就想起了远古的夸父追日，那是一个神话，也是一种向往；他最后口渴而死，可是他丢弃的手杖，却化成了一片桃林。而且，那一片缤纷的桃林究竟藏在了哪里？是陶渊明的那一方天地和他的理想吗？

忽然想到了尼采，这位在大自然的自由殿堂里，找到了真实的快乐的哲学家，犹如石雕一般纯朴，最后却死于孤独。虽然他曾说，"我是太阳，不知道索取，只知道给予"；虽然他曾在诗里写道："银白的，轻捷地，像一条鱼，我的小舟驶向远方。"

我又仿佛看到了多雨的江南，阳光在那里一定会更加迷人而且让人留恋。那些亭子般的花伞，他们一定会随身携带，雨来了挡雨，雨停了遮阳。那些古色古香的小镇上，满溪的流水里，一定漂荡着两岸的花香。

又想到了东北的红高粱和莫言的世界。那些红彤彤的庄稼，就像一个个喝足了"女儿红"的大汉，在风中摇曳着躯体，同时把阳光的力量变成了东北的粮仓。

同时想起了曾经的面朝黄土背朝天，以及与阳光亲密接触的岁月。在多少个那样的日子里，阳光催熟着一季又一季的秋天，也浸染着我们的每一寸肌肤以及灵魂。

月夜随想

秋天的好处，不仅在于白昼的碧空如洗，尤在于夜晚月色的皎洁明亮。秋季的月光仿佛分外的清净润泽，沐浴其中，有隐约着的冷冷的感觉，更有一种摄人心魄的力量。

也许，已经很久没有认真地享受它们的照耀和洗礼了，至少，没能去空旷的野外，一个什么也没有的地方，去仰望星空。我知道，那曾经是一种多么惬意的事情。周围一个人都没有，什么声音也没有，我几乎忘却了自己的存在，月光水一样泻在身上，我仿佛听到了水的声音。远处那些在月光下腾起的雾，又仿佛传过来丝丝微微的声响。

可是，我没有去。只是坐井观天般地对它们匆匆一瞥，它们很孤独，我也很孤独。虽然，有时候它们会静悄悄地来到我的窗前，可是，那时候我又进入了梦乡。它们是如此的宁静而且安详，这个月走了，下个月又来了，永远在缺缺圆圆中，关心着人间的悲欢离合。

日月为明。当然没有阳光，也就没有了月光；我们的世界将不仅冷清，而且黑暗。可是，没有了月光，我们所有的漫步和修行，将不再具有意义和象征。而且，没有了月光，我们将不知道月球的存在，它只是我们见不到的一颗星星。

"举头望明月，低头思故乡。"没有了月光，中国的所有文字将黯然失色，不再是一种情感，也不能表达任何一种思想。没有了月光，就没有了那一低头的怀想，也就没有了那些一抬头的遥望。

"明月松间照，清泉石上流。"没有了月光，几乎一切的风景将猛然改观，不再是我们眼前的欢乐，也不再是我们内心的寄托。

"今人不见古时月，今月曾经照古人。"中国的文字就是那么曼妙，言说着你的感叹，也让你感叹着它的美丽和伤感。

"月上柳梢头，人约黄昏后。"没有了月光，也许就没有了那些娇羞与温柔。

"但愿人长久，千里共婵娟。"没有月光的日子，所有的聚聚散散将不再与月光有关。因为所有的风月并非没有尽头；有人在月光下相聚，有人却要在月夜里分手。

最好还是选一个初冬的日子，一个月夜，天地间什么也没有，只有地上的薄霜，只有静静的月光，最好还会有凉凉的雾水打在头上。眼前的一切，朦胧得仿佛不能再朦胧。此际的你，却清醒得无法再清醒。可是，几乎是与此同时，又会有某一种情感油然而生，随月光里的雾潜滋暗长。

静夜思

夜，是如此寂静而空，只让人感觉到自己的心跳，只允许你听到墙上的钟声。一切，都被夜色占据着。可是我又知道，一切，又都在暗夜里伏着。太阳出来的一刹那，它们将回归原来的模样。

此时，我突然看见了自己的存在，因为身后有一条我永远也甩不掉的影子。我是如此寂寞而且自由，也许，灯光也不需要。因为我想进一步看清我的存在。也只有在最彻底的黑暗里，我才能有最真切的感觉。一心一意，只关注我的位置，只剩下我的呼吸以及我的思想。

那些暗淡而亮的星光，不会打扰我。它们离我们太远，一束光抵达人间的旅程，也许就是我们每一个人一生的光阴。是它们制造了夜与昼，却要在白昼里隐去，在暗夜里显现。

明天的天气一定不错，即使清晨有雾。那些黄叶，在阳光下灿烂着。微风一吹，就懒而散地飘下来。又一阵风来，落叶马上又飘向他处，或者，又回到空中飞舞。

忽然就想到了曹操的《短歌行》和那些深沉的文字，"绕树三匝，何枝可依"，是指那些此时正在树上酣睡的鸟，还是指那些泥土里的叶子？

"譬如朝露，去日苦多。"我的岁月，就这样一天天地过着。落叶飘走的，是一去不回头的光阴。阳光是如此灿烂，可是我们留不住它的温暖。只有夜里的星光，让我觉得，人生是如此短，岁月是如此长。

月亮下去的时候，依然没有风，依然只有星星。那些隐约着的树，连个影子都没有。那些灯光，一定很孤独，仿佛没有根，浮在了空中。灯光里，有人在追赶着自己的影子。忽然又想起了那篇《天上的街市》，不知道那里有没有人，提着灯笼在走。

有时候有声音响起，就像平坦而沉静的湖面上，投进一枚石子，那波心的涟漪，荡漾着，也弥漫着。又仿佛一滴洇在宣纸上的墨，浸染着，占据了夜的空间，然后又被静夜吞没。

我知道，黑夜很快就要过去，仿佛是一个时代就要结束，一个时代正在到来，如此循环往复不止，但却不再是轮回。

真的希望明天阳光不要来，没有阳光的日子，我们也可以过得很好，就像今夜。一切都依然继续着，无论生长，还是衰亡。

或许，最好在不太远的日子里，下一场雪，然后和女儿一起去野外疯跑。除了阳光、星星和猫，她最喜欢雪。

五月没有花季

春天去了，一抹抹新绿的惊喜，早已经化作了满枝蓬勃的郁郁葱葱；油亮的叶子，在阳光里如一个英俊健硕的少年，正在风里翩翩起舞。

一入五月，梧桐花谢了的时候，眼前忽然不见了那一树一树的花季。没有了花的装扮，绿叶似乎不再是一种美丽和风景。

转换是如此快捷，仿佛让人猝不及防。不知道，五月里，还会有什么花，在灿烂的阳光里绽放。

每年，次第盛开的花，都会带给我们无限的欣喜，也让我们开春就见到了美丽的色彩和人生的希冀。每年，它们又会留给我们无尽的失落和惋惜；花开花落的时候，如果不是两种境界，就是两样心情。

五月，几乎所有惹人注目的花，都已经过了花期。它们的影子，即使留在了我们心中，它们的美丽，却早已经淡出了我们的视线之外。五月的天空，几乎都是一片绿叶的世界；阳光和雨水，足以让它们生长得饱满热情，如一片汪洋恣肆的绿地，让人感到什么才是真正的春深似海。

五月没有花季。可是，无论花开，还是花落，都一定是一种生长；无论鲜花，还是绿叶，都注定会成为某种风景。

油菜花，无疑是一道亮丽的风景。可是，不知道，五月里的小麦花，算不算一种美丽的开放。这是一种比油菜花更朴素的生长，它们的色彩淹没在了一望无际的麦浪里。我们几乎看不到它们的存在，虽然它们也许就在我们身边。

生如夏花，是在说生命的易逝和短暂。不知道这感叹，是不是缘于这不起眼的小麦花。

只要有阳光，它们就会热烈而不张扬地开放；只要有风，它们就会完成生命里一个最重要的转换，然后在属于自己的季节里，把沉甸甸的果实呈献给人间。

这是一种花期比昙花还要短暂的花朵，平均开放时间不过十几分钟。如此的短暂，让人几乎没有时间欣赏它们的美丽，也没有时间闻得到它们的芳香。

生命是如此的神奇，季节是如此的神奇。所有的生命，都会有飘香灿烂的花季，所有的生命，都会选择生长。五月里没有花季，只有蓬蓬勃勃的绿色。

任何一种生命，美丽和绚烂之后，都必然会转入某种沉默和宁静，然后才能完成成熟和生长。绚烂、喧闹、沉静，每个生长季节里，都会有不同的主角和主题。

这样一个绿叶掩映的午后，于窗前看窗外阳光灿烂的世界，无论你正处在人生的哪一个季节，都一定会感叹生命的欢乐和美好。

也许，想起那些远去的日子，也许，正期待着一场不太遥远的约定。无论拒绝或者接受，无论兴奋还是伤感，一切正在离去，一切也正在到来。

四季如水

没有风，只有雨安静地落着。时疏时密的雨里，依然有鸟的叫声传来。

好雨知时节，是的。可是，真正的好雨，却不一定要落在春天的早晨或者某一季的夜里。只要下得清新而且安宁，明亮而且柔软，哪一季的雨，都是好的。

也许，最有意味的，当是在雨将落未落之际。一切，都在一种静默里等待着。仿佛有风，一切又都纹丝不动。一只偶尔飞起的鸟，却突然惊扰了高空隐约着的那一抹树梢。

眼前仿佛有什么东西，可是你看不见。一切即将蓄势待发，却又被明明暗暗的光罩着。就在你仿佛要沉静入冥的时候，大大小小的雨点就忽然下来了。就这样，一切都活了，一切都在雨里淋着，一切都成了雨的陪伴。

也许，最美的不是下雨天，是那些随雨而来的思绪和风景。无论哪一个季节，当雨真正来临的时候，什么都躲不过。

属于秋的日子里，似乎只能看到一种成长的美丽，或者某种历经风雨的成熟。如水的时光，只把那些传说或者故事，留给未来冬天雪地里的童话，或者只是等待来年的春暖花开。

在属于秋的季节里，当然一定会有几场像样的雨。来来回回，缠绵徘徊。就是这样的雨，才让我们真正领略了秋的况味。

这样的雨，会一直下着。一日，两日，等到第三日的夜里，那种风景就不再是一种品位和享受，也许就成了一种等待、不安和折磨。也许，正是在如此的等待和折磨里，曾催生过多少寂寞忧伤的文字。

四季如水，人生几何。我们的人生之河，正是在其中新旧交替，世代轮回，我们所有关于生命的感悟，也就藏在了其中。只是，它们有时又要浮出水面，于是我们有时对生活哭，有时又要对生活笑。

春夏秋冬，寒来暑往，四季的温热冷暖终究会让人明白：有时候，变化了的，并不是天上那一朵朵美丽飘逸的云，而是置身于尘世间的我们，是我们的内心。人生和生活，其实并没有欺骗任何人。

当秋季正在来临

1

是的，秋天的脚步近了。可是，真正的秋天还未来临。

虽然，那些茂树依旧满眼葱茏，满世界里的阳光，一如往日的辉煌热烈。

还见不到真正属于秋的那种落叶，那些风仿佛来自于那一片树林，让你忽然就有了阵阵凉意和由此而生的季节流转的感觉。

天空重又变得湛蓝宁静而且高远，有时候，连一丝云都不来打扰，只有不知名的鸟们偶尔一飞而过。可是，也许过不了多少日子，就在你不经意抬头仰望的时候，就会看到一些北来的大雁鸣叫着，在寒风的驱赶下，飞往更加温暖的南方的家园。

这样的迁徙和回归，是阳光的力量，是季节的力量，也是生命的力量。

2

夜半醒来，见月色满床，转过身来，又见半轮明月悬挂在西天。

早晨，阳光正好的时候，纤尘无染的空中飘来了丝丝缕缕的云，就在那一抹白云的旁边，见那半轮明月依然斜挂在那里，把一个苍白干净的脸呈给人看。

那些鸟们，照旧在树间跳跃着，每天，日出而来，日落而归。在那些闪闪发光的枝叶间，依旧有蝉的叫声传来。这些在地下的黑暗里待了几年的小生物，全然不顾夏季的炎热，也全然不知树下人世间的忙碌和烦扰，只顾尽性而自由地歌唱着，直到西风劲起，直到那些黄叶落尽。

3

"春花秋月何时了，往事知多少。"眼下虽有一弯秋月可赏，可是秋的况味还不够，还没有足够的秋夜的清冷，也还没有秋月如雪的皎洁和苍茫。那些春天的花，仿佛还在眼前，却又仿佛已经走了很远很远。对于它们，我们只还有某种感觉，再也回忆不起它们当初的惊艳和美丽；如果想再回到那些曾经相似的日子，再看到它们的笑脸，也只有等到下一个季节的来临。

在如水的月光里，夜有时候真是静得出奇，让你怀疑是不是自己的听觉有了问题，也让你感到，这一片安静的夜，又仿佛有什么声响在哪里，可是你听不到，无论你如何努力。

宁静的夜，没有什么来打扰。可是就在这时，却忽然有了几声虫鸣，如此的清晰，陪伴了这孤寂的夜，也装点了你的心。

可是，一直没有雨，只有这初秋的夜虫，在不知疲倦地吟唱。然后，第二天又是灿烂热情的阳光。

4

"床前明月光，疑是地上霜。"可是这样的境况和感觉，现在还不是时候；至多，是在早晨散步的时候，路旁的草，会把沁凉的露水打湿了你的裤脚。

而且，这样的季节，朦朦胧胧的雾也没有。

"举头望明月，低头思故乡。"也许，这样的夜晚里，你不会有这样的失落，因为你不是漂泊他乡的游子。你只是在这样的季节里，感到了某种莫名的惆怅。

夏至，小暑，大暑，立秋。朝朝暮暮，暮暮朝朝，日子就这样过去，季节一个接一个来临。除了一种淡泊宁静的心情，无论欣喜还是失意，一切都没有了踪影。

在这来来去去的中间，我们得到了许多，也因此失去了许多。当我们在此时此地回头或者向前遥望，其中真正属于自己或者我们真正想要的，只有我们自己知道。

日光如河，岁月如歌

1

记不清有多少个日子了，阳光都是如此的好，而且，六月里的太阳已经很有力量。田野里的庄稼，仿佛一夜之间就被催熟晒干，然后又一转眼间没有了踪影，只留下光秃秃的大地给人看。只有太阳在炙热地照着，满目荒芜，也满目热烈。

阳光是如此猛烈而且明亮，照在你的脸上和身上，也照在你脚下的土地上。前方，依然是一望无际的阳光，如一片光之海。你又会发现，此时你就是沐在了阳光的河里，阳光如水，无遮无拦。你可以看得见，却又摸不着；感觉是如此强烈，可是你又仿佛不知道它们来自哪里。抬头看那一轮太阳，却又要被晃晕了眼，不让你看清它的真切模样。

在这样的一条河里，阳光照在皮肤上，由温暖而燥热。不久却又会感到一丝难以言表的冰凉。没有风，阳光就这样使劲地照着，淹没了一切，让一切无处躲藏，也无法阻挡。

阳光又仿佛消弭掉了许多的声响，空气里原有的嘈杂忽而宁静许多，只让你听见了那些光的燃烧和流淌。可是，它又如一片空寂无物的沙洲，看不到一丝一缕时光的影子。

红墙碧瓦，还有那些树，都在这日光的河里静默着。在这样的阳光下，那些陆地上的鲜花会更加的萎靡不振，也只有水面上的那些荷莲，才会挺直了腰身，把一季的娇艳呈现得更加完美迷人。

2

湛蓝而深的空中，不是没有云，可是它们一出现，马上就被日光照没了身影，只留一种淡淡的灰色印记在遥远的高空，然后又高傲地俯视这一片阳光独占下的世界。

阳光是如此明亮，那已不是一种温暖而灿烂的照耀，而是一种强加于你的力量。这种力量又让一切无处躲藏。这种力量甚至改变了往日的风景，更多的人躲在了阳光照不到的地方，例如那些高楼大厦的重重帷幕之后。于是除了依旧匆匆忙忙的人流，又到处都是玻璃幕墙诡异刺眼的光芒。而且，就在这瑰丽光辉的背后，一切活动照常进行着。无论善恶美丑，无论肮脏还是干净，挡不住的。所谓消失，只不过是一种错觉。

忽然想到，在拉萨，这座闻名遐迩的日光城，一定是每日里都照耀着如此辉煌的阳光。阳光普照下的山路之上，每日里一定是跪满了朝圣的信徒，他们一步一叩首，向着心中的布达拉宫，虔诚地行进着。他们口中念念有词，诵着心中的真言，禅意如歌。在他们的头顶上，日光正如水般倾泻着，时光也正如一条流逝的河流，悄无声息地把他们身后的影子带走。

这些如水的日光，却又如一团火，把河里的一切都点燃了。生命和非生命，都一起在这些光里燃烧着，直到夕阳西下，就又在升起的月色里留下一团暗淡模糊的影子。

在这条光之河里，一切都躲不开被照耀，也躲不开被带走。在这水一样的光里，一切都在生长，一切也都在老去，无论生老病死，无论爱恨情仇。

日光如河，岁月如歌。这骄傲无比的日光，正俯瞰脚下的一切，也正引领着万物苍生，一直向前走，谁也无法回头。

岁月如梦，人生如花

几乎每天，我都是在鸟的叫声里醒来。那些鸟，在树上吵闹着，跳跃着，阳光照过来，葱绿的叶子在风中闪闪发光。

今天，不会有往日灿然若花的阳光，浮云的背后，隐约看到了太阳的白脸。雨后初晴未晴，天地一片苍茫，像笼着一个迷蒙的梦。

可是，昨夜的梦境里，呈现的也许不是这样的一种情状与风景。无论晴朗明艳，还是阴郁茫茫，醒来的日子最为真实，真实得触手可及。你必须接着昨夜里有梦的日子走下去，白天、黑夜、阳光、风雨，这就是你的人生岁月。

谁家的墙上，乱爬着丝瓜碧绿的秧蔓，数朵黄花朝天挺立着，明亮娇艳而又孤零飘摇，如一首陶渊明的诗，又如一幅梵高的画。这，是一种背景，更是一种点缀。就这样，入了你的眼，更入了你的心。

或许，更能够美化生活的，应该是那一丛月季。这月走了，下月还来，美丽守时，从不失约。把你的日子打扮得既有情调，又不过分热闹。让你的心情，犹如花开花落，有伤感，又会有惊艳。可是，随花开花落如约而至的，依然会有一个又一个日子的来临。无论季节冷暖，无论天气阴晴，无论你情绪好坏。

和月季分外相似的，是更加迷人的玫瑰。送人玫瑰手，至今有余香。玫瑰之美，也许不仅在于爱情，而在于一种情怀的浪漫。人生如花，这样的浪漫，让我们在每一季如梦如花的岁月，尽享生命的美丽和静好。

一个个日子正在过去，一个个日子也正在来到，真正属于我们的阳光和梦想还会有多少？也许，当那些属于我们的时光渐渐远去，当历经沧桑和灿烂之后终会发现：岁月如梦，人生如花。梦在远方，花样的美丽和诗意，就在自己心里和身边。

或者是酒，或者是落叶

无论我们有多少留恋与感受，没有谁可以留得住岁月的脚步；无论我们曾有过多少欢乐和痛苦，一切都只能成为往事或者历史。至多，我们只是在不经意间，或者在你真正静下来的时候，那些记忆和往事会一起浮上心头。

新的一年正在来临，无论面对的是怎样的一种逻辑或者现实，生活依然在继续。想停下来，不可能的，至多，是没有了慌张，也没有了欣喜。平静的背后是一种淡然，也是一种无奈；多少光阴就此消失，不再回头。日与夜的更替，仿佛是那样的缓慢，一年的光阴，却又仿佛是一抬头一转眼。当站在了旧年的尽处回望，忽然觉得岁月越来越长，属于自己的日子却越来越短。

一年四季，每季都会有不同的风景。风风雨雨，朝朝暮暮，以后的日月里，还会遇到什么人？还会发生什么事？

没有什么可以从头再来。未来的正在来着，过去的永远不会再见。所谓来世和轮回，不过是一个最美丽的谎言。在这虚无缥缈的许诺里，我们做着今生今世兑现不了的梦。

人生如茶，慢慢品的时候，有丝丝的苦涩，还会有缕缕的清香。记忆里那些斑斑驳驳的日子，那些点点滴滴关于往事的记忆，只能是酒，或者是落叶。

有些东西，时间越久，越让人感到岁月沉淀的醇美香甜，正如一坛陈年好酒。那些日子，已经尘封许久，没有了当初的喜怒哀乐，也不再关乎世间的悲欢离合。只要你还愿意回想，不必完全打开，稍加触碰，你就可以依稀看见自己当年的影子。那是一种熟悉亲切的召唤，是你曾经走来的岁月。

有些东西，却只可以化作落叶，或者沉入泥土，或者任凭风吹雨打去。那埋入地下的，一定会伴着新年的风雨，酝酿催生着又一个季节的到来，让我们在未来的春天，再一次看到灿烂阳光里美丽的花朵。

四月

一个好得不能再好的日子。

除了高而蓝的天，满世界里，都是太阳洒下来的光。蓝天下的一切，都被这金色光笼住了，它们静默着，温顺而且明亮。

近处的景物仿佛更近了，远处的景物却又因此被放大了许多。远远近近，明明暗暗，所谓影子的产生或者存在，几乎可以忽略不计。

没有一丝云，也没有一丝风，一只鸟飞过的时候，你甚至听到了它的羽毛的振动。整个世界，仿佛被什么凝住了，一种因此而生的力量，却又让一切元素鲜活不已，就如一团滴在纸上的墨，在某种方式里慢慢地洇开，张扬而且规矩。

那些鸟们，就在这样的阳光里叫着，就在自己的领空里歌唱着，自由而且动听，宁静而且放肆。

这是四月里的一天，暮春里一个寻常的日子。

所有的一切，不露声色，却又各得其所；所有的一切，尽可以让你欲罢不能，而且欣喜不已。

那些该开的花已经开过，曾经满眼的花瓣早已经不知归向了何处；那些晚开的花，正在和那些新鲜的叶子一起绽放，蓬蓬勃勃之中，不失一种妖娆美丽。

光阴如水，这是我喜欢的文字。这样的文字提醒我，所有远去的日子，永远不可能再回头，无论眼前的风景如何惊人地相似。这样的文字让我感到，如水的光阴，正如今天明丽灿烂的阳光，已经真真切切照在了我的身上，一丝一缕，都是属于我的，都是我生命的一个组成或者占有。

这样的好时光，会是一种诱惑。这种诱惑，会让你满足而又不满足；这种诱惑，会让你沉醉而且清醒。

这样的时空里，如水的阳光，仿佛突然让你与世隔绝了，你的居身之处，完完全全成了一个孤岛。可是，这种安宁和封闭，却又让你的眼界和思维突然变得宏大、辽阔而且通达、敏感，你会忽然感到，阳光之下和阳光之外的世界，都是你的梦想或者领地。

或许，这样的阳光，只有纤尘无染的海岸上有，只有人迹罕至的沙漠里有。

曾经的伤痛，不再是一种伤痛；所谓的欲望和挣扎，瞬间烟消云散或者轰然坍塌；所有的计谋和策划，将不再具备原来的意义或者价值。

是的，这是四月里的一天。你看这些风景的时候，那些风景也在看你。

墙外，梧桐花开得正盛，丛丛簇簇，烂漫如云。可是，它们不再是春天的象征，春天不会从这里开始，它们只能是匆匆岁月的一种记忆。

春雨贵如油，从初春到暮春，雨水星星点点，屈指可数。在那些绿叶的掩映和浸染里，你却一点也不会觉得燥，这样的季节，也因此少了一种阴霾和缠绵，多了几分晴朗和灿烂。

野外的小河里，弯弯曲曲的流水，因为少了雨水的补给，还算不得太汹涌奔腾，却因此分外的平静清澈，映出了两岸参差高树的倒影。高树之外，一望无际的小麦正在扬花吐蕊，原野里弥漫着清清淡淡的香气。水岸边的嫩草，高高下下，斑斑驳驳，还看不到一朵明艳醒目的花。就在那一片寸草未生的空地上，有人将细细长长的鱼竿抛下去，然后静静地在阳光里坐等，那样的情致，既悠闲，又孤独。

四月，春夏之交，一个季节的终结，一个季节的开始。所有的风景，都在阳光里晒着，所有的情调，都在那些风景里藏着。

无论哪一个季节，最终都必然表现为某种风景。或者愉悦，或者哀伤，或者深沉，或者柔美。使我们的灵魂不得安宁和安息的，正是这些如水光阴的不断逝去；使我们的灵魂得以沉静和安稳的，最终也一定是眼前这些季节的转换以及岁月的力量。

那些纷至沓来的日子，那些一寸一寸的阳光，正在不断以某种风景呈现给我们，这种风景是如此真实。

与这种真实同消共长的，还有属于我们的生命。

仿佛，有些匆忙，有些尴尬。

四月，就这样远去了。

自己的时光

注定，这是一个迟来的春天。

冷冷暖暖，春光乍现，既羞涩，又吝啬。

可是，毕竟，一切都欣欣然张开了眼，却又仿佛睡眼惺忪，只管在阳光里懒散着。

只有阳光是活跃的，毫无遮拦，一泻无余，所有的一切，都被它占据了，野蛮而且温情。

当然，除了满世界温情脉脉的光，还会有那些长长短短、大大小小的影子。

这样的一个午后，所谓光阴仿佛凝住了。可是，那一道道斜斜长长的影子又提醒着你，眼前的时光正在逝去，一分一秒都不会停留。

光阴如水，实在是一种妙极了的比喻，我们都在这一条河里漂流着，无一例外。从起点，到终点，或者从此岸，到彼岸，然后这个旅程会戛然而止，所有关于光阴的故事，再也与我无关。

我思故我在？这不是一种狡辩，就一定是一种想当然的天真。我不在了的时候，除了那些如水的光阴还在，我和我的思考又去了哪里？

依然是这样的一个午后，依然是这样的一个窗子。

兰花，石头，茶香袅袅。静静的阳光照进来，依然有斜斜的影子映在了墙上。室内的一切，一半属阴，一半属阳，所有的氛围因此改观，也让人感到既忧郁，又温暖，是任何高明的写生家也调画不出来的一幅油画。

窗外，依然是那一棵树，还没有一片叶子，光秃稀疏的枝杈在阳光里晒着，尽情尽兴，连一只鸟也不来打扰。因为没有风，也就没有了那些曾经的招摇或者喧哗。

忽然有了一层轻轻淡淡的云，阳光不再很热烈，落到地面刚刚好，恰恰迎合了这个季节的色彩和格调。

午后，一段很迷人的时光，宁静，安详，如一个中年人眯了眼在那里坐着，优雅而且悠然，什么都可以想，也什么都可以不想。

无论过去，无论未来，眼前的光阴，都一定是自己的时光。

中秋呓语

1

记不清这是入秋以来的第几个好天气了，只是知道，今天天空很蓝，很净，阳光很浓，很亮。一切仿佛一夜之间被清洗了一遍，原本模糊不清的一切仿佛昭然若揭，原原本本地呈现在了你的面前。

昨夜骤然而起的风，吹走了高天上的最后一缕云，也吹走了地上的一切浮尘和碎屑。世界如此干净，境界如此广阔。所有的一切，生物和非生物，灵魂和非灵魂，都一样淹没在了阳光里。这样的阳光普照的好日子，直让人怀疑那些不好的事情是否真的发生过。

还有些风，依旧有些顽强地吹过来，可是它们却丝毫挡不住阳光的倾泻和温暖。阳光像一团火，静静地燃烧着，包围了这个世界，也正在用自己的方式注视着这个世界里的一切。湛蓝的天仿佛高了许多，可是它又离你那么近，一抬眼就可以看得见。它的色彩和阳光毫不沾染，它们就仿佛是一泓清潭，水是水，岸是岸，各自在自己的世界里安静着。

这样的好日子，沐浴在阳光里或者待在房间里，感觉应该是一样的。因为阳光无处不在，你已经无处可逃。你仿佛已经浑然无知，可是你仿佛又无比警醒；这是一种沉静至极的力量，也是一种渲染至极的力量。

无论你是快乐的，还是不快乐的；无论你是幸福的，还是不幸福的；无论你的忧伤来自于何方，你都会由衷地感谢这种力量。

2

"圆魄上寒空，皆言四海同。"这是一个特别的月夜，万家团圆，普天同庆。可是今晚的如水月色，却也有着如水一样的凉意；偌大的昏而沉的天幕上，不见了往日热闹灿烂的星星，几乎只剩一轮明月在高空孤寂地悬着。

"明月何时有，把酒问青天。"今夜，明月就在眼前，就在你头上普照人间，可是却没有了往日的皎洁温柔，也不再让人感到满眼满心的惊艳。

"但愿人长久，千里共婵娟。"与其说这是当年苏轼的期盼和祝愿，不如说这是他曾经的失落与孤单。当他千年之前举杯邀月，陪伴着他的，除了杯中晃动的明月，还应该有月下他自己孤独的影子。

今夜，是一个团聚的日子，也许更是一个离别的日子；今晚，是某种相守的时刻，也许更是一个相望的时刻。

"今月曾经照古人，今人谁见古时月。"这月来了，下月走了；这月走了，下月来了。在这些无穷无尽的来来去去里，在那些绵绵无绝期的阴晴圆缺里，世间曾有过多少悲欢离合，我们曾有过多少长叹低咏？

3

每个人的一生，注定将会是孤独的；孤独地面对眼前的这个世界，孤独地面对自己的内心。

那些与生俱来的亲情、爱情或者某种温情，只能是某种身外的陪伴或者安慰。终究他们不是我们自己，虽然有时候他们对我们又是如此重要，我们对他们的倾心，有时甚至超过了我们自己。

对于自己的人生，无论长短穷达，最了然的就是每一个人自己，最不能了然的，依然是那个自己。仿佛超然于世外，却又飘摇不定；仿佛心如止水，却又要自怨自艾。一切，想要忘记，却又是最难忘记。所谓放下和解脱，不过是一种姿态和向往。

幸福和快乐，有时不过就是一种概念，或者只是某种召唤，引领着我们上前去。这，大概就是我们的生活，所有的经历和过往，是苦是甜，永远只有我们自己知道。

你想要的人生，你想要的生活，从来都不会如那些温暖灿烂的阳光，今天来了，或者明天依然还有；也从来不会如那些皎洁如玉的月光，可以任你随意享受，无论幽怨或者爱怜，都会可着你的心思，没有打扰，也没有人阻拦。

所有的雄心壮志，所有的浪漫理想，也许只能在真真切切的现实面前烟消云散，化为乌有。

很多的时候，我们会想，人是什么，我是什么？

很多的时候，我们的生活，注定是一种天真，还是应该是一种荒谬？

4

我们的节日，大多与季节相关，与日月相关。光阴荏苒，白云苍狗，就是在那些叶落花开的代谢里，我们消耗着我们的岁月和生命，在其中痛并且快乐着。

日月运行，让我们感受着天地的赠予和我们自身的存在。天地无私，让我们感恩着这个世界，也感叹着我们自身的失意或者成长。

就如今晚，你可以因为皎洁如水的月色而心尘无染，也可以因之而油然而生某种淡淡的忧伤。每个人都会有美丽人生的憧憬，也一定会有未了的心愿。

没有谁愿意无所事事，也没有谁愿意一事无成。当我们的灵魂找不到栖息的绿地的时候，我们的肉体也只能选择了到处流浪。

伴着那些春花秋月逝去的，不仅是悠悠岁月，更多的应该是那些属于我们的生命。因为天地岁月也许可以无穷无尽，可是那些属于每一个人的光阴，却一去永远不再回头。

每一个人的一生里，无论长短，无论贫贱还是富贵，总是会相信些什么，也一定会有所敬畏。岁月如此无情，在那些远去的日子里，一定会有我们为之心动的幸福时光；在那些未来的日子里，也一定会有着我们关于幸福的向往。

季节，是我们千百年来生命的继续。节日，承载了我们的思考，也是我们某种情怀的延伸或者寄托。

一切，就这样擦肩而过

阳光很灿烂，这是一个季节里最后的温暖，那些风，也仿佛很温情，让人疑心记忆里的那些满地黄叶是否真的有过。不久后必然到来的那一场又一场风雪，又仿佛很遥远而美丽的一个梦。

但，一切却又如此真切而且真实，所有的存在，就如那些看不见的风，当你把它抓在手里，除了手里什么也没有，满世界里都是空气。

一切仿佛都是浮云，一切连浮云都不是。岁月如此无情，就如那些看不见的风，除了带来曾经的凉爽和树的芬芳，最后又把一切都带走。

一切，就这样擦肩而过；一切，就这样弃你远去。

几乎，所有的惊喜不再惊喜，曾经的感动不再感动。几乎，所有的爱恨情仇，所有的理想和诗意，都只是留给你一个幽深迷蒙的背影。

没有任何力量能够改变。所有的言语和记录，都不过是徒劳无益；所有的意义和挽留，都不过是自欺欺人；所有的哀叹和赞美，都不过是庸人自扰之。

那些云，仿佛近在眼前，却又远在天边。那些不知疲倦的鸟还在叫着，只等夕阳的影子来把它们赶进各自的巢里。那些没有忧愁的叶子还挂在树上，只等一阵微风过来，然后把它们吹得哗哗作响。

就在这来来往往的风里，就在这生生死死的替代里，我是什么，我又在哪里？

一切，就这样擦肩而过，一切，又都老在了记忆里。

当季节已经改变

一寸光阴一寸金。

无论如何惋惜，那些珍贵无比的光阴，依然在流逝着，一天一天，夜以继日。

有时，是在阳光灿烂的欢欣里，有时，是在淫雨霏霏的笼罩里；有时，是在登高望远的期待里，有时，是在相知相惜的寂寞里。

一切，都在光阴里。无论发生，还是发展，无论壮大，还是湮灭。

无论，那是一种天涯海角的熟悉，还是某种近在咫尺的陌生；无论，那是一种日复一日的相守，还是某种一见倾心的相遇。

所有的回头，都是一厢情愿，所有的怀念，都不过是在顾影自怜，所有的光阴，都不过是旧时光。

无论如何，当时间走远，季节已经改变。是的，季节已经改变，一切，仿佛正在开始。

所有的生命和无生命，包括那些花鸟虫鱼，也包括那些理想和遗憾。

一切，都在生长，仿佛，还可以从头再来，仿佛，更应该比原来更好。

可是，注定，很多的东西，回不去了，很多的情景，无缘再次重现。注定，很多的机会，早已经没有了机会，很多的选择，早已经不再让你选择。

除了当下，除了当下瞬间即逝的时光，你什么也没有。

回到当下，你就是自由的，也是富有的。

来的尽管来着，去的尽管去了，没有阻挡，也没有胁迫。在时光的大河里，一切，都是自由的。

色即是空，空即是色，在光阴的流逝里，一切，都是实在的，一切，也都是虚无的。

所有的领悟或者叹息，都一定是曾经感人的真理；所有的占据或者把握，都一定是曾经真实的拥有。

直面人生和生活，人总是要说许多话，然后才能够归于缄默；徘徊于现实和梦想，人总是要做太多的设计和调整，然后才会找到真正坚定的自己。

季节已经改变，某个季节正在来临。

未来的时光里，会遇见怎样美丽的风景？

荼蘼花开

1

福州正月把离怀，已见酴醾压架开。

吴地春寒花渐晚，北归一路摘香来。

这是陆游的一首诗。这"一路摘香"的酴醾，也就是所谓荼蘼花。

荼蘼，蔷薇科，落叶小灌木，攀缘茎，茎上有钩状刺，羽状复叶，小叶椭圆形，花白色，有香气。这是我们可以查到的相关的生物学常识。它又名悬钩子蔷薇、山蔷薇、酴醾等。

这里的"荼蘼"，是一种花，虽然现在很少有人知道了，但它在古代是非常有名的花木，记得一本《花经》里，记载着这样一句话："荼蘼，一字酴醾，俗音荼玫，亦呼香水花，枝条乱抽，酷似蔷薇。"由陆游诗，我们也可以知道，酴醾花在我国很多地方能种植，并不是太少见。

大约，当我们游山玩水时，它们也许就在路边或者山野陪伴着我们，可是我们没有记住它们。我们只看到了那些名山大川，那些迷迷茫茫的烟雾掩住了我们的视线。似乎，荼蘼是一种寂寞的花，我们只是在一些古诗词的角落里，才可以寻觅到它们的影子。

绿暗藏城市，清香扑酒尊，
淡烟疏雨冷黄昏。
零落荼蘼，花片损春痕。

润入笙箫腻，春余笑语温。
更深不锁醉乡门。
先遣歌声留住，欲归云。

这是北宋毛滂的一曲《南歌子》，词中所写就是荼蘼花。勾画了一幅自然界春暮哀凉的图景。写出了荼蘼花的暗香浮动，也写出了自己的寂寞孤独；整首诗写得兴致勃勃，淳厚、爽快、真诚，而又暖意融融，醉人醉语而不知醉了。

当时，荼蘼应该是一种很珍贵的花。清代褚人获《坚瓠续集》有《酴醾露》一篇，说酴醾露为大西洋沿岸各国所产，酴醾花上凝结了露水，"琼瑶晶莹，芬芳袭人，若甘露焉，夷女以泽体腻发，香味经月不灭"。"夷人"将这种花上的露水收集并用瓶子装了，远远地贩卖到外地。

而且，荼蘼应该是一种很美丽的花。细细碎碎的叶，黄黄白白的花，淡淡静静的香。也许，正是这种不事张扬和渲染的姿态，让人仿佛忽略了它们的存在。就如大地上的野草，它们实在太平凡，不会惹人注目。更多的时候，它们只是背景和衬托，就像每逢月圆之夜，我们很少看得见星星的存在，就像当我们置身于漫野的油菜花香里的时候，我们只是看到了它们的美丽，却不会感到它们的珍贵和高雅。

2

"微风过处有清香，知是荼蘼隔短墙。"荼蘼花，实在是一种不应该被忘记的花。

且不说平凡的桃花、杏花和梨花，就是那些大红大紫的牡丹和玫瑰花，荼蘼与之相比，也毫无逊色。可是不知什么原因，荼蘼花却渐渐淡出了我们的视野。久而久之，荼蘼花仿佛成了"花花世界"和世俗人间里的隐士或者古董。也许，正因如此，荼蘼才具有了自己独有的一份价值和存在意义，也因而具有了更多的人文特质和情感关怀。

《诗经·豳风·鸱鸮》里有"予手拮据，予所捋荼"。"荼"指的是荻，是类似芦苇的植物开的花。《汉书·礼乐志》中说："岩如荼。"这里的"荼"指茅草开的花。

这两处的"荼"所指的植物不同，唐代的孔颖达把它们统一了起来。他说，荻、芦苇和茅草的花都是白的，很相似，都可以叫"荼"。当这些植物开花的时候，远远望去，白茫茫一片，很是壮观，所以古人曾经用"如荼"来形容白衣素甲的士兵方阵，又用"如火"来形容红衣赤甲的士兵方阵。后来，"如火如荼"成了一个成语，用来形容气势蓬勃、气氛热烈或情绪激昂。

因为"荼"是白色的花，所以有的开白花的植物就在名称上加一个"荼"字。比如"荼蘼"。《清异录》里就有："荼蘼曰白蔓郎，以开白花也。"另

104

外，古人还把白发的头称为"荼首"，借指老人。

当然，以上所述，并不是确指荼蘼花，或者可能完全与之无关。可是，当秋末芦花飘飞，当看到一个人已经年至白发冉冉，此种情状和感觉，恰与暮春里的荼蘼花开，是多么相似。

由此，我们又不得不赞叹古人造字的用心和精妙。一个"荼"字，便让人油然而起多少同生共感的东西。

因为，无论自然，还是人间，只要是有生命的地方，都一定会有一段最绚烂最美好的时光，也一定会有一种让人惊艳而且留恋的美丽风景。

相对于百花园里的万紫千红，素雅淡静、质朴冷峻的荼蘼花，总是让人难忘而且敬畏；仿佛是一种悲悯，又仿佛是一种祭奠。

而此时或者此地，所有的一切，又都与唯美有关，与心灵有关。

3

清代陈淏子的《花镜》里，我们可以看得到下面的记载：

荼蘼花有三种，大朵千瓣，色白而香，每一颖著三叶如品字。青跗红萼，及大放，则纯白。有蜜色者，不及黄蔷薇，枝梗多刺而香。又有红者，俗呼番荼蘼，亦不香。

荼蘼花色美艳，独殿丽春，在这里我们似乎又见到了又一副模样的荼蘼花，古人因而每以"国色天香"赞咏之。如宋景文咏荼蘼诗：无华真国色，有韵自天香。诗人常感情用事，晁无咎甚至说酴醾应该取代牡丹为花王。

《群芳谱》上曾说："色黄如酒，固加酉字作'酴醾'"。可是杨万里却不喜欢将酴醾与酒联系在一起，他有诗为证："以酒为名却谤他，冰为肌骨月为家。"他还是爱怜它的冰清玉洁，皎洁如皓月的美丽，认为这才是荼蘼花的本色。

不以物喜，不以己悲？不会的，我们即使翻遍浩如烟海的经史子集，也很难看得到多少悠然而平静的文字。这不谙世事，寂寞自守的荼蘼花，却给我们留下了几多让人记住的诗意：

绿琐窗纱明月透。正清梦，莺啼柳。

碧井银瓶鸣玉甃。

翔鸾妆详，粲花衫绣，分付春风手。

喜入秋波娇欲溜。脉脉青山两眉秀。

玉枕春寒郎知否？

归来留取，御香襟袖，同饮酴釀酒。

春天到了，柳绿莺啼，伴我的却只有这皎皎明月和阵阵花香。不知你何日归来，只好留取这荼蘼美酒，等你一起对酌品尝。这是在写一位美丽的女子春夜孤枕难眠，在寂寞里等待心中的"他"的情状。李祁的这一曲《青玉案》，写得清俊婉朴，意境超逸。

荼蘼之所以会为诗人们所爱咏，还因为它的花香，有人把荼蘼花叫作香水花。据说它的香味和玫瑰有些相似，属于那种让人心有所触的淡香。苏轼曾赞荼蘼的风韵："不妆艳已绝，无风香自远。"他的弟弟苏辙说：荼蘼之香"清于芍药酽于梅"。

"两情若是久长时，又岂在朝朝暮暮。"这是秦少游的洒脱和优雅，可是，在他的《赏荼蘼有感》中，却又不经意流露出他终是一个放不下的人：

春来百物不入眼，惟见此花堪断肠。

借问断肠缘底事，罗衣曾似此花香。

"罗衣曾似此花香"，谁的罗衣？一定不是我的，我的罗衣就在身上，根本无须如此怀想。可是，荼蘼花就在眼前，那人却为何不见了身影？

想来，在宋时，香水工业自是没有，而时人爱香之心依然有之，所用的法子就是用香花香草来浸泡衣裳了，否则，欧阳修不会又留给我们下面的文字：

清明时节散天香，轻染鹅儿一抹黄。

最是风流堪赏处，美人取作泛罗裳。

4

也许，在所有关于荼蘼花的吟哦里，最有韵味的两句，则是出自于宋代王淇的《春暮游小园》：

一丛梅粉褪残妆，涂抹新红上海棠。

开到荼蘼花事了，丝丝夭棘出莓墙。

梅花片片零落，像少女的残妆一样时。然后海棠花开了，它就像少女刚刚涂抹了新红一样艳丽。不多久，待荼蘼开花以后，一春的花事已告终结，唯有酸枣树的丝丝叶片却又长出于莓墙之上了。这每一字句，都是这夏天最后一抹花语的诠释。

"荼蘼不争春，寂寞开最晚。"荼蘼花是开在暮春里的一种花，是这个季节里的最后一道灿烂的风景。花开荼蘼，意味着美丽没有了退路，宜人的花季就此结束。春天那些五色斑斓，美艳不可方物的各类花儿，都悄悄地把喧嚣让给即将到来的如火夏天。

"开到荼蘼花事了，尘烟过，知多少?"《红楼梦》中也有关于荼蘼的一段，《红楼梦》中"寿怡红群芳开夜宴"一回，曹雪芹用以花喻人的手法暗示几个人物的命运，其中就有荼蘼。女仆麝月抽到一张花签，是"荼蘼一韶华胜极"。"韶华胜极"意指花事到了尽头，之后自然是群芳凋谢了。背面签上写的是"开到荼蘼花事了"，意思是，贾府衰败以后，最后陪在宝玉身边的是麝月。麝月要等到袭人、晴雯、黛玉等都不在的时候，才有机会好好地在宝玉的身边。可惜那时候春天也快完了，麝月这朵荼蘼花开得好不凄凉。

"有花堪折直须折，莫待无花空折枝。"这是古人关于花开花落的惆怅和记忆。似乎有些低调和卑微的荼蘼花，之所以还能够让我们如此牵挂，更多的来由，是我们把它当作了伤感之花，又由此引发了我们对这种末路之美的伤怀。

辛弃疾曾写道："莫折荼蘼，且留取，一分春色"。春天里的每一朵花都是美丽的，可是，荼蘼，又是多么绝望与颓废的两个字。

5

荼蘼送春，当它开放时，众花尽逝。荼蘼花，是春天绚烂花季的守望者和终结者。虽不是大富大贵，却几乎成了诗文苑里的一枝奇葩，也许正是源于我们的别样领悟和心灵解读。

"感时花溅泪，恨别鸟惊心。"中国文学的传统和中国文人的禀性似乎就在于，睹物思人或者触景伤情。如果我们愿意相信，这一枝枝小巧的荼蘼花，却又被赋予了下面的意义，扮演着更为感动而迷离的角色。

荼蘼是花季最后盛放的鲜花，荼蘼花开过之后，人间再无芬芳。所以会有人说，荼蘼花开代表女子的青春已成过去。荼蘼花开，表示感情的终结。爱到荼蘼，意蕴生命中最灿烂、最繁华或最刻骨铭心的爱即将失去。

爱到荼蘼，当爱到了尽头，何去何从？所以又有人说，花儿的翅膀，要到死亡，才懂得飞翔；无爱无恨的土壤，才会再萌芽开花。

是的，花，已经开到了荼蘼，我们，也将说再见。当一份爱注定无可挽回，是伤感沉沦，走入寂灭，还是放过他人，也放过自己，去寻找又一个春季？当那一份曾经的爱已经冰冷，是否还要回味那过去的温暖？

我常常想，如果有缘，为何花开荼蘼？如果无缘，为何又要荼蘼花开？

可曾回眸，那些诗意的过往；可曾翘首，那些迟到的梦想。既相遇，为何不能相守？既相见，为何又要相分？

也许，无论有缘，还是无缘，彼此都会留下难以消磨的痕，就如那美丽的花，先迷了看花人的眼，然后又落英满地，伤了看花人的心。

有学者认为荼蘼就是彼岸花。如果真的如此，一朵荼蘼，一枝彼岸花，都是分离的表征。如果今生真的不能忘情，那就在两岸彼此遥望致意，共同守候春天里的最后一抹美丽。

直到，红颜尽老，先过完这有限的今生，再去做来世的打算。

6

阵阵春风催开了枝头的花，场场春雨过后，却见落英满地。或者那些满地的花，又要被风吹起，飘荡在日光映照里的那一溪流水里。

怡人的春意，从不会让人看得尽心随意。那些惹眼闹心的花，抽蕊，灿烂，飘落，赶趟似的。花事总是匆匆忙忙，花期总是让人措手不及。

也许，小小的荼蘼花，承载了太多的担当和意义。虽然我们看过了春天的万紫千红，最后却把关注的目光落在了这里，并留下了诸多的思考。也许，无论热烈，还是寂寞；无论芳菲，还是素雅，最后都要归依于一种宁静，因为这种宁静是如此温暖并给人以慰藉。

"零落成泥碾作尘，只有香如故"？不会的。可是，柔柔弱弱、轻轻悄悄的荼蘼花，也许负担不起那些情怀和心事；我们的伤感和沉重，会压弯了荼蘼花妖娆挺立的枝头。原本寂静无忧的荼蘼花，无端被我们蒙上了丝丝揪心的失落和怜惜。盛开时美丽若梨花带雨，飘落时却满眼满心的伤心失意。

"最是人间留不住，朱颜辞镜花辞树。"本无可厚非的春来春又去，却被我们演绎得如此绚烂，然后又是如此凄迷。其实，几乎所有的寂寞和忧伤，只不过是拿他人的酒杯，浇自己的块垒，与这些花花草草何干？它们，只不过是春生、夏长、秋收、冬藏，顺应自然而已。

该老去的，不老去，该失去的，不失去，该静寂的，没有静寂。这样的世界，还有什么意义？

其实，今生今世，只要好好地来过。此刻和当下，只要曾经用心，无论花开还是花落，都一定是美丽和诗意的。

忽然想起了张小美的一首诗，用在这里也许是适当的：

我走了

必然会忘记一切

那时候，你一定要祝愿我

抹去人间的记忆。

你要为我高兴

作为一个，活着时没有任何信仰的人

她不相信轮回，也不求有来世

她活着时想做的一切

都已经做了。

痛苦与欢乐，爱与诗

实在没有必要再来一次。

我的菜园我的地

我有一片菜园子。也许只是我的菜地太不规则，它们生存于铺天盖地般钢筋水泥的围追堵截里，栖身于一片又一片寸草不生的硬化地面的拥挤里。

没有谁让我这么做，是因为我觉得有必要。因为我觉得自己已经离人太近，可是离自然太远。还因为那些土地闲着也是闲着，否则，它们要么就杂草丛生，要么早晚被水泥覆盖。

我的菜园因地制宜。可大可小，亦方亦圆，或者什么形状都不是。只要有土，只要把那些野草去掉，它就成了我的菜园、我的地。

我的管理很粗放，不过就是翻翻土，除除草，浇浇水，而且都是在彩霞满天的黄昏。它们的生长也很自由，只要有土、有水、有阳光，种子撒下去，它们就可以无忧无虑地生长。我绝不会追求质量，更不会要求数量。有时候，它们就是一种寄托，看着那些各种各样的菜，我都舍不得吃，只是让它们自然地老去。

油菜和菠菜一定有，因为它们好养而且好吃，几乎一年四季都可以见到它们的存在。有时候多得吃不了，就让它们任意生长，任意开花。这样一来，我的菜园，就又成了花园。嫩黄的油菜花飘香的季节，让你感到就在美丽的江南。

韭菜必须有，因为一年种上，可以年年收获。"夜雨剪春韭，新炊间黄粱"，当然不必学那些古人，一茬剪了，很快又有一茬，随吃随有。

那些冬瓜好种好吃又省事。挖个坑种下去，不几日就会有细长的秧长出来，而且努力地向四处蔓延，曲曲折折，无拘无束。索性就让它们爬去，直到那些肥肥大大的叶子，把周围的水泥地面盖得严严实实，就仿佛水面上的莲，牵牵连连，一片碧绿。等到霜降之后，任意扒开那些层层叠叠的叶子，那一个个硕大滚圆的冬瓜，无疑就是一个个惊喜。也让你实实在在地感到，一分耕耘，一分收获，是一种说教，更是一种快乐。

辣椒必不可少。在餐桌上，它是一种必需的调味品。在我的菜园里，它更是必需的点缀。"万绿丛中一点红"，它们的到来，让我的菜地不再单调，让那些绿叶不再寂寞。

豆角更是家常菜。在墙角随手种上几窝，就可以让它们大胆地顺着墙壁攀爬。既节省了有限的空间，又不会白白浪费那些灿烂的阳光。而且，它们也不懒，每一个嫩绿的芽尖都在努力地向上伸展着，然后把一朵朵粉色的花铺得满墙都是。当然，还会有丝瓜，又把鹅黄色的花每日里对着太阳笑。而且，到时候想要它们做下酒菜，只不过是举手之劳。

有时候，如果我的菜地还有节余，就见缝插针地胡乱撒一些萝卜。只不过那些可爱的萝卜还未来得及长得足够大，就会有人随手拔下来，在一旁的水管上洗洗就啃。在我的记忆里，从来就没有一棵萝卜能够顺其自然地生长到"天年"。

后来，女儿又找来一些向日葵的种子，撒在了一块块菜地的边上。等到那一棵棵小苗长高，再长高，高过人头的时候，它们仿佛就成了菜园里的哨兵。而它们头顶上的花盘，也已经长得像模像样，一片金黄。开始每日里随着太阳的起起落落，忠诚地巡视着这一片领地。

我的工作很简单，除了翻翻那些土，除了在土里撒下种子，也就是随意地浇浇水。从不想多管多问，不去多打扰，只让我的菜园里的那些植物们任意生长，一心一意地享用着一年四季的风雨和阳光。

我的菜园和我的地，成了小区里一道养眼而且养心的风景，成了一道不可或缺的点缀。只要我愿意，它们就是我的伙伴和寄托；只要我不离开，就不会有人把它们赶走。

我的劳动成果，除了送人，就是时不时要迎来几个小友一聚。但每次都会有一个不成文的条件，想吃什么，自己到菜园里摘去；而且只有素食，想吃荤，对不起。老婆孩子可以一起来，但要自带酒水。

致我们的幸福生活

幸福从来就不是一个定义，幸福永远只能是一种感觉，或者真切，或者虚幻。有时候，你就在幸福里，也许你并不知道；有时候，幸福只能是一个理想或者召唤，这种理想鼓舞着或者感染着我们的时候，我们也许就生活在了幸福里。

一张温软的床，一盏温暖的灯，一本爱不释手的书，一杯清香四溢的茶。幸福就是如此的简单而且自然，因为它不是谁的专利。可是，幸福也并不是想要就有，招之即来，它永远藏在每一个人的心里，并且考验着我们的悟性与感觉。

曾记得有一年，是七月流火的日子，我们在烈日下晒了整整一个多小时。当忽然来到树荫下的时候，我说，什么是幸福？这就是幸福。

是的，这就是幸福，幸福就是这种凉风吹面的感觉。就像在阳春三月，吹面不寒杨柳风。我们孜孜以求的幸福生活，其实就在我们身边，刻意躲避或者把它赶走的，正是我们自己。

一个疼你的老公，一个爱你的老婆，一个懂你的知己，会永远是属于你的幸福；一份遥远的关心和问候，一份相互的信任和寄托，一种默默祝愿和牵挂，会永远让你生活在幸福里。

一篇可爱精彩的文字，一个皎洁若水的月夜，一片飘在脚下的落叶，会让你懂得，有时候孤独或者寂寞，是如此美丽迷人。有时候，幸福就是那些洋洋洒洒的毛毛雨，无论春天，还是秋季，你喜欢它们的时候，那也许就是你的幸福。

我幸福，是因为我明白我的真正需要是什么，并且不会任意索取；我幸福，是因为我知道我能够真正得到些什么，并且不会刻意强求。

我幸福，是因为我感觉到了我的存在。我终于知道，我就是我自己，而不是我身外的哪一个人，即使他们是我的亲人或者朋友。因为幸福不可以比较，真正懂得自己的只能是我自己。有时候，幸福需要分享，但更多的时候，幸福的到来，却是如此的孤独而且自由。也许，只是在不经意间，它就来到了你的身旁或者心里。

幸福有时最怕复杂，它是敏锐的，它是如此令人感动而且神往。可是，幸福又害怕多愁善感，它只是一种平和成熟的心态。平静如水而又灿然若菊，朦朦胧胧而又洞察一切，是在一种禅意的感悟里静观一切，是在对生活的感恩里找到了自己。

境由心造。没有谁永远是幸福的，每个人都会有不同的生活，同时会有各自的烦恼与忧伤。有时候，幸福只不过发生在一瞬间，稍纵即逝。等我们猛然回头，也许它早已经飘然而去。

我们对幸福的向往和追求是多么刻意和执着，可是，有时候它只能是一种不断地调整或者轻轻地触碰。有时候，某种感悟就是一种幸福，这些感悟会让你忽然觉得，曾经的痛苦也许就是一种幸福。也会让你最终明白，某种失去也许就意味着一种莫大的幸福。

好好珍惜，相信自己。也许，此刻，你就在幸福里。

第四辑

且听风吟

面朝大海，春暖花开

"我有一所房子，面朝大海，春暖花开。"这是海子的诗句，这美丽的文字和心情，让太多的人知道了海子。也因此明白了，诗意的生活，是如此让人期待和向往。

我不是住在海边，在海边也没有那样的一所房子。可是，我的房子却能够每日都沐浴在阳光里，从太阳初升到夕阳西下。阳光满屋的时候，让人快乐得想喊出来。

也许，没有谁能够最后知道，那样热爱生活的海子，为什么会选择卧轨。也许，所有的猜测和想象，都不可能解读海子的心灵。而所有的解读，也许都埋藏于他那些文字之中。

诗人的心灵，都是圣洁美丽而敏感的，否则他们不会留下那些感人的文字。所有诗人的情感，又都是脆弱而丰富的，他们似乎要求生活永远和风细雨，永远春暖花开。可是，生活绝不会老是迁就他们的文字，尽管他们的文字曾经感动了他们自己，然后又在感动着我们。

和他同命运的，应该还有顾城。也曾写下无数感人的文字，也曾发疯般地热爱着生活。他们又都是那样的充满爱心，讴歌爱情；却又都是那么残酷，自己结束了生命。顾城曾经写道："黑夜给了我黑色的眼睛，我却用它寻找光明。"也许，我们的思想和感情，悟不出他们最终的感想和忧郁，也许是他们在寻找那些丢失了的生活，或者是疯狂的生活已经远远地把他们留在了后面。

还有三毛，那个喜欢流浪和拾荒的女子，似乎永远也长不大。她是如此爱恋着她的荷西和沙漠，可是她也选择了这种方式自绝于世。她是跑累了吗？

真的不知道，一切都是因为什么，一切又都是为了什么。不知道是他们爱生活太真太厚，还是他们对生命太认真太苛刻。

如果时光可以倒流，如果能够顺着岁月的流水上溯，可能就是徐志摩了。不过他不是自绝于世，而是逝于一场意外，这意外让所有爱他的人痛惜不已。我曾经在一篇《鸦片香》的文字里，看到了他和陆小曼刻骨铭心的感情。他甚至没来得及挥一挥手，就作别了西天的云彩，什么也没带走，只留下了那些美丽的文字和情怀。

如果可以再往上溯，应该就是那个晚清的才子王国维了。虽然他已经不再珍惜自己的生命，我们却不能不惋惜他那满身咄咄逼人的才华。他才气未尽而才情已绝，终抱憾于颐和园昆明湖畔。"莫道昆明池水浅"，也许真的是"五十之年，只欠一死"。当他最后一次"蓦然回首"，不知是否又看见了那个衰颓的王朝的背影。

不知道，这样的名单还可以列出多少，我手上的笔越来越沉重，不想再写下任何一个文字。即使如鲁迅先生所言，为了一些忘却的记忆，我们都不再愿意回想。只是记住了那些美丽的文字，而忘记了作者的名字。

我们也许不清楚他们究竟遇到了什么问题，但可以肯定的是，他们一定在某个地方出现了问题。或者换句话说，我们每一个人，都会有各自的问题，只不过处理的方式不同而已。每一个人的生命其实很短，屈指算日子，也可以算得清清楚楚。心灵温暖如春，生活才会平淡若水，即使面对大海，生命的春夏秋冬也会平静如常。

我庆幸我还有这么一间屋子，只要我高兴，几乎每天都可以春暖花开。我又怕我一不小心，它就会离我远去。或者害怕生活把它逼得无路可逃。所以，我从不对生活要求过高，我只能让我的生命之水缓缓流淌。如此，也就足够了。

夜静如水

妻去了外地，女儿回了学校，家里，就我一个人。今夜，陪伴我的，只有这夜的色彩，夜的声音。

夜静如水。映照在眼前的，是一些淡而白的灯，它们的光，在墙上或者在角落里，又映照着夜的暗影，那些暗影却没有一丝的摇动。只有那些文字，一个个跳跃着，也是静静地来到我的面前，却仿佛是平静的湖水被风吹起的一圈圈波纹。

就这样，我感受着独处的快乐，以及安静和自由；也感受着丝丝缕缕的寂寞或者孤独。

那些灯太安静，远不如从前的油灯或者烛火，可以让你看得到光明和线条的摇曳。或者还可以有共剪灯花的乐趣，而且它们也仿佛更温暖。

忽然，就想起了那些远去的岁月，那些轻柔的夜风，和那一盏跳动着的如豆的灯火。还有那些昏黄灯影里的人们，和他们的欢声笑语。

那是一些在父母呵护下的时光。当想起这种呵护，或者当想起应该怀念这种呵护的时候，才发现自己已经走到了中年。仿佛是一转眼的事情，又仿佛是危言耸听。回过头来，才发现自己有时需要那些灯光的照耀和温暖，需要那些声音和场景来充填岁月的平淡。

身边没有了妻的操劳，也没有了她的唠叨。如水的静夜，又让你想起一起走来的日子。婚姻仿佛没有了激情和意义，却又在淡泊里体味着什么是相濡以沫。彼此仿佛没有了爱意，也没有了争吵，却慢慢学会了什么是相敬如宾。每一个日子的生活，就像一杯清茶，真正用心去品的时候，才可以闻得到那些芳香和浪漫。

女儿就像她爱着的那只猫。走了又来了，来了又走了；有时在外不想回家，有时在家赖着不走。我们之间，我把她当成了孩子，她却没有把我当成大人。或许，孩子们都是如此，有着猫的可爱与傲慢，也有着猫的憨态和机灵。

还有，那些来自远方的牵挂和问候，那些默默地陪伴与交流。它们就像这静夜里如水的月光，会轻轻悄悄地来到你的窗前。

静夜如水。思想和念头，就如这宁静中的一条鱼，仿佛可以任意游弋，但想起的却都是些陈旧的回忆。也许是这夜太静了吧，让你只想把自己的牵挂和思念搁浅在这些曾经的温暖里，只想把它们放进这淡淡的落寞里。

认识一个人，也许要用一生的光阴；陪伴一个人，却要你付出一辈子的爱意。

家的温暖，也许只能在如水的静夜里，才会有更加让你心动的呈现和感应。

安静的阳光

阳光真是安静，安静得让你只看到了光，却听不到一丝燃烧的声音。仿佛只有一个人在宁静的海湾里作画，阳光就在他身旁照着。阳光里的一切，就是他画在画布上的风景，只看得到静静的色彩。一切，又仿佛一个无忧无虑的梦，让你一觉醒来，就被带进这一片阳光。

安静，是因为没有风，让人想起大风暴过后的沙漠以及那些静静的仙人掌；安静，还因为没有云，又让人仿佛看到了海滩上一对对的情侣，他们正在阳光里伸展着疲倦的身体，或者在默默地对视。

一切，就像来到了更加遥远的中世纪，教堂的尖顶与阳光在高空遥相呼应。没有一点声响，它们只是在悄悄对话，就如教堂里的信徒们，此刻正在默默祈祷着各自的灵魂。

这样安静的阳光，又让人什么都不愿意想，或者什么都想不起来，只想就这样和阳光一起安静着；或者，只愿做阳光里的一只猫，一动不动地伏在那里，俨然一副沉思状，其实满脑子空空如也。

唯一有变化的，就是那些影子，可是你又看不到那些丝丝微微的变化，只是在你不经意间，它们就在你面前偏移了方向。它们明明是在不断地挪移着脚步，可是又不让你真真切切地看到。而且，你又不可能真的坐在那里，认认真真地看着它们，从早晨到黄昏；不是你没耐心，是因为那样一来，你就又溜走了一天的光阴。

如果是一个月夜，明亮的光洒下来，一切就不会这样的安静。月光里仿佛有流水的声音，让一切在月色里摇动不已。在阳光里就不会是这样一种味道，这其实是一幅阳光下的静物写生，宁静，温暖，安详，幸福。只让人闻得到阵阵绿茶的清香，或者，只愿意怀念那些旧日子里的欢乐时光。

一切，都仿佛在阳光里被凝固，一切，又仿佛已经在阳光里散去，包括那些落叶和浮尘。没有了喧嚣和尖叫，也没有了失望和忧郁。就是在这样的阳光里，忽然又想起了那个高傲而快乐的第欧根尼，以及他晒太阳的那个静静的乡村。

几乎没有人可以抵挡住安静的诱惑，生活里许多久违了的情绪，忽然随阳光一起来到了面前。

明天，一定还会是这样的一个日子。明天的阳光正好的时候，女儿就该到家了。

松·柏·竹林

在这个被一圈高墙围住的大院子里，居住者，除了那些鸽子笼般的高楼，以及栖息在笼中的人。除了那几株法国梧桐，惹人注目的，还有一排松树和一排柏树以及一大片竹林。

那一排松树，应该是一种外表非常漂亮的红松。树干笔直挺拔而高耸，让你仰望的同时，也看见了那些白色的浮云。塔形而略显婆娑的树冠，翠绿而略黄的叶子，微风吹过来，会让人感觉到阵阵摇动。

在不远处的那些柏树们，看起来就要沉郁得多。黑直而壮的枝干，树冠碧绿到几近于黑色，树梢处的尖端直指青天。你可以仰视，也可以沉思。不知为什么，这里几乎没有鸟们来光顾。

我们常常松柏并举，但究其实，松树不是柏树，柏树也绝不会是松树。几场寒风刚过，冬天的脚步还未真正走近，松树的下面就已经铺满了厚厚的黄叶。可是柏树的下面却终生看不见落叶，只是一天天地生长，似乎永无休止。

等到有雪的日子里，那些松树早已经只剩下光秃秃的枝干，挂不住一片雪花。那些柏树们，则会在皑皑白雪的掩映下，愈发显得生机勃发。

最为潇洒而且动感的是那一片竹林。大概是因为水源充沛，几乎是在疯长，直长得颀长高挺而且茂密。有时候还在风里翩翩起舞，直要让你觉得，郑板桥的竹是不是他笔下有误。那坚定的姿态，也许是出于他的想象；那坚韧的风骨，也许是出于他的喜爱。但是，他的那些赞美，又决不会是一种歪曲，既然阳光普照水分充足土壤肥沃，就不要固执于吝啬地生长。虽然，贫瘠坚硬的山石上一定会有千磨万击的风度，但风调雨顺的季节里，那片竹林一定成长得更欢畅和富贵。

无论什么地方，都会有风霜雨雪；无论什么季节，都会有各种各样的生存状态；无论什么样的生存状态，所有的生长都在永远地生长着。

水泥·雕塑·四叶草

今天是二十四节气中的霜降，可是，走在路上，除了感到更深的秋意，没有见到白色的霜。花园里的四叶草依旧碧绿，上面还有晶莹的露珠，映照着太阳的光芒。

忽然非常害怕。也忽然发现，我几乎看不到泥土的影子了。真要想寻找，除非去那片四叶草的下面。美丽的四叶草挡住了下面的泥土，那些光滑的水泥路面，又挡住了更多的泥土。

水泥真是个好东西。几乎可以掩盖一切，涂抹一切，甚至重塑一切。凡是水泥工作过的地方，一切都是那样的光滑而且平坦，一马平川，野草都不生长。四叶草算是很幸运了，四叶草下面的那一小片泥土，也应该是很幸运了。

有人弄来了一块巨大的雕塑，远看像一块山石，其实是水泥的产物，雕塑又压在了四叶草的上面。有人说雕塑的一端是骆驼，有人说另一端像一只仰天长啸的狼，没有想象力的人，又说它什么都不像。可是，就是这么一团什么都不像的水泥块，被宝贝似的放在了那里，供人观赏或者猜想。

忽然，就想起了远方的那些山，或低矮，或高峻，那上面遍生杂树，或者仅有小草从石缝里钻出来。这块雕塑只能让我做这样的联想，因为它什么都不是，因为山的精神和风貌，无论怎么模仿都无济于事。

忽然，就想起了更加遥远的草原，真正的一马平川，不仅生长植被，还生长大片的牛和羊，还生长蓝天和白云。虽然有时贪吃的牛羊会啃秃上面的草，露出下面的泥土；虽然有时候风沙袭来，会把那些青草和泥土盖住。

无论什么地方，有阳光和泥土，就会看到生机和美丽。虽然寒冬将至，但四叶草似乎永远都生长在春天里。那些水泥和雕塑，除了光秃与呆板，我们似乎什么都看不到。

月季和玫瑰及其他

门前的小花园里，有一丛月季花。

似乎，没有人愿意关注它的存在。它兀自在阳光下和风雨里。花开花落，每年每月，春去秋来。

在人们不知不觉的时候，忽然就会有球状的花蕾散在了绿叶里。也是在不知不觉的时候，那些花蕾就忽然张开了笑脸，对着人笑。每月每月，从不误时。但每月里，又大都会有一场雨，把开得正艳的花，打得七零八落。可是不要紧，下个月的花期，它们又来了。

据说，每年的情人节里，流行的所谓玫瑰，大都是某种月季。如果是真心真意，月季也是不错的选择：守时，坚定，如约而来，从不误花季。虽然不像玫瑰那样，鲜艳而且浓烈。

记得有一年暖冬，深秋虽过，月季花照常花开花落。一天早晨醒来，忽然就看见了大雪压枝。在积雪的缝隙里，就看见了月季花的粉红，晶莹剔透。

雪后初晴，月季花抬起头来，依然在阳光下灿烂地笑着。

月季不是名花，只要把根埋进土里，年年生长，没有太多依赖。只要有季节轮回，它们就会在那里，值得期待，而且每月给你美丽和惊喜。

而且，那一丛月季，让人真正明白了：什么是月令和季节。

每一朵花都和季节相关。每个季节里，都会有美丽的花悄然开放，或者有花蕾默默等待。

如约而至，也许是一种本能和习惯；不期而遇，也许只是一种幸运和时尚。

但是，来与不来，都是一种等待。

仙人掌和太阳花

窗外，有两种植物，一盆是仙人掌，一盆是太阳花。

只要是好天气，太阳花就会开满粉红的花朵，对着太阳笑。仙人掌则因为水源充足，生得肥面大耳，仿佛不堪重负。它们都非常安静，仙人掌的刺，俨然失去了意义。

我想起了遥远的沙漠和那些行进中的驼队，他们的周围，一定除了阳光、沙丘，就是一丛丛坚强的仙人掌。但是我的仙人掌，已经失去了和它们对抗的背景与优势。没有了风沙和干旱，它只被当作宠物养着，像一只猫，不再是沙漠里的一道风景。

我看到了田野里的那些向日葵，它们笔直地挺立着，一丝不苟，如阳光下的哨兵，平凡、认真而且骄傲。我的太阳花也很高贵而且骄傲，就像梵高的那幅名画。

几乎所有的生长都需要阳光，所有的存在都可以是一种风景，但风景的背景不同的时候，风景的主角也就不同。水分对于我的仙人掌，已不再是一种考验和难题，但是季节来到的时候，我的仙人掌也会开出艳丽的花朵。

无论什么，最怕错过了季节。开花时不见花朵，收获时没有结果。可是我的仙人掌和太阳花似乎不害怕，只要有阳光，它们就会生长和开放。不再计较季节和背景，一年四季，四海为家。

石头与大海以及岁月与泥土

同样是一年阳光很好的秋天，去海边时，捡回来了一些美丽的石头。大者如拳，小者如卵，再小者如秋季里的蚕豆。

在海边的沙滩里，我和女儿用了整整一个白昼的时间徘徊和流连，享受着海风和阳光，也拣拾着海浪带来的石头，一个惊喜接着一个惊喜。又用了一个夜晚的时间，享受着很好的月光，依然在柔软的浅滩里寻找着。然后，告别大海，很沉重很满足，带着那些石头回来了。

没有一片树叶是相同的，那些石头也各种各样，各有各的魅力。润泽油亮，有淡淡的海风的气息，让人爱不释手。于是，家中里里外外都是石头，有客人临走要带走几颗，女儿常常被惹得不高兴。

一些日子过去了，家里的石头忽然少了很多。除了送人，一部分成了孩子们的玩具，一部分则被随手放在了那些大大小小的花盆里。再过些日子，那些落叶和泥土就把它们掩埋得不见了踪影。

这几天，阳光出奇得好，给那些花草松土的时候，忽然冒出了许多大大小小的石头。虽然还算认识，但已经面目全非，赶紧拿到水里冲洗，可是无论怎么努力，也找不回当初的光泽和记忆了。它们仿佛苍老了许多，也粗糙了许多，几近于泥土的气息和色彩。

看着这些曾经美丽非常的石头，原来的欢喜忽然变成眼前的怜惜。于是，就又按照现在的喜好，挑选几颗，放在了桌上，剩下来的，依旧埋进了泥土里。

这些石头，在大海里待了几万年，又被海水浸泡冲刷了几万年，棱角全无然而润泽冷峻。现在，就这样离开大海，来到泥土里，没有了光彩，依旧沉默无语。

我知道，岁月会让我对这些石头越来越淡漠，以至于完全忘记。可是，却不会有人知道，这些坚硬实在而且美丽非常的石头，什么时候也会变成泥土。

石榴树与鸟以及阳光与其他

我醒来的时候，太阳已经醒来了。阳光漫在石榴树上，那些黄叶悠然变成了黄花，闪闪烁烁，满是太阳的金黄。是树上的那些叽叽喳喳的鸟，打扰了我的梦。我起来的时候，它们又忽然停下了喧闹，有一队南飞的大雁，正鸣叫着，盘旋在蔚蓝色的高空。

今天哪里也不去，也不接受任何邀请。只在我的小院里待着，只待在阳光里。不是因为外面有一阵阵的风，是因为外面那些人流车流以及各种各样的声响，还不如那些哗啦啦的树叶和那些小鸟们在枝叶间的跳跃。

家就是家，世界就是世界。外面再风光，也不如这里安静迷人。这样的当下，所有的牵挂都烟消云散，我只关心树的影子是否已经转移了方向。因为，正午的阳光一过，我还要在午觉里，把那些梦做完。

我知道，当那些树在我的眼前拖成长长的暗影，那些吵闹的鸟也会各自归巢。它们会闭了眼睛各自做各自的梦，只等着明天的太阳把它们唤醒，然后再一起来这里唱歌。那些南去的雁，也许已经到达了温暖的目的地，所谓再度迁徙，要耐心等到明年的树叶由黄转绿的春天。

也害怕那些疯长的高楼和林立的脚手架，以及挂在上面的那些鸟笼般的蜗居。忽然想起了有巢氏，还有他的那些幸福的民众们。居者有其屋的时候，我们不再羡慕那些飞翔的自由，可是我们却被生活挤到了空中。

当然，并非是越遥远越美好，但也绝不可以说越现代越美妙。有多少棵树离开了森林，就会有多少只鸟离开树木。不是生长得越高，就离阳光越近；那些楼群长得越密集，人的欲望就生长得越迅速。

泥土的芳香和落叶及其他

很久没有到这里来了，虽然它们就在我的周围，而且我也知道，它们永远就在我的周围。也许正因为这样，每年，我几乎看不见它们的存在，只看到田边的树和野草丛里的花。

金木水火土，再加上日月流转，这就是我们先人的智慧和生活。这一块新翻的土地，比什么都古老，却年年展露着诱人的芳香。

站在刚刚犁开的泥土上，我想起了商鞅和那些更遥远的"井田"，以及他之后的那些杀伐征战。风雨交加的土地上，浸透着千百代人的汗水，甚至还会有鲜血和炮火。不再刀耕火种，来光顾的，只有阳光和现代化的车轮。除了播种和收获，我们已经很少把它当作一种风景。

并不是越原始的就会越传统，也并不是越现代的就会越新鲜。我们以及我们的生活，只是一种存在及其方式。正如海洋是鱼类的栖息地，也是它们的最后归依；泥土让一切生长、繁荣，也让它们凋谢、腐朽以及埋葬。

和它们相伴相生甚至相斗相争的，只有日光和月光，只有那些离离原上草，一岁一枯荣，只有那些守护在田边的树，只有那些野草丛里的花。

薄薄的轻雾，从泥土缝里浮起来，弥漫升腾着，直到看不清的远方。原野一片空旷，我没有感到自己的渺小，站在泥土里，我感到我就是自己的主人。太阳升起来的时候，我看到了东北的红高粱，也闻到了江南的油菜花香。

秋天的阳光就是可爱，最好不要和风一起来。但即使没有风，也会有落叶忽然打在你的头上。那些云，仿佛没有根，忽然来了，忽然去了，四海为家，无牵无挂。

多少年前，石头忽然变成了泥土，可以生长小草和树林以及庄稼。多少年后，我们的周围只生长高楼和烟囱以及垃圾和烦恼。我们离那些泥土其实很近，却故意看不见它们。

那些新鲜的泥土，让人忽然想起面朝黄土背朝天的岁月，还会有父辈们的辛苦和叮咛以及嘱托。

从这天开始，未来的日子里，一定要经常来看看它们。或者在硕果累累的季节，或者正寸草未生，或者铺满了落叶。

生命的断想

没有一种生命，能够绵延永存。世间的每一个人，也只是生活在当下和现实里。所谓生命的高度，也许就是指那些理想或者思想；那些关于生命的精神以及怀念，也许就是人生之树上的绿叶，虽然似乎可以四季常青，却需要一代又一代的接续。

每一个季节，只能有一种风景和色彩。或者幼稚，或者成熟；或者生长，或者老去，然后随日月运转而四季轮回。我们的生命，像一棵树，更像一河流水，当你第二只脚踏进去的时候，一切，都流逝成为过去的回忆。而且，这条河流将承载着我们所有的故事，无论多少欢乐或者哀叹，它都将日夜奔涌不止。

只要有蓝天和白云，每一棵树都似乎在生长不止；只要有日月与星辰，我们就会有不尽的思索和探问。阳光的照耀决定了树的生长及其高度；我们仰望星空的时候，一定会感叹自己的渺小，也会惊叹世界的神奇。

我思故我在。可是，当我不思考的时候，我又去了哪里？存在即是合理。可是，当当下的一切不再存在的时候，它们又在哪里？

我们其实是在有限的长度里追求着无限的高度，这追求里，有我们的理想，也有我们的欲望。而且，这些追求里，有的可以坦然面对，有的却只能自我欣赏。还有，最难忘的风景，也许不再是那些孜孜以求的结局，而是那些擦肩而过的惊鸿一瞥。

不经意间，最熟悉的风景里的那些树已经长高，日夜缠绕在身旁的孩子仿佛忽然长大。我们笑脸相对，而又心怀满足，感叹自己老去的同时，也在感叹着岁月和生长的美丽与力量。

有太多的东西，就在我们满足和感叹的同时，又在不知不觉间变成了过往与回忆。可是当那些过往和回忆连回忆都不是的时候，却能够在岁月的某一个瞬间，猛然被我们想起，就如那些似曾相识的燕，亲切而且熟悉。

我们从存在以来，总是离现实太近，离理想太远。我们从来都不曾忽略自己，却实实在在地漠视了生命。生命本来只是一个存在，也许什么都没有留下，一切随风而去。如果还能够留下些什么，那将是我们的造化。

菩提本无树。关于生命的断想，就像一部玄妙的书，有缘或者无缘，只在一念之间。有灵性的，可以念得很好，没有灵性，也许终生都得不到参悟。

瓦上的霜和月光

离离原上草，一岁一枯荣。

野火烧不尽，春风吹又生。

这首小诗，是在颂扬草的茂盛和顽强，也是在述说着火的肆虐和创造。

火的出现和利用，也许是人间最伟大的一件事情。且不说古远的人们用它来刀耕火种，也且不说它让世间变得如此的温暖和光明。金木水火土，五行相克相生，火在其中扮演了太重要的角色。火的到来，让一切存在或毁灭，或再生。或者，让一切存在因此改变了形态，也变换了色彩。

同样的泥土，可以生长庄稼，也可以生长野草。那些火，可以烧掉秋天的枯草，也可以把下面的泥土烧成了陶瓷，或者烧成砖和瓦。

那些形形色色、笨模笨样的陶，最早是先民们的生活必需品，很平凡，也很珍贵。那时的陶，如果还能够流转到现代，一定是得之不易而且价值不菲。那上面的符号与花纹，有些至今还是一个难解的谜语。

那些砖和瓦，有的被建成了房屋供人居住，有的被建成了宫殿显示着威仪，有的则被建成了宽阔高挺的城墙以抵御外敌。

陶尽门前土，屋上无片瓦。

十指不沾泥，鳞鳞居大厦。

世间的每一个人，也正如这脚下的每一寸泥土，经过火的锻造和筛选，有了迥然不同的使用和身份。或者平凡如屋上瓦，或者高傲如殿前砖。

那些平凡的砖和瓦，无论是青色或是红色，在阳光下是那样的实在和美丽。它们被阳光照耀着也温暖着，迎接着风雨也为生产它们的人遮风挡雨。经过火的洗礼，它们再也回不去了，再也不可能生长花草或者庄稼。想要还原它们，不知道要经过多少个世代的磨蚀和风化。

在它们的荫护下，房屋内那些静默着的瓷器仿佛要高贵得多。虽然都是来自于泥土，都是在火里得到新生，但面世以来，它们仿佛从来就是不一样的结局。而且，在烧制的过程里，陶器大多是粗放和简单的，瓷器的生产则加入了太多人为的加工和技巧。

所谓宁为玉碎，不为瓦全，大多是在说瓦的普通甚至卑微。可是，自古以来，也许我们可以没有玉的高贵温润，却从来少不了瓦的遮挡和庇护。当思乡的月光照在了你的窗前，也许你头顶上的每一片瓦上，正凝结着冰冷的白霜，最真切的温暖，大多藏在了你看不到的地方。

鱼和熊掌

1

有人爱鱼，有人爱书，可是世俗里的我们常常身不由己，所谓"鱼和熊掌不可得兼"。

也许，你想好好静下来读书，可是，很多时候真的没有时间去读一些心仪的文字，那些文字的清香早已离你远去。世俗的牵绊，工作的忙碌，早已把我们的心浮躁成欲碎的泡沫。

也许，你爱鱼，每天钟情于你的鱼钩、鱼竿、鱼饵以及钓鱼的场所。那是你的快乐，那是一种忘却尘世的幽静和自由。

我们在嘈杂的世界中停留太久，心灵每每渴望得到安静的抚摸。打开一页页书卷，嗅着飘逸墨香的文字，我们的心灵在字里行间里游走。我们和智者进行一次次心灵的对白，那对白里也许会有忧郁、感伤、思念、留恋、彷徨、失落；也许会有希望、信念、理想、梦幻。那追梦的脚步从古到今都不会停止，我们在别人的失败和彷徨中找寻自己的影子，判断自己行走的方向。我们在别人的成功和自信中鼓足自己的勇气，践行着自己的诺言。这些都是文字给予我们的力量，也是文字带给我们的自由。

当你找不到方向的时候，也许那些文字能帮你解脱烦恼。的确如此，能把我们被蒙蔽的心擦拭得更亮的是书，也只有书。我们的心原本是干净的，纯洁无瑕的，可是它在尘世中浸染太久，它的本色早已改变。它在挣扎，它想回到原来的样子。那份纯纯的感觉，真的就像深冬里的一场雪，无尘无埃，洁如白莲。

心的取舍有时就是"鱼和熊掌"的选择，我们选择了平淡，也就是跳出了那个圈子，那"熊掌"自然不会向你招手，在"鱼"的平凡中，我们找寻着乐趣。平淡不是无趣，更不等于低俗，我们用"鱼"的清澈涟漪洗涤自己的心灵，在与"鱼"的追戏中演绎自己的浪漫，心的花蕾也如那山溪间的清莲自然而脱俗。那时候，你的气质是一种纯真的自然流露，又如那山间的溪水，满是两岸的花香。

我们远离了"熊掌"——那些膏粱厚味，那些致命的诱惑，那些越陷越深的陷阱，那些让我们失去自我的樊笼，就等于从一场噩梦中醒来。尽管有些跌跌撞撞，有些迷迷糊糊，有些不知所措，但是远离了就是一种幸运，就是一种勇气。

鱼和熊掌的选择远不止在于心灵的求索，它的意义一直在考验着我们的人性，引导着我们在思索中完成一次次脱胎换骨的蜕变。我们的心在哪儿，哪儿就需要对鱼和熊掌做出选择。做出决定的那一刻，也许就在我们翻阅书卷的那一刻，因为你爱那些书，那里才是我们心灵真正皈依的地方，那书香的诱惑，使你坚定了自己的选择。

2

子非鱼，安知鱼之乐？子非我，安知吾不知鱼之乐？

多么精致而诗意的对话。鱼之乐，就是吾之乐，我的快乐，只有我自己知道。这是一种简单至极也天真无比的快乐，更是一种世事洞明后的心灵自由和超越。垂钓者不必都有姜太公的雄心和谋略，只要能够守得住当下的宁静，就一定是一个快乐无比的人。

鱼和熊掌不可兼得，世间人大都要受此考量与折磨。理想和现实，灵魂和肉体，孰轻孰重？即使我们能够分辨得很清楚，也依然摆脱不掉生活和命运的安排和摆布。最后除了痛苦地慨叹，就是一声无奈的叹息。

熊掌是什么？也许是我们孜孜以求的名利，也许是生活和生命的重压与累赘。有时只能是你走向快乐和自由的障碍和对立物。一个人被它束缚住的时候，也只能是"临渊羡鱼"，找不到想要的自由和感觉。

爱书和爱鱼，他们都可以找得到属于自己的快乐。那些文字，其实就是那水中的鱼，诱惑着你一次次下水，情不自禁，身不由己。因为那里有你的自由和欢乐，你可以快活地游弋，也可以在其中静静地潜伏。在那里，没有什么可以惊扰你，无论想哭，还是想笑，都将源自你的内心。

磨石、刀和鱼以及岁月

当聪明的人类发明了铁器，最早用于农耕，带来了生产力的深刻变化。除此之外，最大的用途之一，就是制成了各种各样的刀，然后就有了愈演愈烈的各种各样的杀戮。当那些刀不够锋利的时候，于是就又有人发明了磨刀石，把手中的刀磨得寒光闪闪，所向无敌。著名的《木兰辞》中，就有一句"磨刀霍霍向猪羊"，欢迎从战场上得胜凯旋的木兰。而"项庄舞剑"，却是不怀好意，另有阴谋，利剑所指，举座皆知。可是，再厉害的刀剑，也会有不好用的时候，例如那句我们都会吟唱的句子："举杯销愁愁更愁，抽刀断水水更流。"

除了刀，后来那些能工巧匠们，又锻造出了更加锋利的剑。它们的功用，除了美观好看，就是用于防身或杀戮。一时佩剑之风盛行，侠客之风盛行。那个喜欢饮酒也喜欢吟诗的李白，就是非常喜爱佩剑远行，虽然不免孤独寂寞，却也豪气满怀，一慰余生。我们几千年的历史，在火器发明之前，杀人或被杀的主要帮凶就是刀剑无疑。当其时，战场上的杀人，是士兵的义务；刑场上的杀人，是刽子手的职责。

所谓"杀人如麻"，"杀人不过头点地"，这，都是刀剑的功劳，也都是曾经的现实。所谓宝刀配英雄，每一个杀人英雄，都以能够拥有一把锋利无比的宝刀而自豪。据说那把越王勾践剑，出土时依然寒光闪闪，锋利无比，而且现在成了价值连城的宝贝。似乎，有多少个英雄，就必然要有多少把宝剑。所谓宝刀不老，真正的英雄，永远不会言败。

"风萧萧兮易水寒，壮士一去兮不复还。"是说当年的荆轲，要去森严壁垒的宫里刺杀秦王。当图穷匕见的时候，英雄也难免会心慌，"屡投不中"，杀手反被杀于被杀者刀下。"休言女子非英物，夜夜龙泉壁上鸣。"这是鉴湖女侠秋瑾的诗句，可是，革命尚未成功，就被可耻的叛徒告密，英雄无奈地倒在刽子手的刀下。

其实，即使没有刀剑，也会有杀戮，只是形式不同。人类存在一天，争夺和伤害就不会停止，无论过去、现在还是未来。

其实，世上没有不老的宝刀，当人们感到手里的刀剑不太锋利的时候，就会想到那些不起眼的石头。那些磨石似乎比钢铁更坚硬，可以把刀剑打磨得更好用。可是，坚硬的石头也会因此消耗了自己，刀锋越锐利，磨刀石就会消失得越快。成就了刀剑的本色，却牺牲了自己的身体，这就是磨刀石的使命，是它存在的唯一意义。

庄子以及庄子以后的许多人，曾经非常羡慕鱼的自由和欢乐。可是，当一条鲜活的鱼离开了水面，也就走向了死亡。再经过刀的加工，火的加工，最后变成了我们面前的美味佳肴。几乎每一条鱼，都要面临类似的危险，包括那些畅游于深海里的鲨鱼。鲨鱼是凶猛而且贪婪的，可是比鲨鱼更贪婪的是人。鲨鱼的生长几乎赶不上人类的捕捞和杀戮。而且，无论它们藏得多深，聪明的人类总能够寻得见它们的身影。

"人方为刀俎，我为鱼肉"，这是以鱼作比，言说自己的痛苦。最好不要羡慕鱼的快乐，也不要痛苦鱼的痛苦；红尘里的我们，有时候会比砧板上的鱼要痛苦得多。

也许，岁月可以消灭一些战争和一些伤害，但历史磨蚀不掉所有的记忆；时间可以让一些往事成为过去，却不能够抚平所有的伤口。

酒和蜂蜜及其他

"座中醉客延醒客，江上晴云杂雨云。"这是李商隐留下来的名句，这里我们只取前半句，见识一下饮酒后情状不一的醺态。不知中国是不是酒之故乡，当然这里指的是白酒，但中国的酒文化可谓源远流长。

"何以解忧，唯有杜康。"这是曹操留下来的名句。杜康是否源于夏代的少康，也许不太好考证，但当时肯定已是身价不菲的美酒，否则不会出现在曹操的笔下。"知我者谓我心忧，不知者谓我何求。"这一句出自于古老的《诗经》，作者当时饮酒没有，我们也无法落实。但自古以来，酒就是解忧之物，应该是可以肯定的。酒之于人，关系可谓大矣。

"举世皆浊我独清，众人皆醉我独醒。"这是屈原被流放时的吟唱，是不是酒后，也不得而知。渔父对他说，"沧浪之水清兮，可以濯吾缨；沧浪之水浊兮，可以濯吾足"。屈原大笑而去。"醉翁之意不在酒，在乎山水之间也。"还是欧阳修有悟性，虽苍颜白发，仍能于觥筹交错间尽得山水之乐。

据说，酿酒之后的副产品酒糟，再经二十一天的发酵后，就成了酸甜而香的醋。好醋和好酒一样，都散发着五谷的芳香，但有时候，那软绵绵的醋劲上来，似乎要比酒劲大得多。

酒醉后，至多是疯一阵子，瞪起眼珠子吓人。或者似醉非醉，看一看当下那一片朦胧的世界。但是，醋性大发可就是不一样的境界和情态了。"吃醋"者，有时恨不得吃人。那个喝起酒来狂傲得"天子呼来不上船"的李白，好不容易入京面上，供奉翰林，终因"无奈宫中妒杀人"，愤然然拂袖离去。虽是赐金而归，却也伤怀不已。

中国两千余年的封建史上，历代帝王后宫里的纠结与纷争，大多起于一个"醋"字。曼妙宫闱之内的那些密谋和杀戮，也多是醋性大发的邪念和恶果。真是醋劲一来，威力无边，妒火中烧时，那醋比毒药还厉害。无论哪个帝王的后院，都曾上演过几多争风吃醋的故事，或者，那不是故事，而是血淋淋的史实。

"冲冠一怒为红颜"，这一句讲的是吴三桂。镇守山海关的明代大将，大概也是因为醋意大发，据说为了一个陈圆圆，将大明江山出卖给了大清朝。

今天，酒和醋，俨然已经成为我们生活里不可或缺的东西。可是，好端端的五谷被人辛辛苦苦变成了酒和醋，有时候真的是既浪费了粮食，又伤害了人。

相对于白酒的烈性，葡萄酒则要温和得多，而且还凝聚着一种浪漫的情调和色彩。"葡萄美酒夜光杯"，讲的是古战场的惨烈和无情，但这似乎丝毫没有挡住它带给我们的芳香与温情。葡萄飘香的季节，有时候我们会亲手酿造，亲自看一看那些玛瑙般的果实，如何神奇般地变成了色正味醇的美酒，也同时享用着生活的馈赠。如果说白酒是力量的象征，葡萄酒则代表了温柔，昭示着绵绵爱意，可以让爱情的滋味荡漾很久。

蜂蜜与五谷和果实无关，它的原料只能是鲜花。虽然每个季节里的每一朵鲜花都是美丽的，但蜂蜜的味道，除了甘甜之外，肯定还应该有各自不同的风味。那一只只小虫，每天都会跳着八字舞，不知疲倦地采集着，酿造着。给人类留下了香甜的生活，也让那些鲜花，因此而能够成熟为果实。这就是生活，也是生命世界里的秘密。从自然到我们，从植物到昆虫，是一种本能和索取，也是一种奉献和创造。虽然，我们早已经习以为常。

五谷，酒和醋；鲜花，果实和蜂蜜；自然和我们，我们和暴力以及爱情。似乎，是一种混乱的排列，也正是一种最合乎于逻辑的逻辑。

苏轼如茶

苏轼如茶，于苦涩中绽放，于苦涩中寡淡，于苦涩中明净。而后留予我们一方甘醇的回味，于淡泊中传递着静定的禅意。

《前赤壁赋》便是这跃然唇齿间最温润的甘醇情怀。在这里，苏轼将他的才华打磨成一种明亮而不刺眼的光辉，一种浩然而又安逸的态度；一种怡然与超脱的空灵，悯世人之悯，其后，才能顿悟自身。于默然中揽读之，心里竟然浮起一丝忧伤。

人的渺小犹如沧海一粟，犹如天地间的蜉蝣。仰望星空，敬畏宇宙与未知的博大，只不可乎骤得，然而达观的苏轼却淡然解释了这一切。人生确实短少，但站在整个人类的发展史来看，却是无尽的，况且，即便是在困窘之极的境地里，不是还有江上之清风与山间之明月相伴吗？个人的生命确乎有限，但在这有限的甚至是痛苦的生命中，仍然有无限的欢乐与达然在我们心中。比如，与友人游于赤壁，比如，月畔水泽下的隐隐箫声。

我想，这才是苏轼想要传递给我们的精神。当年的他，应该尤为苦闷颓然，但这字字珠玑，好像是一行行一段段痛与乐，悲与喜交织的人生交响曲。痛，是真切的，但也应有田园间的淡泊。古今的文人大多逃不过"命运多舛"这四个字，只有在这四个字上站起来，顶天立地的人，才会有高尚的人文精神。他们的身躯早已化为渺渺云烟，但他们于苦难中坚韧放达的态度，才是真正流传至今的宝藏。

在苦难中将横溢光灿的才华洗脱为纯净空灵的气度，曾经湍湍激流现已汇聚成包容并蓄的汪洋 。驾一叶扁舟，凌万顷之茫然，在自己心中耕耘一份人生的执着。面对现实困窘的普罗大众，是否也应该坚定这份放达呢？或许我们不会有黄州的冤屈，不会经历贬谪海南的极境，但在颠簸劳顿的人生单程旅途中，你是否享受过生命一点一滴的美好呢？或是清风，或是明月，或是一壶清酿。耳闻之则成声，目遇之则成色，物与我皆无尽也。

赤壁之夜早已消逝，但那丝丝缕缕发于人生和生命的思考却代代传递，成为篆印在心灵最宁静处的铭言。

众生平等

每天的清晨，都喜欢在高高的楼上看日出。看东方那一片玫瑰红之上，初升的太阳静静地浮上来，橘色的光罩住参差的楼群以及那些在宽窄短长的夹缝里涌动的人流车流。此时忽然想到，"众生平等"，指的是什么呢？是阳光普照的这个世界吗，是指在其中生生不息的我们以及伴随我们的那些生老病死吗，还是指每个生命都会有相似的欲望和各自的理想皈依？

也许，所谓"平等"，是要人抛却那些难以企及的东西，回到生命的原点，用心享用自然赋予我们的一切。就如每天日出日落的风景可以任凭我们欣赏，就如每时每刻都会有新生和老去让我们欢欣和叹息，也正如肉体和灵魂让我们拥有了蓬勃的生命却又彼此纠葛争斗，最终给予我们许多无以安放的情怀和困惑。

是的，生老病死，喜怒哀乐，这些东西与生俱来，与我们相伴相生，我们谁也绕不过。所谓色即是空，所谓因果业报，也许尘世的我们谁也无缘看到。我们每日开眼见到的就是熙来攘往的人流，闭目想起的就是没完没了的挂牵。

众生平等，是说我们所有的人生都会有相似的历程，又会有相似的感受。虽然每一个生命都会有不同的存在形式，也都会有各自的理想天地。虽然我们谁也不知道理想和现实的距离究竟有多远，可是我们应该知道，也许我们人生的大多数时间，是在理想与现实之间徘徊奔走。有时，我们既不满意我们自身，又会对这个世界耿耿于怀，要么求全责备，要么一厢情愿。不是吗？

同在蓝天下，每个人都会向往精致而闲适的生活，每个人又都会对不期而遇的温情怦然心动。所谓觉悟，是说除了我们的肉体，我们更应该关照一下自己的灵魂。所谓信仰，是让我们从启蒙到至善，尽性而已。老子说："吾所以有大患者，为吾有身。"佛家也曾认定肉身的存在是通达涅槃的障碍。灵与肉，思维与存在，总是那么顽强地纠结在一起，缠缠绕绕，理不出头绪。也许，痛苦缘于此，出路终究也会源于此。也许，人生最大的快乐是天地合一，灵肉合一。在我们短短的一生里，最大的敌人不是其他，只能是我们自己。

浮生如梦，白驹过隙。有人说，如果梦想有起点，就让我们回到梦想开始的地方。可是，我们还能做得到吗？每个人都会有一双隐形的翅膀，带我飞，给我希望。是这样的吗？

妙音无限

高山流水，本是一支古曲，与其说它是以乐音的美妙而著名，倒不如说我们更愿意关心其背后的故事。一个琴师，一个樵夫，高山流水遇知音。妙音无限，"巍巍乎志在高山，洋洋乎志在流水"。钟子期去了，铮铮琴声奏与谁听？伯牙摔琴绝弦，只留下高山流水韵依依。

孔子入齐闻韶乐，竟"三月不知肉味"。可今天无论我们如何努力，都再也无法领略当年韶乐的魅力，只能从零零散散的史记里修补我们关于它的记忆。孔子曾说："韶，尽美矣，又尽善也。"圣人的感觉也许我们只能凭想象才可以体味得到，但稍有常识的人就会知道，当时的中国其实就是一个礼乐的世界，峨冠博带，钟磬齐鸣。礼乐教化是孔子毕生的政治实践，并把"乐"列为"六艺"之一，是修身齐家的功课。儒家天然地认为"人之初，性本善"，笃信音乐的力量可以把人拉回到原初的本性。如果你有幸来到孔子的故乡，亲自看一出原汁原味的杏坛剧场，那些演绎和演奏肯定能让你泪流不止。

庄子说："无听之以耳，而听之以心。"真正的音乐是与心灵的共鸣，是回到个体的本我，回到本我的真性。"乐出于人而还感人"，无论多么美丽的曲子，那股打动你的力量究其实是源于我们自身，是我们自己突然间发现了自己。就像我们喜欢美丽的文字，其实那已经不是文字，而是你的心。

一切美的东西在逻辑上都有着惊人的一致。一个潦倒的盲者，一把老旧的二胡，却能够把漂泊凄苦的身世倾诉得如此哀婉动人，这就是阿炳和他的《二泉映月》。妙音无限，这断肠之音，有时我们竟是想听而又不敢去听。孔子曾说，好的音乐应是"乐而不淫，哀而不伤"。可是，听阿炳的《二泉映月》，我们做不到情感和理智的平衡。

还曾记得，那晚去日照的万平口。月华如水，海浪翻滚，音乐猛然响起，那样的熟悉，竟是班得瑞的《月光水岸》。当时真的是感动极了。此情此景，真的是天造地设吗？此时此刻，你又在哪里呢？如果昨日可以重现，真的愿意就这么一直走下去。

有时候，我们的心事太重，重得盛不下；有时候，我们的顾虑太多，多得无处安放。也许，那月光里，会找得到我们的影子；那乐曲里，能够发现我们的情绪。虽然我们说不出口，但我们可以感觉得到。

妙音无限，一切美的东西都会触及我们的内心，启迪我们的感悟。无论是汹涌的浪涛，还是小桥流水；无论是灿烂的阳光，还是宁静的月夜。当生命臻于圆润成熟，当心灵洗净铅尘，一切的存在似乎都会成为天籁之音。简洁与永恒，流动与休止，故交和温情。音乐的力量就是这样，让我们的感觉既寂静而又不会安宁，既纯粹而又永远不会满足。

鸟之歌

1

无论我们关于鸟的定义有多少种划分，无论我们关于它们的种属有多少种界定，一定会有一种关于鸟类的划分合情合理。

现在我们已经知道，所有的鸟类，如果不是属于候鸟，就一定会属于留鸟。

无论它们分属于哪一个种群，我们感到它们就在我们身边，就像我们身边的阳光、空气和水。

日出而作，日落而息，它们是真正的健康生活的倡导者。它们仿佛永远无忧无虑，每天每天，只是知道散步、飞翔和歌唱。

它们从不会像我们一样，为了某种目的孜孜以求，为了某种生活营营役役，为了某种约定海誓山盟。

是的，它们根本不需要，它们只知道悠闲地散步，只知道轻盈而高傲地飞翔，或者，伫立于某一处枝头快乐地歌唱。

它们所有的淡定和自由，都不是某种智力的进步或者某种情感的超脱；它们所有的生活，都不过是一种与生俱来的真实，是一种天然习性的表达。

可是，它们是自由的吗？

2

每年的这个时候，当冷冽的西风转成了骀荡的东风，当阳光下你自己的影子悄悄偏转了方向，那些候鸟们就要回来了。

是在去年深秋的某一个日子里，它们辞别了一个熟悉的栖息地，呼朋引伴，鸣叫着赶往又一个栖息地。

年年岁岁，往往来来，来去匆匆。

原本就是某种习性，却仿佛为了某个征程；原本是为了谋生，却仿佛是为了一次又一次约定。

它们向往的，一定不是远方，而是某一个熟悉的目的地。

它们抵达的，一定不是某一处目标，而是因为找到了一种曾经的温暖。

无论距离多远，当季节来临，它们就一定会从此地赶往彼地。

所有的飞翔和迁徙，与其说是一种风景，不如说是某种期许和象征。

所有的奔波和找寻，与其说是一种专注和选择，不如说是一种因缘或者宿命。

3

似乎，那些留鸟们，就幸福或者幸运了许多。

这一群鸟里，以麻雀居多。每天的清晨，它们都会聚集在那一棵树上，向着东方唱歌。

这些朴素平淡的小东西，仿佛一个个快乐的小精灵，跳跃着，打闹着，永远无忧无虑。

有时候，一定会有几只更加漂亮的鸟加入进来，于是，它们的鸣叫声就会更加欢畅热烈。

太阳升起来的时候，它们就会来到阳光照耀的地面上，觅食或者饮水，有人走近也毫不顾忌。

它们，早已经成为这一片天地的一部分，不，它们就是这里的主人。每年，每天，迎来日出，送走日落，绝不让一天虚过。

有时候，它们也会很安静，三三两两立在了树枝上，俨然一副沉思状，一阵风来，它们依然一动不动，在那些来来往往的风里摇晃着。

它们是如此的不起眼，你几乎看不出这一只和那一只的分别。它们的个体如此的渺小，它们的群体数量却永远比我们的想象大得多。

也许，它们的飞行技术极佳，却永远飞不远，只愿意留在真正属于自己的地方。

它们，没有了不得已的迁移和匆忙，世世代代，只为享受眼前那一寸一寸的时光。

4

无论哪一种生存，无论哪一种生活，都一定是一种必然和选择。

无论是迁徙或者居留，都一定与季节相关；所有的停停留留和来来往往，都一定与阳光相关。

有时，它们是自由的，一如那些来去无影的风，广袤的天空就是它们幸福的天堂；有时，它们又是局促的，一生里的大部分时间里，不得已匆匆追赶着太阳的轮回。

它们是淡定的，只在属于自己的生命里，觅食、散步、歌唱着，无论风雨如晦，还是阳光灿烂。

可是，它们又是固执的。永远居留于某地，或者永远来来回回地奔忙迁徙，一定没有谁能够改变它们。无论强制或者迁就，它们绝不妥协，永远不会屈从于任何一方的力量。

它们，只想服从于自己的意志；它们，只愿意自己安排自己的一切。

没有一种鸟，可以逍遥自如如庄子笔下的大鹏；没有一种鸟，真的失意孤独如马致远眼里的老树昏鸦。

它们是如此真实、自由而且自在。

如水的光阴里，仿佛，它们只知道闲庭信步，只知道展翅翱翔。

一切，一定与某种与生俱来的习性相关。

一切，一定与它们骨子里的那一点基因相关。

色即是空

就这样，阳光漫下来，毫无遮拦，无拘无束。就这样，那些金色的光，洒在了你的身上，也洒在了你眼前所有的事物之上。

它们如此安静和乖巧，没有打扰谁，只轻轻悄悄留下了灿烂和温暖。它们也不想叫醒谁，阳光下的一切，尽可以随心随意在那里眯着。

一切，如此清晰而且真实，你和你身外的一切，都在你的掌控之中，一切，都一定是你的真情实感。

可是，你仿佛又懒得去管，只让它们在那些光里晒着。这是它们的自由，也正是你的自由。一阵风来，阳光仿佛摇晃起来，一如微波荡漾的那一池春水。

温暖，触手可及；灿烂，触手可及。

是的，就是这样的一个日子，一切，是如此真切而且真实。这种真实，如此无懈可击，最终却又要你油然而生一种幻觉，仿佛，你就在某年某月的梦里。

依然，还会有突如其来的风，让人忽然记起那个还未远去的冬季。乍暖还寒，远山近水还见不到真正醉人的春意。

但，这样的一个日子，一定会让你觉得，此刻，你就是一个自由幸福的人。仿佛，你已经不在这里，而是随着那些金色的光，随着自己的感觉，去了一个更加遥远美丽的地方。

所说的"色即是空"，就是这样的一种境界吗？

此处的静，更加衬出了别处的闹，更不要说更远处街市上的劳顿和匆忙。

其实，人的一生，无论长短，真正需要的东西不会太多。太多的忧郁和不满，大多是因为我们太喜欢作茧自缚。

有人说，当上帝为你关上一扇门的时候，一定会为你打开一扇窗。可是，真正的上帝在哪里？也许，真正的上帝只能是每一个人自己。

几乎，所有的纷扰和纠缠，所有的辛劳和痛苦，如果不是源于我们的贪婪和欲望，就一定是因为我们无休止的争斗和攀比。

春夏秋冬，岁月轮回，这个世界是公平和安宁的。不平衡和不平静的，是我们的心。

色即是空，空即是色。色不异空，空不异色。

光阴似水，得到和失去，都不过是过眼烟云。认认真真过好眼前的日子，快快乐乐把握住每一寸好时光。

如此，也许就足够了吧。

秋之印象

日出而作，日落而息，古之人所倡导的自然而惬意的生活，或许正是指入秋以来的某种情态。岁岁年年，能够真正安排和主宰我们生命和生活的，除了每一个人的理想和意愿，更多的力量要来自于季节的到来或者离去。

就像现在，暑气渐远，秋意渐浓，清晨阳光的到来，唤醒了每一个热爱生活的人。夕阳西下，凉如水的夜晚，又会让人愈加留恋家的温暖安宁。

就这样，秋天一步步来到了身边，走进了每一个人的生活，也让你再一次感悟着光阴的流逝和馈赠。

这个不期而至的秋天，似乎阳光多了些，雨水少了些，没有了那种凉雨打窗，衰虫低鸣的况味。似乎，我们一天又一天地在这样的好天气里重复着，完全忘记了那些悄然逝去的日子。

人生岁月，一岁有一岁的轮回，每一个季节，也一季有着一季的风景。真正属于秋的色彩，也许现在还不是时候。就如每一个人的成长岁月，青春懵懂的少年，绝不可能有一咏三叹的人生悲喜。秋之于人，正是这样的一个好季节，有成长和成熟，也会有衰朽和离去。只要生命还在，所有的快乐和感悟，谁也夺不走。

没有了太多缠绵的雨，秋天就显得安静了许多。每天里阳光尽管温暖无忧地照着，像是在抚慰那些花草树木，也似在和热烈的夏季做最后温情的道别。

树上的那些叶子，将落未落，季节的轮转，终于让它们只留住了阳光，没有留住那些过往的风，也没有留住那一季又一季的光阴。无论你信还是不信，无论失去或者得到了多少，终究没有岁月可以回头。

或许，四季之中，只有秋夜的月亮最好看。独有的皎洁明亮，独有的宁静润泽，照亮了秋的夜空，也照亮了看月人的心。只是每到月圆之夜，忙碌一天的我们也许早已经进入了甜美的睡梦；或者至多是在你有时睁大了眼睛在夜空里想心事的时候，会有一弯浅浅的孤月挂在了西方的天空。

"一候鸿雁来，二候玄鸟归"。白露初现的日子，还看不到秋的肃杀和寂寞，要领略和见证秋之深沉和凌厉，还是要耐心再等些日子。

秋之语

1

入秋，仿佛一直都是很好的阳光，阳光里的一切，也仿佛很安静。这种静好的风景，又宛如一个人的好心情，无论你看到哪里，都是灿烂熨帖的。这样的好情怀，又直让人怀疑那些悲秋的文字，尽管它们已经流转了千百年。

野外的庄稼，正在明亮的光照里努力地生长着。高树掩映下的阡陌上，芊芊延延的藤蔓，淹没了曲曲折折的路径，只留下一些斑斑点点的缝隙让人走。路旁，许多不知名的植物的顶端，不知何时结满了各种各样的种子，只等一阵风来，再把它们带到未知的远方，或者等一阵雨来，把它们打落进身下的泥土。

依然有零零散散的花朵，在这种野外的风景里点缀着。蝴蝶也渐渐多了起来，大大小小，远远近近，高高低低，翩翩起舞，一副弱不禁风的样子。或者，在这样的季节里，在某个地方会有一大片枸杞子，红彤彤地忽然出现在你面前。

仿佛很久没有出去了，外面的世界仿佛与我无关，虽然我曾经如此地热爱而且迷恋它们。那些高天秀云，那些奇山丽水，仿佛早已经淡出了记忆。我只是在文字里还可以隐约看得到它们的影子，或者在窗前的阳光里臆想一下它们的模样。

自然而自由的生活，应该是每一个人的理想或者奢望，然而尘世间的我们又决然不能如那些头顶上的云，去留无意，舒卷自如。当我们进入到一种自由时，也许就远离了另外一种自由；当我们选择了某种坚持，也就选择了某种放弃。无论这些选择是出于自愿，还是不自愿。

而且，每一个人终究不是风中的一棵草，每一个人都在自己的人生之路上行进着。在季节的陪伴下，我们成长着，成熟着，也衰老着，一如眼前阳光里的一棵棵庄稼。

一寸又一寸的阳光，迎来了一个又一个季节，一个又一个季节，组成了我们的生命。白云苍狗，来去匆匆，我们只是这个世界的一部分。当我们欣赏身外的世界时，自己也不过是某种风景。

2

这个秋天，真的很漫长，日日夜夜，都仿佛在暖暖的风里穿行着。

这个季节，绝没有像记忆里的那些日子，几场连绵的雨，便是黄叶尽落，满目荒芜和凄冷。那样的风景仿佛迟迟不肯到来，却道天凉好个秋的感觉，仿佛一个远逝了的梦。

从初秋到深秋，慢悠悠的岁月，一天天来到，又一天天离去，似乎永远看不到尽头。没有了惊喜和期许，也没有了彷徨和踌躇，每一个日子都是自己的，它们如此可闻可见，触手可及。

不再愿意回头，一如往日曾经怅然地张望；也不再猜想未来的模样，一如往日曾经信誓旦旦地等候。无论温暖如昨还是寒意来临，所有的日子，都不过是为了某种挣脱或者自由。

一切，来或者不来，仿佛都不再那么重要。在那些曾经的来来去去里，珍惜或者抛弃，都只能是一种记忆。

因为，当你不再回忆的时候，你也许什么都不再想拥有。当你不再痛苦的时候，也就没有了所谓的遗憾或者惋惜。无论固守天真，还是臻于圆熟，只要源自于自己的心灵，就一定是一种成长和收获。

绿色的盛夏仿佛已经很遥远，可是满缀着树叶的高枝上仿佛依然有蝉的声音传来。白色的冬季也仿佛很遥远，虽然那些关于雪夜的童话依然梦幻般的美丽。

就这样，来的尽管来，去的却永远地去了。多少曾经的真实，也许早已经成为他人眼中的故事或者传说。虽然，没有谁能够真正学会忘记，可是，秋风里却再也不会送来多少令人难以忘怀的消息。

秋天里的风景，是一种成熟后的荒芜，也是一种沉寂中的唤醒。秋天里的每一个日子，就仿佛是一道坎或者一道坡。在季节和岁月的驱赶下，有人正在坡的一面努力地一路走来，有人却正在另一面一路走下去，直到，生命的起点或者终点。

人到中年的时候，应该是一种季节，还是某种季节里的某种风景？

江南的雨

也许，要写这样一篇小文，不必去江南，但一定要在一个静静的雨夜，然后回想那些抹不去的往事。就如想象里的江南的雨，也许心情是湿漉漉的，但又不会感到伤怀。

江南的雨，就应该是那种样子，"水光潋滟晴方好，山色空蒙雨亦奇。"那些斜风细雨，那些小桥流水人家，那些精妙天成的园林，那些古色古香的小镇，还有那些渐渐远去的青石小巷。江南，真的是人间天堂。

江南水多，因而湿润，但若没有雨，就不会有灵气。在江南，雨是一种符号，更显示着某种意义，江南的风景因此有了背景和依托。"南朝四百八十寺，多少楼台烟雨中"，江南，似乎自古至今就淋在了雨里，六朝古都，雨打金陵，江南，总有一些事让人牵肠挂肚。

江南的雨，美丽轻柔，让你想起苏杭的丝和绸，那随风洒在脸上的雨丝，又分明是西子的手。江南的雨，更像雾，仿佛无处不在，但你又抓不住，那雾中的一切，又被画成了一幅水墨山水。

似乎，我们说不出江南哪一处更好，江南的雨，已然化为我们心中的一种感觉和印象，关于江南的风景，似乎全都不过是回忆。我们尽管没有真正去过江南，而一切却又那么熟悉。江南的美，就如那天上月，我们举头的同时，整个身心都已经沐浴在月光里；江南的雨，其实就是那梦中的水乡，那里有你似曾相识的影子。

隐隐约约里，我们看到了白墙黑瓦，断桥春柳。朦朦胧胧处，一把雨伞举过来，又飘向他方。"梧桐更兼细雨，点点滴滴，到黄昏"，李居士的笔触，总是那样的冷。江南的雨，留给人更多的是几丝温暖，几丝留恋。

"楚雨有情皆有托"，江南的温润盛产才子佳人。江南的雨诗意婆娑，但没有哪一个才子的咏叹能够写尽江南的韵味；江南的雨仿佛泪眼迷离，但没有哪一个佳人的泪水可以把江南洗脱得这样清新自然，让人从古至今流连忘返。

"去年一滴相思泪，至今还未流到腮"，这是苏氏兄妹的一句戏语。相思有时真的就如那可爱的江南雨，点点滴滴从早到晚，不依不饶把人拦住。"君问归期未有期，巴山夜雨涨秋池。何当共剪西窗烛，却话巴山夜雨时。"这是李商隐对妻子的思念，也是妻子对夫君归家的期待。

江南的雨，是这样的美丽如诗，也是如此的有情有义。

我是谁

我是谁，这似乎是个多余的问题，但一定会成为一非常重要的问题；纵然你不曾在嘴上说出来，也一定会无数次在心头飘过。

我不是别人，我是我自己。但我真的是我吗？

如果你对中国的方块字感兴趣，或者能够稍微留意，你就可以发现，汉语中有两个字惊人的相似："我"和"找"。我们也许不可能再知道它们千百年来的演变痕迹，但至少至今日为止，它们的形状就只差那上面如同神来的一笔。当那一撇不见了的时候，"我"也就不见了，"我"便成了"找"；当你把那一笔找回时，"我"也就回来了。其实，我们每一个人的一生，都不过是处在了丢失和找回的过程里。但是，我是谁？"我"又在哪里？我们真的找到了吗？

　　我的所有快乐和痛苦皆因"我"而起，我的所有思想都是关于"我"的追问。

　　"衣带渐宽终不悔，为伊消得人憔悴。"可是，"伊"会是谁？所谓"有位佳人，在水一方"，佳人难寻，而"我"已日渐憔悴。

　　"万物皆备于我。"我不是万物，可是，我超越了万物了吗？"我思故我在。"可是，我不思考的时候，"我"又在哪里？而且，我无时无刻不处在思考里，因为"我"已经是一个存在。

　　第欧根尼曾对亚历山大大帝说，请你让开，你挡住了我的阳光。在他的眼里，亚历山大不是谁，他只是看到了眼前明媚的阳光。只是想到了：你不是我。唐代的李白曾对玄宗说，天子呼来不上船，自称臣是酒中仙。李白不是酒后狂言，而是酒后真言：我不是你，我有我的生活。

　　如果我还能够感知我的存在，我就必须要思考。因为思考停止了的时候，我就真的不存在了。我是谁？我只在我的思考与追问里。而我思考和追问的时候，会劈空而来我的烦恼；我烦恼的时候，又会不断自问：我是我吗？

　　"少年不识愁滋味，为赋新词强说愁。"儒家的道理，让我的人生好了再好，以至于"至善"，但却不考虑，是否有时有违我的本性；道家让我放任自由，以求我的存在既源于自然，又能够让我的存在绵延长久；佛家则要彻头彻尾否定我的存在，无忧无虑，把我超度到空空世界。

　　我是谁？我不是谁的指点或者教导，我自有我的认知和选择。己所不欲，勿施于人，不是源于自觉自愿的东西，不是误入歧途，也让我徒增烦恼。我只喜欢我的生活，不高兴他人挡着了我的阳光。

我是谁，要决定于我的思想和定位，立足于我究竟在意什么。我的选择会决定我的行动，我的行动会让我的信念更加坚定。我要对我负责，更要对我的行为负责。我的烦恼，大多来自于我的内心；我的敌人，不应该是我周围的同志，我的最后敌人就是我自己。我的人生舞台更像一个战场，角斗的双方，一个是我，另一个还是我。能够战胜自我的，当然是强者；败下阵来的，不一定是实力不够，更可能是因为时机不到。

平淡和超脱都不是坏事情，我的青春我做主，我只能是我。我的存在让我思考，我的思考让我的存在更有价值，我的价值让我找到自己。

人在中年

人在中年的心境很复杂。人到中年的时候，不知道是继续向前走，还是要恋恋不舍，频频回头。

人到中年的时候，会分外珍惜眼前的灿烂与温暖，也会更加思念故乡的阳光和风雨；人在中年，会格外珍重不能够割舍的那些友情，也会把曾经的心事珍藏在心底。

如果时光能够倒流，也许一切都不算什么，因为一切还可以重新开始，包括那些曾经的期许和誓言，那些失之交臂的机遇和希冀。可是，时光已经不能够倒流，包括那些擦肩而过的面孔，那些瞬间即逝的念头。一切，只能让你回忆和思索，能够想起的一切，早已经成为过去。

其实，我们的人生，就如一条美丽而迷蒙的烟花小巷。一路匆匆走来的时候，错过了多少风景，也许并不知道。可是，当我们驻足并回望来路，才忽然发现，所有的惊喜和懊悔，所有的占有和丢失，似乎都只可以有一次。我们离巷首越来越远，离巷尾越来越近，一切都不可能让你再回头。

也许，已经学会不再期盼什么，可是又仿佛仍在期盼着什么的到来；已经学会不再轻易期许，可是又似乎喜欢有所期许，包括对自己，或者他人。

一切仿佛已经了然于心，心静如水；一切又仿佛淡然若菊，波澜不惊。可是，有时又仿佛怅然若失，辗转反侧；有时又仿佛若有所悟，自言自语。或许，过去的已经过去，该来的还未来到。

人在中年，是秋季里零零星星的雨，有点润，还有点冷；是秋天里的阳光，可以灿烂，也可以温暖；是秋夜里的小虫，歌唱着快乐，也歌唱着寂寞。

人在中年，其实就是一个流连在海边踏浪的孩子。喜欢看潮起潮落，喜欢看夕照里的沙滩，喜欢赤脚在柔软的海滩里行走。不知疲倦地捡拾着一个又一个的贝壳和石头，并且惊叫着，和一起来的孩子们争夺着，打闹着。还喜欢看愈行愈远，直达天际的行船，然后让思绪随海风一起飘向远方。

人在中年，是长夜里的一盏灯，可以照亮屋子，也照亮心灵。也许，人在中年，最喜欢冬天的雪，可以去野外奔跑，还可以和人围炉品茶，或者煮酒夜话。

心安即是佛

佛家讲，生、老、病、死都是苦的。其实，人生真正的苦，不是生而死，也不是病而老，人生真切的苦，是内心或者灵魂的不得安宁。这种不安，如果自始至终伴随你的生命，我们的一生将处于混乱和苦痛之中，无论是富贵，还是贫贱。

佛家又讲，苦的根源，在于各种欲望。是的，生老病死的过程，我们永远难以摆脱。可是，在这个人人都难免的过程里，没有谁可以做到毫无欲求。"心之官则思"，只要心在，欲望和思想就会油然而生，不招自来。如果我们的心放错了地方或者状态不佳，人生许多的日子里，我们除了纠缠，也只能是茫然。

该放下的放不下，不属于自己的依旧孜孜以求；已经逝去的，还想拥有，已经得到了很多，依然欲壑难填。如此安排人生，必定与快乐和安宁无缘。

所谓舍得，是劝人少些欲望，多些满足；少些纠结，多些洒脱。落花流水忽西东，春花秋月皆有意；既来之，则安之。快乐其实很简单，你真正面对和放手的时候，也就心安和放松了。

自由从来都是相对的。当你的外延越来越大的时候，内涵一定会越来越小；没有谁会真正逼你，更多的时候，是我们自己走进了一条条的死胡同。真正属于你的，谁也夺不去；空间不在于大小，局限都是人为的障碍。当你的心灵越来越宽广和安宁的时候，你的世界才会更加的温暖和欢畅。

佛是过来人，人是未来佛。可是，佛不是大彻大悟的人。红尘肉身，心无挂碍，不可能的，这不过是出家人常打的诳语。有情有义的当下，心安，才是我们的家。

《易经》说，天行健，君子以自强不息。《易经》又说，君子终日乾乾，夕惕若，厉，无咎。佛说，本来无一物，何处惹尘埃。佛又说，不是风动，不是幡动，是心动。

乾道变化，各正性命；浮生若云，流年似水。无论遇到谁，无论发生什么事，安宁，才是我们最后的解脱、自由和归依。

第五辑

红袖添香

永远的先生

　　无论曲阜这样一个地方拥有什么样的称号与荣耀，无论这里有怎样的景点和风光，这一切都来自于孔子。如果你真的是为一个人而来，那么，即便孔府孔庙可以不看，但有两个地方你非去不可：尼山——孔子的出生地，孔林——孔子的葬身之处。

　　孔府和孔庙当然因孔子而起，但这两个地方和孔子本人似乎没有多大关系。

　　在不合时宜的年代，真正伟大的思想大都不为世用，伟大的思想者从来都是孤独地行走和寂寞地歌唱。孔子的一生，颠沛流离，栖栖惶惶，"累累然若丧家之犬"，去故国自我放逐在外流浪十四年之久。孔子死后次年，鲁哀公始以孔子故宅三间做庙，这是孔庙的开始，也是孔子被膜拜的发源地。今天的孔庙，无论其规模何其广大，气势何其恢宏，封赏何其高贵，但这里面哪里会有孔子的影子，这里的气派和热闹不属于他，孔子看不到也不需要。孔子由凡俗而神圣，祭拜孔子的意义在这里难以找到，孔子的真精神不会在那些缭绕的烟雾里现身。

　　孔府是孔子的世袭衍圣公的后代居住的府第，这些辉煌与荣光，孔子生前没有看到，也许更不会想到。孔子穷其毕生之力，只是要构建自己心中的那个理想国，一个君子的世界，一个斯文的天地，一个大道周行不殆的地方，只是哲人生前未能如愿。他七十一岁那年的春天，鲁国"西狩获麟"，孔子仰天叹曰："吾道穷矣。"他七十三岁里的一天，梦见自己奠于两柱之间，于是说："泰山其颓乎，梁柱其坏乎，哲人其萎乎！"这是孔子一生最后的绝唱，七日后孔子病故。也许，孔子的伟大之处不在于他的思想，而是在于他在任何窘况之下都坚信"斯文在此"，坚守"君子固穷"。孔子是以自己的一生见证了一个真君子的风骨，是世人永远的先生。

孔子生于曲阜城东南的三十公里处的尼山，其父母"祷于尼丘得孔子"。孔子的出生曾被后人演绎得有些浪漫，但这依然掩不住圣人的智慧与光芒。我们当然无法考证这样一个地方是否在千年之前会有可能有孔子的诞生，但你来到这里却能够感受到一种难以言表的气氛和情绪。尼山的东麓是孔子降生的山洞——夫子洞，也叫坤灵洞。据说孔子生时面有"七露"，被其母颜征在置于洞内，差点成了"弃儿"。尼山的东面有大沂河流过，孔子曾在此慨叹："逝者如斯夫，不舍昼夜。"今建有观川台。圣人当初的一叹，今已声闻千古，摇撼着一代又一代人的心灵。尼山书院北魏始建，历代重修，如今已古柏参天，景色幽美。这里是孔子生命开始的地方，也是他努力传道授业，撒播文明的起点。"天不生仲尼，万古如长夜"。也许，我们今天的祭拜和敬仰应该抛却那些繁文缛节，先从这里开始凭吊，然后追随孔子的脚步，遥想他那"知其不可而为之"的一生。

孔子辞世后，弟子们把他葬于鲁城北泗水之上，"墓而不坟"。及今日，孔林已成为孔氏家族的墓地，也是世界上延时最长，面积最大的家族墓地。"墓古千年在，林深五月寒"，在辛苦奔波了一生之后，孔子正长眠于这莽莽苍苍的林海之中。孔子墓东为其子孔鲤之墓，前为其孙孔子思之墓，其布局为"携子抱孙"状。孔子的生前和身后真的是两个天地和世界，孔子被后人捧上了天，这个由凡俗而神圣的过程，从某一方面说，也正是扭曲孔子人格及其思想真谛的过程。孔子也许经不住这样的改造和招摇，因为他生前实在有太多的委屈磨难与不安，也许，孔子的继承者孟子的那句"天将降大任于斯人也"，已经给孔子的一生做了最好的注解。

有人曾做过这样的分类：这个世界有人生而伟大，有人因为努力而伟大，有人永远不可能伟大。我不知道应该把孔子归于哪一类，但至少我们可以说，孔子是因为平凡而伟大，是因为他一生的坚守而伟大。虽然他曾说"后生可畏"，但千年之前的孔子将是我们永远的先生。

曲阜小记

1

曲阜，因为一个人而名闻天下；曲阜，因为一个人的诞生而被称为东方圣城。圣人说，登东山而小鲁，登泰山而小天下，是这样的吗？

每年每年，数以万计的人来到这里，仰先师圣迹，慕君子遗风，但万千攒动的人头中，又有几人真正读懂了孔子？先生之风，山高水长。这里的一草一木，是那样的鲜活灵动，这里的一砖一瓦，又是那样的庄严肃静，但太多的人来此只是为了看热闹，一拨人来了又走了，为旅游而旅游。

人真的是一个说不清的怪物，在家里待久了，想出去，在外面待久了，想回来。但无论我们身置何处，面对的不过就是自己的心灵。我们每到一个地方，其实就是想身处天地之间，让灵魂与自然对话。无论什么样的美景，如果不能拨动你的心弦，没有感动甚而感叹的共鸣，你都会感到索然无味。尤其是在曲阜这样一个地方，只允许一个人或者三两知己慢慢地走，静静地看，把心沉下去，不要这么喧嚷热闹。孔子的精神和世界，无论我们怎样徘徊与流连，也只能是站在宫墙之外，而难能登堂入室，孔子的高度，我们无缘企及，今天已经没有人能够读懂那个千年之前的孔子。

曲阜很热闹，但孔子很寂寞，很孤独。

孔子是由平凡而神圣，是后人把他捧上了天，这些大院和气派不属于孔子。孔子虽为圣人之后，但少时"贫且贱"，孔子的一生，既有"朝闻道，夕死可矣"的决绝和勇气，又有"知其不可而为之"的无奈与茫然。孔子的时世，混乱动荡，孔子的一生，颠沛流离，就是那"面有喜色"的"行摄相事"，也未能敌过齐人的八十女乐。失意中孔子去鲁周游列国，自我放逐，十四年后又返回故国，不再求仕，只倾心于诗书，且"晚而喜《易》"，"韦编三绝"，曾说，"假我数年，若是，我于《易》则彬彬矣"。

你到了这里，会有人告诉你许多关于孔子的掌故，关于孔子的书籍，也早已汗牛充栋，但长眠于此处的孔子也许只是需要来访者的一个字：懂。是的，对于孔子，这一个字就足够了，这样的排场和热闹，他也许会不安。"礼云，礼云，玉帛云乎哉？乐云，乐云，钟鼓云乎哉？"有几人真正懂得他呢？或者你也可以翻开那本薄薄的《论语》，优美简洁的文字说的都是最简单不过的道理，"半部论语治天下"吗？不是的，孔子的思想没有人可以做得到。比如："己所不欲，勿施于人。"你我真正做到了吗？

高山仰止，景行行止。虽不能至，心向往之。曲阜值得你一游，但要把自己的心带来，然后真正把孔子的一句或几句话带走。

2

除了那两处幽深错落的大院——孔府孔庙和那一片松涛林海——孔林之外，曲阜值得一游一看的地方似乎还应该有明城墙。

"城"的本意为墙，所谓"万里长城"，即是说很长的一段墙而已。中国古代是"家天下"，各个诸侯国都是"践华为城，因河为池"。你所看到的这一圈城墙近几年来陆续建成，是依照明代遗址而修。始建于明正德八年（1513年）的曲阜明代城墙是为护卫孔府而建，当然鲁国故地不在此处。但你置身于这一圈城墙之内，依然可以感受得到当年孔子治下的鲁国风貌，不过不会再是"粥羔豚者弗饰贾，男女行者别于涂"的时代了。

曲阜是个小县城，因而公交车不是太多，且都是那种小中巴，来来回回都要在那些城门洞子里穿梭。每年的孔子文化节期间，明城墙开城仪式是必上演的节目之一。峨冠博带，长袖飘飘；钟磬齐鸣，余音袅袅。场面虽不乏盛大壮观，但总会让人感到表演的乏味，因为时差相距太远。耗巨资完成的工程，却因而失却了"夕阳照残墙"的古意。完完整整的一圈城墙围住你，除了令人感到压抑，反而不如看到那残垣破壁来的舒心。

遗迹就是遗迹，它的美不是人为的，它的美也无须人工的过于修复。它坦然地矗立在那里，展现的就是历史，它们只能以自己的方式与你对话。再完美的修复都不会使它比原来更完美，它的美要靠残缺与古旧来表现，要靠你的思维和想象来追忆和补全；任何人工的重复与再现，不是画蛇添足，就是弄巧成拙。

这一圈长城里，保存最完好的是孔庙西南角的那一处城门，上有乾隆的亲笔手书"万仞宫墙"。望着那一处历经了千年风雨的城墙，置身于瓮城之内，你的思绪会回到那遥远的过去，想起那些杀伐征战或者那些跪拜祭祀。不知孔子当年是不是在这里率弟子别鲁国而去，开始了长达十四年的流浪生涯。

谁能诗意地栖居

谁能诗意地栖居？我们思考的起点又将从何开始？

也许，人类的悲剧性在于：进化和异化同步，我们在得到的同时，又面临着同样多的失去。我们虽然构筑了自己的理想王国，可是，到头来我们却忽然发现，许多莫名的痛苦和彷徨正来源于此。正如我们创造了上帝，却又匍匐在了上帝的脚下。

无论是膜拜孔孟、老庄，还是跪倒在佛陀、菩萨的莲花座下，你最终真正面对的其实就是自我的心灵。无论你对圣贤书的只言片语如何的欣然会意，还是在烟雾缭绕中虔诚地念念有词，你也都不过是在与自己的内在话语。

也许，不幸的是，人们常常失望于真实可见的此岸世界，虚幻的彼岸反而成了孜孜追求的目的地。此岸热闹，彼岸清净，可是，谁又能够诗意地栖居？

人间自古以来，不知曾有过多少有名或无名的隐者。或隐于市，或隐于野。似乎他们已经没有了血肉，也没有了痛苦。似乎他们已然洞穿世事，也看透了自己。

《论语·宪问》说，贤者辟世，其次辟地，其次辟色，其次辟言。可是，无论何时何地，你都不可能绕开自己。所谓"无道则隐"，其实只不过是隐于心灵而已。

古老的儒道佛三家，不是起源于我们某种深层次的需要，就是因为某种玄远的追求。当下的所谓宗教，如果不是发自于某些标榜，就是已经演化为一种象征。或许，不需要再讲究此岸与彼岸的差别，因为毕竟今生今世我们都在水里。

也许，人生的莫大痛苦在于终日无所事事或者终老一事无成；也许，人生的莫大遗憾在于什么都不相信或者为信仰所困。有人说，上帝死了；有人说，钱无他，能使鬼耳。有人曾经买山而隐，有人曾经梅妻鹤子。可是，谁能诗意地栖居？

谁能诗意地栖居？像鸟一样，在枝头放声歌唱；像鱼一样，在水里相忘于江湖。谁能诗意地栖居？像莲一样自脱于尘世，出淤泥而不染；像庄子笔下的神龟曳尾于泥涂。

奴隶

奴隶，这个概念，似乎很古老很古老了。古老得足以生长几十代人，古老得足以发生多少次轮回，古老得差不多我们要把它忘记。奴隶，是生产力不发达的产物，一部分人可以占有另一部分人的劳动；也是人性不发达的产物，一部分人可以完全占有另一部分人的自由，包括肉体和灵魂。

为了谋生，身无长物的我们，要么出卖体力，要么出卖肉体，要么出卖灵魂，以换得暂时的口腹之欲。可是，这是我们需要的，又是我们所不愿意的。也许，时间久了，我们会心安理得；可是，有时候，我们的灵魂又是那样的不快乐。更多的时候，我们丰衣足食的背后，是接踵而至的寝食难安。

有出版社的总编约稿，要我解读古代那些诗人们的美丽作品和他们的心灵，我欣然应允。可是等到真正入手，当我一点点走近那一片五彩斑斓的世界，才发现以前的浮光掠影，竟是这么浅薄。我曾经欢喜得不得了的文字早已不再是文字，而是诗人们活泼泼的心灵。我忽然发现，自己成了自己的奴隶。似乎，所有的念头和成见，必须彻底打碎；认识他们，必须重新认识我自己。我必须小心翼翼，认真梳理那一个个的灵魂，怕稍有不慎，就会怠慢了那些曾经鲜活的生命。我知道，他们不是我的奴隶，可以任我处置，我想真正地还原他们，却又是那么艰辛。

我知道，解读他人的同时，面对的其实就是自己的心灵。我曾经是那样地喜爱那些诗情画意，远远地望着的时候，他们是那么美丽而迷人。可是，等我一步步走近，才发现面对他们，我无言以对。笔下写出的文字，有时自己都感到索然无味。我俨然成了自己的奴隶，我有表达的愿望，却失去了表达的自由。

也许是一些愿望太过于强烈，"为赋新词强说愁"，思想混乱，意识模糊。因为有些东西，不能强加于他人，更不能强加给自己。当你的内心不平静的时候，周围的一切，也就没有了应该的法则。那些混乱，缠绕着你，困惑着你，你仿佛戴着脚镣在原地跳舞，既狼狈而又疲惫。你成了自己的奴隶。

那些情意绵绵的诗人或词人们，无论写景，还是状物，笔下莫不关情。那些风景是美丽的，那些情感是真切的。他们是那样的喜欢歌唱，他们不知不觉间成了自己情感的俘虏。当我们今天去解读他们，却又发现，古代的他们正在把现代的我们感动。不用说，这就是情感的力量，文字的力量，让我们几乎没有力量自拔。说不清是他们扰乱了我们，还是我们扰乱了他们。从头再来已经不太可能，因为有些东西已经牢牢控制了我们，就如当年他们痴迷于那些诗词歌赋。

他们已经走得那么遥远，却又让我们感到是那样的真实可见。我想用我的思考把他们唤回，却又怕写不好。因为我喜爱他们，怕自己的文字，误解了他们的文字。可是，我又不能放过自己，总想让他们满意，也让自己满意。

西湖，在天堂

　　上有天堂，下有苏杭，是西湖的美丽，才让人间看到了天堂。我没有去过苏杭，也不曾去看过西湖。远方的友人几次相邀，可是，我不敢去，只是在心里给西湖留着一个地方。

　　"欲把西湖比西子，淡妆浓抹总相宜。"西湖究竟有多美？也许，更多的时候，西湖在我们的心里，只是一个符号或者象征。就如西施，现代的我们没有人曾经与之相见，但西施之美却会让无数人魂绕梦牵。也正如我们对于美的追求与阐释，西湖和西施之美，不是由于谁而有了谁。这种美，都是与生俱来，是自然天成，无论你喜欢或不喜欢，都将出自你的自愿。

　　"水光潋滟晴方好，山色空蒙雨亦奇。"西湖，美得仿佛不能再美，增一分则肥，减一分则瘦。古有西湖十景，现在好像又有了新十景。"未能抛得杭州去，一半勾留是此湖。"其实，何必苦苦勾留，西湖的美丽，只须在千里之外遥遥相忆。最美的风景总是在你不曾抵达的地方，把距离拉远，反而会看得更加真实。

　　或许，没有谁比苏东坡更喜爱西湖，西湖也正是因为苏轼的吟咏，才展现了美丽的天堂初景。苏堤春晓，是苏轼留给我们的一道记忆。苏轼在杭州数年，喜爱西湖的美丽，更关心当地的百姓。"衙斋卧听萧萧竹，疑是民间疾苦声。"比他早整整一个朝代的白居易，在此任职三年，与当地人民辞行前写道："唯留一湖水，与汝度凶年。"北郭沙堤尾，西湖石岸头，都曾留下了诗人的足迹。西湖的美丽，遮掩不住腐败和战乱留下的痛苦。时光流逝，诗人的光彩愈加熠熠生辉。

断桥残雪，关于一个怯弱书生和一个大胆蛇仙的故事。日出映雪，桥断连连，断桥不曾结束一段相识与重逢的浪漫悲喜。雷峰塔能为西湖增色，是由于这里曾埋葬过一段真挚的感情。雷峰夕照里，我们可以凝望古塔，但千年之前的那个建筑早已轰然倒下。

"一破夫差国，千秋竟不还。"当年的那个浣纱女走了，却把她的天生丽质留给了西湖。"家国兴亡自有时，吴人何苦怨西施？"吴国的灭亡，不是因为西施的美丽。"山外青山楼外楼，西湖歌舞几时休？"这是诗人们在指责南宋小朝廷不思进取，只求苟安于江南。美丽的西湖，曾经见证了无数的人间繁华与冷暖。"暖风吹得游人醉，直把杭州作汴州。"西湖的美丽，又让人喜欢把不相干的东西加在了她的身上。但一泓碧水，可以有迷人的风光，却载不动沉重的历史风尘。

或许，对于天堂般的西湖，知道这些已经足够。"虽不能至，心向往之"，对于你所心仪的东西，不必身到，心到就可以了。她是一幅美丽的画，适合于远远地欣赏；又是满树的花，虽远远地望着，也可以闻得到沁人的花香。而等你真的走近，也许那些美丽的花瓣已经飘然落地，你从树下捡起的，只是一片轻轻的叹息。有时候，能给自己的心留一块地方，空着的感觉，真好；可是，它又能够像湖中清清的涟漪，让那些曾经的风景，随波荡漾。

西湖，在天堂。留住了古今游人的脚步，也留住了许多故事。在任何的时空里，都会有种种的美丽在美丽着，也都会有种种的期待在期待着。永远不要轻易去触摸，孤独时独自孤独，寂寞时品味寂寞。冷冷的爱正如淡淡的恨，自有一份等待中的矜持与张扬。

李太白的酒

"李白斗酒诗三百。"李白因酒而诗，因诗而名。他是一个太有才气的人，他又是一个不能受束缚的人。他所有的幸与不幸正由此开始并伴随了他的一生，他所有的倔强与任性也都缘于此。

李白曾那样热情地讴歌生活，"欲邀击筑悲歌饮，正值倾家无酒钱"，虽然个人生活是那样的愁苦，但真正孤独的灵魂是不会寂寞的。"举杯邀明月，对影成三人"，"我歌月徘徊，我舞影零乱"，酒中的诗人在伴月光自歌自舞。

"天生我材必有用"，可是现实果真是这样的吗？李白最要命的地方也许就是他的自负。"仰天大笑出门去，我辈岂是蓬蒿人"，这种天生的笃信又让他藐视一切，时时寻找机会建功立业。李白的一生，大部分时间都在各处漫游，且行且吟，将醉未醉。一路之上，李白对前途充满了期待。

天宝元年（742年），唐玄宗征李白入京，命其供奉翰林，这也许是李白一生中最得意的日子。"朝为田舍郎，暮登天子堂。""春风得意马蹄疾，一日阅尽长安花"，李白似乎很兴奋。然好景不长，"君王虽爱蛾眉好，无奈宫中妒杀人"。唐玄宗也很快对其心生厌倦，任性而天真的李白拂袖而去。"安能摧眉折腰事权贵，使我不得开心颜。"李白输给了别人，也输给了自己。

"人生得意须尽欢，莫使金樽空对月"，这是李白的自由和放纵。长安市上酒家眠，"天子呼来不上船，自称臣是酒中仙"，这是李白的草率和大胆。"大道如青天，我独不得出。""蜀道难，难于上青天。"这是李太白的愤懑和疑问吗？

千百年来，中国只有一个李太白。李白不是陶渊明可以种豆南山下，李白只是喜欢醉酒狂歌，仗剑远游。我们谁也说不清理想和现实的距离究竟有多远，可是我们应当知道，也许我们人生的大部分时间，是在理想和现实之间徘徊。在李白的一生里，虽然他把所有的追求和努力，所有的快乐和失意，都化在了诗里和酒里，可是，李白想要的真的就是诗和酒吗？

人比黄花瘦

或许，在我们所能知道的诗人或者词人中，最喜欢秋天的就是一代女才子李清照了。千年的秋风秋雨之后，她留给我们最深的记忆，当是那首《声声慢》了。

"乍暖还寒时候，三杯两盏淡酒"，这是在感受秋的冷清和凄切。雁阵飞过头顶，却是旧日相识，怎不让人伤心。黄昏来临，雨打梧桐，秋风起，满地黄花飞。"这次第，怎一个愁字了得！"这是李清照的晚年词作，南渡后的词人，颠沛流离，孤苦无依，天生的悲情里更陡添几多愁绪。

虽然，对幸福的理解各有不一，但相信每一位世间的女子，都期许着一生能够做一个幸福女人。李清照的早年生活应该是令人满意而快乐的，家庭优裕安逸，婚姻美满可心。虽然此际依然常有秋风秋雨之词现于词人的笔端，但也不过是词人在优裕而优雅生活之余的某种自怨自艾，所谓"一种相思，两处闲愁"。更多的时候，是词人自道其苦，思念偶尔离别的丈夫，是一种甜蜜而忧郁的相依相恋之语。或许，幸福女子的可爱也正藏在这里，要满意和满足，悠闲的时候，还要有一点小空虚。

美满幸福的婚姻爱情生活，让词人更加感受着难挨的分离相思之苦。"莫道不消魂，帘卷西风，人比黄花瘦"。此际的李清照，不是黄花，胜似黄花。无论相恋还是相思，都是那样的无拘无束。"衣带渐宽终不悔，为伊消得人憔悴"，把对丈夫刻骨铭心的思恋，刻画得淋漓尽致。

此际的李清照，就如一枝灿烂阳光下的花朵，清丽端庄，素颜天成。微风吹过来，又摇曳出几丝迷人的忧郁。她所有的幸福与梦想，似乎也正掩映在那些许伴着美丽而生的伤感里。或许，这就是天然的李清照，正如后人的评价所言："词苑千载，群芳竞秀，盛开一只女儿花"。这个被爱情和家庭生活滋养得优雅而清丽的幸福女子，绝不会想得到，人生的春天真的就如那海棠花，不会永远的"绿肥红瘦"。当一阵秋风吹过，就让大性敏感的词人，真正体味到了人生的凄凉与悲苦。

赵氏王朝退居江南一隅，赵明诚南迁后的突然病故，二十余年的春风秋雨，仿佛一夜之间变了颜色。从此，那些优雅的闲愁完全为一种揪心的悲情控制，同样的西风黄花，带来的不再是幸福的思念，而是翻天覆地般的无依和凄苦。无论是"才下眉头"，还是"却上心头"，真叫人"此情无计可消除"。突如其来的变故，让这个被幸福宠惯了的女子一时无所适从，也只能在那些凄风苦雨里长吁短叹。"这次第，怎一个愁字了得"！那一句近乎绝望的叫喊，似乎让我们也感到了丝丝透骨的凉意。

如果我们有心细细考究，就不难发现，李清照十八岁嫁给赵明诚，二十八年后赵明诚病故，又二十七年后，李清照于孤苦中客死江南。不知这是巧合，还是冥冥中的天意。这位爱极了生活，也爱极了秋天的词人，一生里半是春花秋月，半是凄风苦雨；半是热烈缠绵，半是漂泊无依。

人生中的许多事，往往不能够假设和预料。假如没有那些变迁和变故，李清照应该是一个非常幸福的女人。一心一意爱着她的丈夫，一心一意和丈夫一起侍弄着他们钟爱的金石辞赋。当然，在幸福人生的岁月流逝中，会有红袖添香夜读书的依恋与温暖，也会有小别重逢后的喜悦和缠绵，闲下来的时候，就去秋风秋雨秋花里体味一下那些闲情逸致。她曾在一首词里写道："新来瘦，非干病酒，不是悲秋。"可是，等到风云突变，人生的际遇却猛然改观，让人猝不及防。这支端庄美丽的女人花在瑟瑟秋风里，真的就是"人比黄花瘦"了。

李清照流落金华时，写了一首《武陵春》，情致深切，是南迁之后苦闷和忧愁心情的真实流露。

风住尘香花已尽，日晚倦梳头。

物是人非事事休，欲语泪先流。

闻说双溪春尚好，也拟泛轻舟。

只恐双溪舴艋舟，载不动、许多愁。

日高倦梳头，欲语泪先流，美好的春天再也引不起词人的兴致；往日恬静优雅的生活的回忆，却只能让人感到"载不动、许多愁"。婉转哀啼，言有尽而意无穷。可是词人分明又在另一首词里写道："争渡，争渡，惊起一滩鸥鹭。"当年那个率性豪气的李清照哪里去了呢？还有，"倚门回首，却把青梅嗅"，那个娇羞天真的小姑娘又去了哪里？

陶渊明的菊

在中国古代的美文里，让人记住的大都是那些托物言志的语句。《诗经》，佶屈聱牙的数百篇，能惹人忆起的也就那么几句。因为这几句最让人感动，你无论读过多少遍，再见面的时候，依然是满心的欢喜。美丽的文字，渲染着一种意境，也诉说了一个人的心情况味。正如《诗经》里那一句最为著名的"关关雎鸠，在河之洲，窈窕淑女，君子好逑"所表达给我们的信息一样，每一个生命个体都在不断寻求美好的生活理想，也都会有各自不同的生命认知。

他说："菊，花之隐逸者也。"菊花成为隐者的象征始于何时，我们也许无可考证，他又说："菊之爱，陶后鲜有闻。"但事实也许并非如此。陶渊明的那一句"采菊东篱下，悠然见南山"，已被世人广为传诵且成为中国文化的基本话语，而陶公笔下的那种生活理想和生命自由也为我们所倾心和仰慕。陶渊明的菊，已然代表了一种生存态度，成为我们尘世生活可能的选择。

不妨，让我们再来回望一下陶渊明为我们描摹的那迷人的生活图景：

其一，采菊东篱下，悠然见南山。

这是让陶渊明成名的一句。在此我们没有看到陶公官场的失意与狼狈，而是和诗人一起悠然间看见了南山，也看见了南山的悠然。

其二，暧暧远人村，依依墟里烟。

其三，木欣欣以向荣，泉涓涓而始流。

其四，云无心以出柚，鸟倦飞而知还。

其五，忽逢桃花林，夹岸数百步，中无杂树，芳草鲜美，落英缤纷。

这是些美轮美奂的文字，又是多么令人垂涎的人生享受。无怪乎陶渊明虽两次为官，然总不愿自浊于当世，最终怡然归隐，以躬耕为乐，只一心享用这自然的悠然和人生的悠闲。也许，对于陶公而言，这实在是一个美丽的结局和永恒的安慰，在他心中，这种与自然融而为一的悠然生活，就是他全部人生的意义之所在。"问君何能尔，心远地自偏"，他是在用自己的心灵与天地对话，也把自己的生命打扮得冷艳而灿烂，如那支摇曳在山野里的菊花。

文如其人，陶公的诗文，不事张扬与雕饰，大都起于白描，朴朴素素，但却于淡然中见绮丽，如他笔下的菊。不以明艳示人，只有暗香浮动，只是一种生存姿态，而与寂寞和孤独无涉。不慕与世无争的虚荣，而是"性本爱丘山"，在美丽的自然里还生命以自然和美丽。

当然，陶渊明的日常生活也许不会像他描绘得那么悠然，山野间的躬耕生涯甚而是困顿艰难的。陶公的弃官不仕，是一种漠视和淡定，也是一种躲避与放弃。正如那个美丽的"桃花源"，也许本就出自他的想象，但它却让我们如此的喜欢和向往。那又分明是一种召唤，引领着我们去看那夹岸的桃花和鲜美的芳草，去听那涓涓的流泉，也让我们寻找自己心灵的桃源胜地，把生活过得如田园诗。

庄子的鱼

《庄子》开篇就是《逍遥游》：

北冥有鱼，其名为鲲。鲲之大，不知其几千里也。化而为鸟，其名为鹏。鹏之背，不知其几千里也；怒而飞，其翼若垂天之云。是鸟也，海运则将徙于南冥。南冥者，天池也。

庄子是逍遥的，更是大气魄。为鲲为鹏，随心所欲，其鲲鹏之志，非我们常人能及。庄子又是多么的自由，什么东西都挡不住他，无论生死，还是天地。其妻死，曾鼓盆而歌；梦为蝴蝶时，"栩栩然"，全然忘记了梦境与现实的区别。庄子，是性情自在无碍的符号，是心灵逍遥无挂的至人。

关于庄子，最著名的当然是那句："子非吾，安知吾不知鱼之乐？"庄子不同于老子，老子一眼就看到了天地的根本，庄子的心里则没有了天地的概念，只是一条自在的鱼，快乐而忘我地畅游于江湖。

庄子是快乐的，任意于自然；庄子是幸福的，这幸福源于他的胸怀和心灵。于丹讲庄子，讲得汪洋恣肆舌生莲花忘乎所以，可是，她真正做到了吗？庄子是迷人的，也是可爱的，但我们只可以说，庄子将是我们永远的精神领袖，我们，只能远远地看庄子的鱼化而为鹏，一飞万里；只能在梦里看庄子的蝴蝶翩翩起舞。上下五千年，只能有一个庄子，庄子的境界，我们怎么也看不到。

我们不是庄子，我们有太多的理想和欲望，也有太多的牵挂和未了的情缘；我们期待开心的假日，向往远方美丽的风景；我们太斤斤于一己的得失，蝇蝇于他人的毁誉。我们，既不饶恕这个世界，也不愿放过我们自己。

记得有一首曾经流行的革命诗：生命诚可贵，爱情价更高。若为自由故，两者皆可抛。可是，这三者我们又能够舍弃什么，最后又会留下什么呢？

老子说，万物并作，吾以观复。我们，是这沧桑天地间的一条鱼吗？

柳永的柳

"凡有井水处，皆能歌柳词"，这是时人对于柳词的喜爱，更是人们对于柳永词中那种缠绵悱恻、凄切而又执着的情感的赞赏与认可。"衣带渐宽终不悔，为伊消得人憔悴。"柳永，把坊间的男女情爱写得如此的热烈率真，又把人间的别离之苦写得如此的才情洋溢而又感人至深。

古人送别，多折柳枝送与将行之人，是谐留之意而寄托相思，这也与柳条细细，牵牵绊绊于行人之侧有莫大关联。古人有"长安陌上无穷树，唯有杨柳管别离"的诗句。而同时，柳更成了文人墨客送别作品中的最爱，屡屡催人泪下，让人年年肝肠寸断于长亭短亭之外。"杨柳东风树，青春夹御河。近来攀枝苦，应为别离多。"由唐而始，折柳送别已蔚然成风，及至宋时，不但因此成就了"灞桥烟柳"的凄迷景色，也激发了更多文人对折柳的思考。

柳永的词中，有多处写柳。当然，最为有名的是那句："今宵酒醒何处，杨柳岸，晓风残月。"我们每读此处，仿佛置身千年之遥的汴京城外，于骤雨初歇之际执佳人之手，泪眼婆娑之下无语凝噎于木兰舟畔。别离之后，月凄凄，柳依依，"便纵有千种风情，更与何人说？"柳永在另一词《少年游》中写道："参差烟树灞陵桥，风物尽前朝。衰杨古柳，几经攀折，憔悴楚宫腰。"其实，这也见证了柳永一生羁旅漂泊，每多离别的处境。

多情自古伤离别。是的，红尘人世，勿论生死，只离别两字已教人黯然伤神。而人生苦短，有情人却要离散，从此天各一涯。杨柳岸边，风前月下，和着相思的红泪，也只能独饮牵挂的苦酒了。"一杯愁绪，几年离索"，分离的日子是愁苦的，而越是良辰好景，越容易打动孤独的心灵。听落雁孤鸣，看寂寂青灯，这时的你，纵是风情万种，但眉为谁描，笑为谁颦。也许只能牵缩冷冷的长袖，伫立于高楼扶栏远望。别离的黯然神伤又在于无预期的漫漫等待，那一种念念难忘的牵挂或许更让你无以排遣，唯有青山望断，无语凝噎。"花自飘零水自流，一种相思，两处闲愁。此情无计可消除，才下眉头，却上心头。"试问这苍天厚土，奈何让人受此入骨的折磨。柳词的缠绵悱恻，几至于斯。

少年时浪迹于烟花巷陌，五十一岁终于及第。仕途的坎坷与生活的潦倒，叛逆反抗和狂放不羁的个性，让柳永由追求功名转而厌倦官场，沉溺于旖旎繁华的都市生活。在"依红偎翠"中寻找寄托，且"忍把浮名，换了浅斟低唱"。正如《诗经》所说："窈窕淑女，君子好逑。求之不得，辗转反侧。"我们对于得不到的东西，总在孜孜以求，而一旦拥有，却又爱不释手。这种坚持和执着固然让人感动，但天才而痴情的柳永，把自己的一生都抛洒在了这种迷恋之中。以至于死时一贫如洗，靠歌妓捐钱安葬，甚而"半城缟素，一片哀声"。中国古代落寞的文人中，能够享此殊荣的，也许只有柳永了。

"曾栽杨柳江南岸，一别江南两度春。"柳永的词，是在写自己，也是在写我们，在写这世间的男男女女。我们当然会指责柳永的放浪不羁，但这也许正是柳永想要的生活，一面是才子，一面又是浪子，幸与不幸，只在一念之间。也许，这一切已经不再是柳永的"浅斟低唱"，而是他难以释怀的苦苦挣扎。许多年后，我们再读柳永，也许依然可以看到朦胧月色里的那弯柳树，看得到柳树下翘首远望的词人。

红楼不是梦

"感时花溅泪，恨别鸟惊心。"中国古代的文人，大都有一颗易感而忧伤的心灵。一把辛酸泪，满纸荒唐言。当悼红轩的主人回望那个繁华喧闹的大观园，那些富贵而且风流，美丽而且生机洋溢的男男女女们的身上，能够看得到曹公自己的影子吗？

一块灵通的石头，阅尽人间春色，虽身在金玉温柔之中，却痴傻疯癫，终究了却俗缘，遁入空门。那场白皑皑的大雪呵，能够掩去身后这一路走来的风景吗？当宝玉身披斗篷，在茫茫的雪地惊恐地回头，他还能看得到那个曾经的红楼吗？

一棵神奇的绛珠草，禀天地精华，得雨露滋养，却终日以泪洗面。虽留恋缠绵人间，终究魂归离恨天。"香魂一缕随风散，愁绪三更入梦遥"，难道青春浪漫的美丽时光，真的就是那水中月、镜中花吗？

我不是一个用功的人，几大名著，除了随便翻翻，从未曾真正读进去，那些演绎与感悟大都是一知半解。许多人品红楼，的确很用功，许多人和事敢想敢写，仿佛信手拈来，但不知合曹公之心意否。

遥想许多年前的那个红楼，那些风花雪月，似乎并未远去，故事和情感正在被我们代代述说与上演。但正如我们都有各自不同的生活与审美追求，每一个人心中的宝哥哥和林妹妹又是不一样的。虽然对于"红楼"可以百人百解，本没有高下之分，但品红楼不是看风景，那被人铭记的大都是天然的痴情，那被流传的都是由于本性的执着。是这样的吗？

"大江东去，浪淘尽，千古风流人物。"我们可以借曹公之笔回望那些钗黛云卿，但红楼虽好，终归一梦。一切繁华与喧闹，一切春花与秋月，皆转头成空，落了片白茫茫大地真干净。这一切也是曹公的回望和叹息，那些痴男怨女，终究没能将心中的梦想变为眼前的真实。他固然是在写那个没落的时代，但我们似乎更愿意去解读那些寂寞的心灵，去领会那些茫茫然的情结。呵，红楼一梦，怎一个痴字了得？

有多少爱，可以重来

我们悲伤，是因为曾经有爱。苏轼的《江城子》，是在诉说那些曾经的爱恋和自己的悲伤。如果我们愿意去唐诗宋词里寻找，就会发现世间相似的情感真的是太多。元稹的《遣悲怀三首》，就表达了对亡妻的不尽思念和诗人的莫大悲哀。

无疑，爱情是非常美好的，相濡以沫的感觉让人倍加珍惜。但有时，爱情又是无法等待的，因为谁也不知道，有多少爱，可以重来。这世间没有谁不期待富足而诗意的生活，没有谁不愿意放慢幸福生活的脚步。虽然我们心心相印，惺惺相惜，但更多的时候，我们虽有承诺，却无力承担；虽有期许，却无缘兑现。

　　元稹少年穷贫，曾说："臣八岁丧父，家贫无业，母兄乞丐以供资养，衣不布体，食不充肠。"唐德宗贞元十八年（802 年），太子少保韦夏卿的小女儿，年方二十的韦丛，下嫁给二十四岁的诗人元稹。韦家出于什么原因同意这门亲事，已然无从考证了，也许是赏识其才华。但出身高门的韦丛并不势利贪婪，没有嫌弃元稹。相反，她勤俭持家，任劳任怨，和元稹的生活虽不宽裕，却也温馨甜蜜。可是造化弄人，唐宪宗元和四年（809 年），韦丛因病去世，年仅二十七岁。此时三十一岁的元稹已升任监察御史，幸福的生活就要开始，爱妻却驾鹤西去。诗人无比悲痛，写下了一系列的悼亡诗，《遣悲怀三首》是其中之一：

　　　　谢公最小偏怜女，自嫁黔娄百事乖。
　　　　顾我无衣搜尽箧，泥他沽酒拔金钗。
　　　　野蔬充膳甘长藿，落叶添薪仰古槐。
　　　　今日俸钱过十万，与君营奠复营斋。

　　一个曾受着无限怜爱的豪门幼女，一个乖巧体贴的妻子，却只能以野菜充膳，落叶添薪，这其中的差距应该能让他认识到贫贱的处境。内心深处的感激和愧疚，赋予元稹对仕途的期待以新的意义：一切都会在未来获得补偿。但韦丛却在他功成名就之时溘然早逝，活着的人又将如何面对着这"十万俸钱"呢？纵然用尽这"十万俸钱"来营奠营斋，又怎能补偿她呢？而"俸钱十万"才是人生反思的起点，它不但让人领会到一种命定的悲哀，还使得当下的存在成为一个疑问。曾经互敬互爱，相携相扶的那个人走了，所谓富贵，真的就是那浮云吗？

从"贫贱夫妻"到"俸钱十万",是人生情境的巨大变化。而这变化了的人生情境,又使得生命被重新审视,那些淹没在挣扎和憧憬中的贫贱人生,就这样被凸显出来,成为一个辛酸的记忆。韦丛的深情和贤淑,也因此而获得更为深刻的理解,于是辛酸的记忆里又充满了感念。人生境遇的落差,使元稹感受最深的是恩爱,也是缺憾,更是深藏在这背后的无常。当一切尘埃落定后,贫贱和富贵、期待和绝望,你还能分得清吗?就如这寄托了无限期待的"俸钱十万",如今只能在"营奠复营斋"中,化作纷飞的冥钱,瞬时无踪,毫无意义。

汉代古诗中,一个"十五从军征,八十始得归"的老人,在已经荒废了的庭院中,"舂谷持作饭,采葵持作羹。羹饭一时熟,不知贻阿谁。出门东向望,泪落沾我衣。"这一情景和手持"十万俸钱"的元稹何其相似!人生艰难,自有一份期待支持着;但当人们熬过了艰难,却发现这份期待已经落空。不但当下的人生失去了意义,就是那已经过去了的艰难岁月,也顿成虚幻,"今日俸钱过十万",带给元稹的不是春风般的得意,而是彻骨的悲凉。

"曾经沧海难为水,除却巫山不是云。"有多少爱,可以重来?元稹的悼亡诗,平淡宁静,但悲气袭人。什么是美?虽然我们对此没有一个彻底的定义,但一切美的东西,必定能够把人心打动,无论悲剧还是喜剧。从古远到现在,从理想到现实,我们的感觉和情怀从来就不曾改变过。也许,所谓美,就是同情那些被表达的情感。因为,那些情感也正是我们的情感。

相见时难，别亦难

关于死亡，陶渊明曾吟道，"死去何所道，托体同山阿"。陆游就没有这般的洒脱，"死去原知万事空"，这是他在去世的前一年发出的感叹。可是，在陆放翁的心里，真的就已经空无一物了吗？陶渊明最终悠然地隐身于南山，而陆游虽半生戎马羁旅，终老都没能够放下那一片让他魂绕梦牵的沈园。

千年之前的某一天，陆游最后一次来到沈园。园中繁花似锦却人去楼空；风景依旧而人面已非。"也信美人终作土，不堪幽梦太匆匆。"物是人非，恍若一梦，往事却历历如昨。这，是唐婉去世多少年了？"玉骨久沉泉下土，墨痕犹锁壁间尘"，佳人远去了，但当年的那个粉墙犹在，粉墙上斑驳的墨痕依稀还在。

遥想许多年前的那次断肠的沈园偶遇，是分手后的第几个年头？都说有情人终成眷属，到头来，为何却换成了沈园粉壁上的"东风恶，欢情薄"？三年的誓约也许不会太久，但转头成空的相遇，果真就印证了"山盟虽在，锦书难托"的结局。心相印，而缘已尽；情意在，而世情薄。两曲《钗头凤》，不是陆游和唐婉最后的唱和，是爱恨恩怨的千古诉说。

"郎骑竹马来，绕床弄青梅。同居长干里，两小无嫌猜。"幸福快乐的时光，为什么总要转瞬即逝？难道美丽绚烂的爱情，真的要化身为蝶，才可以梦想成真吗？不谙世事的少年，却能够拥有一段纯洁无瑕的迷人时光，想当初，鱼水欢谐，今夕何夕？

陆放翁，生死不渝报国志，一生不幸是婚姻。相见亦难，别亦难，终其一生，都把唐婉装在了心里。"零落成泥碾作尘，只有香如故。"也许，死亡和爱情不可以画等号。尘世间没有不老的婚姻，却可以找得到不朽的爱情。

有许多东西，我们可以得到；但也会有许多东西，我们得不到。有时候，拥有并不代表快乐；放弃并不意味着痛苦。欢乐和失意，似乎只在一念之间。但是，也许我们每一个人，又都不会像诗人所写：挥一挥手，就可以作别西天的云彩。

因为爱，所以悲伤

爱情，既是对生命意义的一种注解，也是我们确立自我价值的一种方式，因为美满而幸福的爱情生活总是那么让人流连忘返。但正如我们的生命不会绵延长存，我们期盼的那份真感情，也会随死亡的到来戛然而止。当一份情感随生命的消亡而逝去的时候，过去的恩爱也只能成为曾经存在的理想。我们所以悲伤，是因为有爱。

苏轼的《江城子》是一首千古传诵的悼亡词，他歌唱了对亡妻真挚而深厚的悼念之心和悲伤而凄婉的怀念之情，也融进了词人自身的坎坷际遇和人生酸楚。

苏轼的亡妻王弗，温柔、漂亮，性格内向且知书达理，是苏轼生活中形影不离的贤内助。但婚后十年，二十六岁的王弗却英年早逝。这，无疑对苏轼是一个沉重打击，他曾在坟前悲痛地长叹道："呜呼哀哉！余永无所依怙。""十年生死两茫茫。不思量，自难忘。"不知不觉间，爱妻谢世整整十年了，苏轼宦海沉浮，几经坎坷，连年奔波，席不暇暖。满腹的悲情凄楚，更增添了对亡妻的深深思念。

"千里孤坟，无处话凄凉。"十年了，生死两隔，阴阳殊途，音讯渺茫；两不相知，无语衷肠。十年了，人生险阻，往日的朱颜早已消失殆尽，今日的模样已是"尘满面，鬓如霜"。纵使能够与亡妻相逢，恐怕也难以相识，形如路人了。人生百年，十年也许不算太长，但你寄身的孤坟已远在千里之外，到哪里去诉说我心中的凄凉？

"夜来幽梦忽还乡。小轩窗，正梳妆。"本欲相见，果然相见，积思而梦，真切自然。但十年死别，一旦重逢，却又"相顾无言，惟有泪千行"了。曾经的恩爱与温情，也许可以幻化成眼前的梦境，但清醒之后的怀念，却更加让人悲伤。"料得年年肠断处，明月夜，短松冈。"往后的每年每天，只能空忆那冷月孤坟，短松荒岗了。

我们也许已经无法揣度，苏轼对于亡妻这份深沉的感情，是不是我们今日所谓的爱情。"敏而静"的王弗也许只是传统意义上的相夫教子。"天涯流落思无穷，既相逢，却匆匆。"匆匆地相逢，让人由爱生恨，由恨生悲。死亡当然是一个很严重的事件，但更为严肃的是，我们对死亡也往往要求意义和价值。我们所以悲伤，是因为曾经有爱。

春花秋月何时了

少时读书，见到"春月秋花何时了，往事知多少"的句子，曾经激动得不得了。朦朦胧胧地理解，没头没脑地喜爱，却不知作者何人，更不知道诗句背后沉重的故事。

我们已经不能够完全地知道，千年之前的南唐是怎样的一副模样，我们只是知道，南唐后主李煜算不上一个好皇帝。他太不关心自己的江山，只是倾心于那些诗词歌赋。为他人忧，更为自己愁。他早年的《长相思》写道：

一重山，两重山，
山远天高烟水寒，
相思枫叶丹。

菊花开，菊花残，
塞雁高飞人未还，
一帘风月闲。

一重山，两重山，是在说距离的遥远；菊花开，菊花残，是在说时间的流逝。李煜，天生一颗敏锐易感的心灵，把离愁和相思写得如此的凄切而优美。

在自己的国家沦亡之前，李煜曾写过两首优雅的《渔父》：

一棹春风一叶舟，

一纶茧缕一轻钩。

花满渚，酒满瓯，

万顷波中得自由。

浪花有意千重雪，

桃李无言一队春。

一壶酒，一竿纶，

世上如侬有几人？

李煜才华横溢，本无心争权夺利，登上王位完全是个意外。不求威仪天下，万古不朽，但求独善其身，性情而为！正如李煜所说，他崇尚的不是武力与征战，而是一种春风暖雨，落絮飞雁的诗意生活。

"国家不幸诗家幸。"一方面，我们是在赞赏李煜过人的才情；另一方面，我们似乎又在指责他玩物丧志，怡情误国。但也许历史的真实是：无论当时的南唐是多么旖旎繁华，多么歌舞升平，毕竟偏安一隅，难以抵挡赵宋的大军压境。而更要命的是，李后主根本就没有心思做皇帝。

"桃花谢了春红，太匆匆。""自是人生长恨，水长东。""一片芳心千万绪，人间没个安排处。"天知道，李后主怎么会有这么多的佳词丽句和长吁短叹，而且，我们同时又能够感觉得到，他此时已经不再仅仅是感叹个人的悲哀，而是看到了某些人生永远的悲凉。

王国维曾说："一切景语皆情语。"虽然美丽的词句可以引领我们的情感，但有时候诗词真的可以疗伤吗？也许，此时它是你最无力的那一声叹息。

它虽然是从你内心最深最软处发出来的，但它能给你的抚慰是如此的虚无而又真切，它让人满怀绝望，又隐含着希望的光亮。可是，也许这正是李后主最愿意做的事。

失国之后的李煜更加的抑郁而伤感，只是把更多的心思用在了故国家园，虽幡然醒悟，但已是悔恨不及。他在《破阵子》中写道：

四十年来家国，
三千里地山河。
凤阁龙楼连霄汉，
玉树琼枝作烟萝。
几曾识干戈？

一旦归为臣虏，
沈腰潘鬓消磨。
最是仓皇辞庙日，
教坊犹奏别离歌。
垂泪对宫娥。

读此，一切仿佛都在不言中。天才的词人，用自己的如花妙笔，把自己的得意和失意写得如此让你扼腕叹息。曾经的春花秋月，曾经的雕栏玉砌，如今却进退无据，生死无依。从此故国不再，所有的离恨悲愁一并烟消云散。

春花秋月何时了，往事知多少。
小楼昨夜又东风，故国不堪回首月明中。

雕栏玉砌应犹在，只是朱颜改。

问君能有几多愁，恰是一江春水向东流。

这是一首要命的词，既传颂千古，又让李煜为此献出了生命。于是，李煜从此不再留恋，也不再叹息。"落花流水春去也，天上人间"，真切的历史已然化为千年之遥的故事。"春花秋月何时了"，良辰美景，奈何又让人如此痛苦？

红袖添香夜读书

1

书中自有黄金屋，书中自有颜如玉，这是古时人对读书的领悟和追求。金玉之爱，人皆有之。读书，是一件苦事儿，也是一件乐事儿。

"朝为田舍郎，暮登天子堂"，这曾是古代每一个读书人的梦想；"绿衣捧砚催题卷，红袖添香伴读书"，这又是那时每一个读书人的浪漫想象。读书人大都是清苦的，一桌、一椅、一青灯，或许，还有月光如水。面对厚重的古卷，有时候，看书人的思绪早已飞出了窗外。可是，那只飘逸轻盈的红袖，却没有随皎洁的月光，从半掩的门里闪进来。

"红袖添香"是中国古代文人心中一个很隽永的意象，但对于许多读书人来说都不能美梦成真。当然，如果我们愿意，除了可以去蒲松龄的故事里寻找，还可以看一看王实甫的《西厢记》。还有，在真正的现实世界里，汉代的司马相如也许是个例外。

"文君当垆"，"相如涤器"，是相知相惜的二人最早留给我们的故事。是说私奔后的他们安于清贫，自谋生计，在街市上开了一个酒肆，美丽大方的卓文君当街卖酒，才气逼人的司马相如帮着洗涤杯盘瓦器。当然，酒店打烊后的夜晚，一定会有惬意的共剪西窗；司马相如吟诗作赋的时候，一定会伴有诗意满屋的红袖添香。

"皑如山上雪，皎如云间月。闻君有两意，故来相决绝。"这是在司马相如发达和得宠后，卓文君对一度负心的司马相如的抱怨。"愿得一心人，白头不相离。"这又是这位巴蜀第一美女对幸福生活的向往和美好爱情的坚定。"凤兮凤兮归故乡，遨游四海求其凰"，司马相如终究没有忘记那些红袖添香伴读书的温情，与文君善始善终，成就了人间真情的一段佳话。

晚唐的李商隐曾作诗追忆这一段美好的爱情：

梓潼不见马相如，更欲南行问酒垆。

行到巴西觅谯秀，巴西惟是有寒芜。

可是，历史上的这位情歌王子的感情生活，却没有那么的幸运。短暂的一生，不见一段完整的爱情。

锦瑟无端五十弦，一弦一柱思华年。

庄生晓梦迷蝴蝶，望帝春心托杜鹃。

沧海月明珠有泪，蓝田日暖玉生烟。

此情可待成追忆，只是当时已惘然。

此为李商隐的追忆之作，作这首诗的时候他已过不惑之年。他孑然一身，独上西楼，秋风拂面，往事如烟，有感而发，写下这首无限感伤的《锦瑟》，纪念他生命中的三个女人和他曾经有过的青春年华。

写完《锦瑟》后不久,李商隐忧郁中死去,年仅四十五岁。"此情可待成追忆,只是当时已惘然。"不知在诗人的追忆里,可曾有那红袖添香夜读书的温馨和留恋。

2

能够红袖添香夜读书,当然是人间温情无比的幸福。但更多的时候,读书,只可能是一个人的事;那些文字,只能让你独自面对。正如司马相如和李商隐,同为意气风发的读书人,不一样的境遇和命运,却只能各自担当。当你真正坐下来读书时,每个人的领悟又是不一样的。或者每有会意,便欣然而喜;或者一隅三反,竟乐而忘忧。人闲桂花落,夜静春山空。你会发现那些文字是朴素的,又是美丽的,是沉静的,有时却又可以让人心动不已。

春有百花秋有月,夏有凉风冬有雪。大自然是美丽烂漫的,其实,有时候宅在家里,依然能够看得见那些迷人的风景。这就是文字的力量,也正是读书人的得意。书卷多情似故人,晨昏忧乐每相亲。字里行间,那些曾经的故事,我们依稀可以看见,那些美丽或者伤感的心灵,依然能够把我们打动。

"若无闲事挂心头,便是人间好时节。"可是,红尘中人,没有烦恼忧愁是不可能的。那样的境界,也许只能从你喜爱的文字里去寻找,因为它虽然默默不语,却可以感动你,甚至改变你。让我们由浮躁而沉静,由痛苦而欢欣,甚至,我们可以彻底放松和裸露,在那里重新找回自己的影子。

"未觉池塘春草梦,阶前梧叶已秋声。"一年四季,那些可爱的文字都在陪伴着我们。当你真正读懂时,那其实已经不是文字,而是你的心。当我们读书时,窗外的月光,正如那添香的红袖,无声无息,芳香四溢。或许,不经意间,她仿佛已经站在了你的面前。

诗无邪

《诗经》是古老的，但它似乎离我们并不遥远；《诗经》又是艰涩的，但《诗经》所表达的东西又是那么的简洁自然。它带给我们的，要么是一幅优美的画图，要么是一种美好的情感。孔子曾说，"《诗》，可以兴，可以观，可以群，可以怨"。是的，这里是我们情感之水的源泉，似乎，它早就藏在了我们的心里。

《国风周南芣苡》写道：

采采芣苡，薄言采之。

采采芣苡，薄言有之。

采采芣苡，薄言掇之。

采采芣苡，薄言捋之。

采采芣苡，薄言袺之。

采采芣苡，薄言襭之。

整首诗说的是芣苡的过程，几乎是机械地交代，似无诗意可言。但如在一定的环境里歌唱，却让人感到一种美感。清代方玉润《诗经原始》中说：读此诗时，"恍听田家妇女，三三五五，于平原旷野、风和日丽中群歌互答，余音袅袅，忽断忽续。"

是的，那样美丽的自然风光，那么动听的群歌互答，真的让人羡慕不已。而《魏风》中的一首《十亩之间》，则写出了采桑者行将收工归家的愉悦场景，以明朗欢快和闲适的气氛感染着疲惫不堪的我们。

十亩之间兮，桑者闲闲兮。行与子还兮。

十亩之外兮，桑者泄泄兮。行与子逝兮。

而且，《诗经》即使写离愁别意，也是如此的诗情画意。"昔我往矣，杨柳依依。今我来兮，雨雪霏霏。"这一句真是美极了，任你看一眼就可以永远记住心里。它像一卷画，把一个出门在外旅人的思归心情表达得淋漓而且诗意：回想当初出征时，杨柳依依随风吹；如今回来路途中，大雪纷纷满天飞。

还有，《郑风》中的《野有蔓草》，则把男女偶遇写得清冷绝俗：

野有蔓草，零露漙兮。

有美一人，清扬婉兮。

邂逅相遇，适我愿兮。

野有蔓草，零露瀼瀼。

有美一人，婉如清扬。

邂逅相遇，与子偕臧。

在郊野的蔓草上，有一颗颗晶莹的露珠。一位美人从那里经过，眉目清婉。"我"与她偶然相遇，却觉得她就是我的理想。空旷的郊野，清冷的露珠，"我"的喜悦，娓娓道来，清淡隽永。

在《秦风》里的《蒹葭》中，我们则又可以看到另外一种人生体验：

蒹葭苍苍，白露为霜。

所谓伊人，在水一方。

溯洄从之，道阻且长。

溯游从之，宛在水中央。

诗中的"伊人"到底是谁不得而知，"在水一方"亦想象之词。那可能不是一个具体的人，而只是追求目标的象征。人生中本不乏这样的现象：对自己设定的某种目标的追求，无论怎样的努力，总是不能达到，永远可望而不可即。诗中所咏，正是这样的情景。诗的基调是惆怅的，而这种惆怅也许是我们的人生所难以克服；即使在像《溱洧》中的青年们那样喧闹的欢笑中，它也许会在某个或某些人的心头飘闪而过。

《诗经》，朴素得几近于白描，自然得似乎源于天籁。但是，《诗经》就是这样：无论喜悦，还是惆怅，总要写得那么美。孔子说："《诗》，一言以蔽之，思无邪。"是的，虽然"诗无达诂"，但《诗经》写出了我们内心的感受，也许，这就足够了。

文字香

1

似乎，从古至今，喜欢读书的人，都不约而同地喜欢一个词：书香。可是，究其实，应该叫作文字香。

在书籍出现之前，早已经有了文字。字和文字，其实最早是两个不一样的概念；单讲字的意思，除了文字之义之外，旧时称女子出嫁为字，例如："待字闺中"。文字最早是被称为"书"，例如，我们见到一些不太懂的文字，往往就会称之为"天书"。还有，秦始皇大一统后，就有一条政策，叫"书同文"，就是要统一六国的文字，以便于人民交流，进而统一思想。

比这更早的，还有一部古籍，叫作《尚书》，在西汉之前叫《书》，其实是一部上古文字的汇编。它当年出土时，一定是被刻在了什么东西上，否则今天的我们肯定无缘和它相见。但绝对不会是纸，不要说纸的耐腐蚀程度不行，还因为纸的出现是在西汉建立之后。《说文解字》有一句说，"著于竹帛谓之书"，这，或许就是那时最主要的文字载体。

比这更早的，应该还有甲骨文和金文。那时的文字数量更是少得可怜，而且还要费力地把它们刻在一些器物上。否则，那几个研究古文字的大家，像郭沫若等，后来绝不会因为推敲出了几个歪歪斜斜的符号而备受世人瞩目。

要论文字的多寡和珍贵，《诗经》能够由那时流传到今天，也许是更加应该让我们珍惜；真不知道，洋洋洒洒的"诗三百"怎么能够得以基本完整地保存到现代。

那么，"书香"一词由何而来，又从何时开始？

2

宋代的林景熙有一句诗："书香剑气俱寥落，虚老乾坤父母身。"但书的出现当在纸的发明之后，而纸的出现，至少要等到西汉。否则，当年秦始皇每天批阅的竹木简文书，就不会重达"衡石"之多，后来的东方朔给汉武帝的奏章，也就不会装满几大车了。

可见，"书香"的出现当以纸的出现为前提。书籍出现后，爱书的人怕那些来之不易的书被虫子咬坏，就在书中放一种艾香草驱虫。久而久之，"书香"一词才流行开来。当然，后来"书香"的含义有些转归，并不单指那种香草的味道，否则，就不叫书香，而直接叫草香了。在很大的意义上，书香是读书人的一种感觉和认知。

到了宋代，书更是香得不得了，那是因为雕版印刷在当时的繁盛。那些宋版书，不仅当时刻印得精美绝伦，而且后世流传甚少。到了现代，真正的宋版书更是身价不菲，其价值已经按页算计，所谓"家有资产万贯，不如一套宋版"。

不知道这是文字的珍贵，还是金钱的力量。

3

洛阳纸贵，源于左思的《三都赋》。同样的一篇文字，可以使一人由一文不名到名闻天下。这也许是文字的幸事，也是那时读书人的幸事。朝为田舍郎，暮登天子堂，毕竟是那时读书人的唯一理想。

可是到了后来，情况就变得有些异样，让读书人谈书色变，许多人因为摆弄文字而招致不明不白的牢狱之灾。虽然此种"书祸"或"文字狱"早已有之，但应该以清代最为让人惊讶和伤心。

最著名的，当然要首推那一句"清风不识字，何故乱翻书"。这样一写，清人不高兴了。当时类似的例子很多，一时血雨腥风，透纸而出。但是后来还流行着一句"三年清知府，十万雪花银"，他们对这一句却从来不闻不问，任其蔓延。这凸显了一般读书人的尴尬，也是他们的无奈和不幸。

可是，历史又有着让人想不到的逻辑。清代"文字狱"的流行，却又催生了另一门学问的悄然兴起：那就是朴学或曰考证学。文人们不再用天生的才华叙写情怀或者阐发义理，而是埋头于那些故纸堆里，下了几番整理、校勘和注疏的功夫。而且这些人，愈来愈有兴致，愈来愈认真和有责任，清代的几个大家，大都因此而闻名于世。

中国两千多年的封建史，至清末而告终结。考据学的兴起，使中国五千年的文化，得以总结、梳理和保存。而且，由其发展而来的汉学，直到今天，依旧方兴未艾，势头正猛。

这，是文字的力量，也是中国文化的魅力。

4

自从文字出现以来，喜欢它的人就以此为业，而且乐此不疲。可是，在漫漫历史的长河里，又有几多悲喜哀愁。

读书人不仅爱好是相同的，其性格脾性也大略相似，温文尔雅，君子之度，然有时却手不能缚鸡而难保自己。例如，春秋战国时期，那些知识分子们好一阵子"争鸣"和"解放"之后，终于遭遇到了"焚书"和"坑儒"。这是文字和文化的一次大破坏，也让这些第一批读书人明白了：文字可以救世，但也会因此而杀身。

而且，文人的命运，大多是不幸和悲情的。虽然他们天生喜欢悲世悯人，却忘记了自己就是应该救赎的一部分。一部起起落落的文化史，其实不过就是读书人的生活史和奋斗史。无论唐诗，还是宋词，那些能够流传久远的文字，大都是一些伤怀凄美之作。这是文字的幸运，抑或是它的不幸？

"吟诗作赋北窗里，万言不及一杯水。"这是李白在抱怨文字的软弱无力，没能给他带来任何实际的意义。可是，他除了满腔的豪情与自负，也许只剩下那些文字可以任他摆弄了。虽然，他是因为文字来到了玄宗的身边，虽然他可以"天子呼来不上船"，可是他最后又是因为那些文字，失去了仅有的一次机会。而且，如果没有了那些文字，历史上也就没有了"诗仙"这一道亮丽的风景。"我寄愁心与明月，随风直到夜郎西。"这不是风的力量，那些春风，没有那么神奇，他送给友人的那份心情，还是要靠那些文字来表情达意。

"家熟不如国熟，花香不及书香。"我们常常"墨宝书香"并提，可是墨宝之香却不是文字香。墨宝呈现的是文字的形式美，是方块字的再创造。"书香"创造的则是另外一个世界，是文字背后的内容和意境。一本书在手，无论新旧，只要里面的文字足够吸引你，让你一读得意忘形，再读得意忘言，这时你也许就看到了文字香。就像喜欢土地的人，站在田野里，就可以闻得到沁人的泥土味和五谷香。

5

所有爱书的人，都可以从书中闻得到那诱人的"书香"。当然，确切地说，他更关心的，是那些藏在书中的文字。那些文字，哪怕等了多少年，都在默默等待，直到你的到来。一部书，哪怕外表再精美，若没有令你心仪的文字内在，也只不过是金玉其外，败絮其中，如那满天飞的广告纸，根本引不起爱书人的兴致和爱怜。

好的文字就是这样一种气息，你喜欢它，是因为你看懂了它。那些文字，是如此奇妙，一个个仿佛精灵一样，组合排列在一起，又有了千变万化的故事和意义。有些文字，第一次就足以把你紧紧抓住，但是又不会因为是初见而陌生。它们的安静，既可以让你更加的安静，又能够让你如此欢欣不已。它们是如此朴素，却可以演绎出人世间最绚烂美丽的情怀和象征。

它们又是如此乖巧而且伶俐，既可以是一阵春风，带给你鸟语花香；又可以是夜晚里的一溪流水，带给你月光般皎洁明亮的心境。徜徉其间，就如那些可爱勤劳的蜜蜂，找到了百花的芬芳，我们循着文字的芳香，就可以找得到我们心中的那些记忆或者梦想。

"书卷多情似故人"，能够真正陪你一辈子的，也许只有那些文字，只有那个和你一样喜欢那些文字的人。陪你看书的，除了夜空里璀璨的星光，还应该有眼前那盏忠实的灯火。

6

忽然就想起了那些读书的日子，也忽然觉得，那些日子是那样的让人难忘，仿佛一个香甜的梦。读书，当时深感其苦，可是回想起来，每一个人的一生里，也许数那些时光最是美丽灿烂。可惜时光不能倒流，不能够让我们重温旧梦。而且，身在红尘里的我们，今日亦无暇让你再去那安静的象牙塔里流连，只能断断续续地借一些文字，来找回那些点点滴滴快乐的记忆。

"一篇读罢头飞雪。"不是的，那些沁着香气的文字，即使我们满头飘雪，也依然让我们不愿意放手。一个喜欢上文字的人，就如陷入了一场天长地久的爱情，除非地老天荒才可能分手。而且，彼此又都是那么安静，互不相扰，却又演绎着生离死别的相守。

易有三解

易起于占卜，却不会止于占卜。易虽是远古科技落后的产物，但我们今日回头，却又发现易之价值已远远超出我们的想象。从古至今，易都像是一个谜。易的智慧，我们也许永远看不透。

易讲阴阳，但与风水无关。阴阳既是矛盾的双方，又是和谐的一体。一阴犹存或者一阳独长，都不会是最后的结局。敌强我弱，此消彼长，易或不易，百人百解。

易有太极，是生两仪。易与老子的"无"相关，但易之"无"并不是"有"的相对。一阴一阳之谓道，易生成于两种力量的相反相成。剥而复或者泰而否，讲的都是一种动态的平衡。生生之谓易，这两种力量，相互推移，永无止境；无论自然，还是人事，概莫能外。

易本源于自然，但儒家却把它奉为经典。孔子"晚而喜易"，曾"韦编三绝"，并说："假我数年，若是，我于《易》则彬彬矣。"为易作传当然是儒家的功劳，可是在许多地方，并不是易的本意。在易由自然到人事的途中，曲解和附会当然不可避免了。

易有三解：变易，不易，简易。

天地万物，无时无刻不在运动变化，只要矛盾着的双方都还存在，变易就永远不会停止。"最是人间留不住，朱颜辞镜花辞树。"无论诗人如何的慨叹，该去的终归会离去。新陈代谢，生生不息，不是这样的吗？

儒家讲修身，道家讲修炼，佛家讲修行。各家虽然所求不一，路径有别，究其实都不过是某种积极地调整。或者提升自己，或者去迎合彼岸的理想。有时我们既不满意我们自身，又会对这个世界耿耿于怀。呵呵，不必再去感叹个体的渺小无助吧，如果改变不了这个世界，就去改变自己；如果无法改变外在，就去观照自己的内心。

但无论万物如何流转变化，天地间又总会有一些相对不易的东西。日月运行，山川风物，非人力可为；生老病死，人伦亲情，自古已然。有时，我们的某种思想竟是那样的执着；有时，我们的某种情感竟是那么的固执。"衣带渐宽终不悔，为伊消得人憔悴。"也许，这世间最坚硬也最柔软的地方就是你的内心了。如果你不曾感恩于阳光的温暖，也不曾震撼于星汉的灿烂；如果你不曾感叹于某种温情的美丽，也不曾对某种信仰顶礼膜拜，你必定是一个不快乐的人。

易与不易，又总是矛盾着，纠结着，无休无止，无始无终。高岸为谷，深谷为陵。沧海桑田，天翻地覆。常与妄，我与佛，姻缘和轮回。曾经的存在，忽而不见了踪迹；所谓的虚无，不经意间就呈现在了眼前。"山无棱，天地合，乃敢与君绝。"易还是不易，要依于天地造化，还要经得住时间的磨炼。

易与不易，一切又是如此的简易。大象无形，大音希声。就像一部易经，讲的都是一些平凡朴素的道理，不必弄得那么繁缛神秘。世上本无事，庸人自扰之。尘世间许多事是如此的简单，却又如此的让人困扰。呵呵，都有房有车了，怎么还是不快乐？

就像一部论语，论及它的典籍可谓汗牛充栋，但孔子理想中修身的标准只有一个，那就是"文质彬彬，然后君子"。就像求佛之路虽然千辛万苦，其实不过是条一心向善的历程。呵呵，易，就是如此简洁。

三玄

1

"三玄"是指：《易经》，《老子》，《庄子》。

《易经》，本是起源于卜筮之术，儒道两家都曾要把其奉为经典。大约是因为孔子晚年努力为易作传甚而"韦编三绝"，后人遂奉易为儒家的群经之首。老、庄虽都是道家人物，但二者思想并非一脉相承而是各有所归。易的出现要比老庄早许多年，三者之所以被冠之以"三玄"，实出于老子的一句话，"玄之又玄，众妙之门"。大意是指道的深远神秘，变化莫测。"此中有真意，欲辨已忘言。""三玄"的奥妙并非遥不可及，只是无论是修身抑或是养性，难免千人千面，百人百解了。

孔子曾说："郁郁乎文哉，吾从周。"中国的周代不仅创造了我们今天难以企及的灿烂文化，更是中国思想上的黄金时期。无论哲学还是思想，大都是一些形而上的东西。中国哲学的传统，其功用不是为了增进正面的知识，而是为了提高人的心灵，超越现实世界，体验高于道德的价值。因为人总是不满足现实，从而尽心追求某种价值，这是人类内心深处的一种渴望。"三玄"不是萦绕于我们眼前的美丽光环，是中国人思想上的形而上学。

2

儒、道的出现，都是中国大地土生土长的结果，完全没有外力的催生或者参照。儒家是活在现世，寄希望于道德功名文章；道家则是在当下另辟一安静道场，以实现其养生全性的愿望。西方抬出了一个上帝，并且说，"吾爱吾师，吾更爱真理"，上帝是他们的共主和寄托。而我们则大不相同。儒家教导人们完善自己也要为社会做贡献，道家则要求把更多的关怀留给自己——从肉体到灵魂。一个痛苦地生存于眼前的现实，一个却要寻找出世的欢乐。

"天行健，君子以自强不息。""礼崩乐坏"的时代，让儒家人倍感肩上的担当。"知其不可而为之"，虽戚戚然若丧家之犬而不止，这是儒家的抱负和情怀。生命的短暂易逝，让道家人陡生自身的岌岌可危，无论是"齐物论"，还是"一生死"，道家始终认为，明哲保身和性灵自由才是莫大的追求。

"地势坤，君子以厚德载物。"何为道，何为德？儒道自有一番分解。无论哪一个时代，道德的力量都是伟大的。文章也许可以通天，但富贵却不会无边。我们每一个人，终其一生所为，都不过是在求索一种相对的身心自由和快乐。只是当理想遭遇现实，也许所谓快乐就是痛苦里的笑容，所谓自由就是在戴着镣铐跳舞。可有时候，我们又会把这种个人追求发挥到了极致，就像魏晋时代里的那群风流而浪漫的名士。

3

这是一个可爱又可怜的群体，他们认为已经找到了易和老庄的真精神，中国思想界玄学的出现和辉煌，实由于他们的推进和演绎。两汉经学的烦琐，魏晋政治的暗淡，共同催生了历史上这一道绝美的风景。他们"弃经典而尚老庄，蔑礼法而崇放达"，有着天才的风流和天生的浪漫。

"道可道，非常道；名可名，非常名。"虽然他们竭力糅合儒道，但这个世界根本不会存在终极的真理、自由以及快乐。庄子的大鹏只不过源于他天真而大胆的想象，我们都不过是一条水中的游鱼，虽逍遥自在却不能够相忘于江湖。当年那些贤士们栖身的山野和那个著名的竹林还在吗？他们曾经的故事和笑谈离我们也许并不太遥远。

乱世可以出英雄，但也会出才子。他们虽最终选择安身于山林，但山林的清净并没能让他们安心。他们需要歌唱，要用自我的方式抗争。他们藐视儒家的道德文章，也不再恪守老子的清心寡欲，而是以一种特别的方式，把庄子性灵自由的畅想发挥到了极致。他们没有做到"达则兼济天下，穷则独善其身"，而是桀骜不驯，玩世不恭。他们长啸山林释放内心的苦闷不满，放浪形骸以向权贵展现铮铮傲骨。

嵇康，一个极有魅力的人物，相貌堂堂，风骨特异，时人称鹤立鸡群，满身的才华和才气。终因不屑于权贵，死于司马氏的屠刀，用生命的代价保持了人格的高洁。阮籍，一生谨慎避祸，却最终死于忧郁，用人性的扭曲维系了自我的良心。竹林七贤之中，刘伶最为丑陋，嗜酒如命且酷好裸游，并给自己找理由说，"我以天地为栋宇，屋室为裈衣。诸君何为入我裤中？"虽然刘伶终以病酒而寿终，但在文人动辄被杀的乱世得以苟全性命，可谓不幸中之大幸了。

特别的年代一定会有不平凡的故事。竹林七贤个个都是空前绝后的才子，也许，他们错生了一个时代。当政治斗争愈益残酷的时候，名士的风流和身份就变得一文不值。虽然他们的风流能够彰显风骨，但他们的自负却又让他们自绝于当世。他们置"功利境界"和"道德境界"于不顾，由"自然境界"而直奔到了"天地境界"。

"玄之又玄，众妙之门。"历史有时就是一个怪圈，也许起点就是终点，你得到的却不一定是你真正的需要。冯友兰先生说，人往往需要说很多话，然后才能归于缄默。是的，当真切的历史已成为遥远的过去，玄远的思考才可能刚刚开始。

得到和失去，都是一种痛

1

红酥手，黄縢酒，
满城春色宫墙柳。
东风恶，欢情薄，
一怀愁绪，几年离索。
错，错，错！

春如旧，人空瘦，
泪痕红浥鲛绡透。
桃花落，闲池阁，
山盟虽在，锦书难托。
莫，莫，莫！

这是陆游当年无限深情地咏叹：

"红酥手，黄縢酒，满城春色宫墙柳。"多么可人的场景，多么怡人的感觉，正是在这样的一个季节里，你我再次相遇在这里。

东风和煦，荡人心怀，可是，我们却再也找不回往日的温暖和欢情。原本相亲相爱相敬的人，一经离别，剩下的，除了一年又一年的无聊时光，就是一日又一日的满怀愁绪。

既相恋，何相离？错，错，错。

春色依旧，春天里的人却日见孤独消瘦，那块鲛绡纵然能够掩去你脸上的泪痕，却也挡不住你心底的忧伤和愁苦。

春风里，满树的桃花在一瓣又一瓣地摇落。虽春意满园，那些亭台池阁却早已苍凉萧索。山盟还在，锦书还在，那些曾经的爱，却再也不能够回到身边。

既相见，何相恋？莫，莫，莫。

2

世情薄，人性恶，

雨送黄昏花易落。

晓风干，泪痕残，

欲笺心事，独语斜阑。

难，难，难！

人成各，今非昨，

病魂常似秋千索。

角声寒，夜阑珊，

怕人寻问，咽泪装欢。

瞒，瞒，瞒！

这是唐婉当年无限哀怨的和唱：

世道竟是如此的薄情，人心何其可恶。黄昏道上，雨打落花，怎一个"恨"字了得。

一夜无眠，晓风拂面，昨晚的泪痕依然挂在脸上。这样一种关于两个人的相思，如今我却只能一人独倚栏杆，自言自语。

失去了的爱，注定再也不能够回来。难，难，难。

你我早已经天各一方，今日再也见不到昨日的欢笑。往事如烟，正如园中的秋千摇来荡去，却又如此清晰，可闻可见。

春夜如此阑珊可爱，远方的角声却又如此苍凉悠远；此刻，便纵有千种风情，却又能与何人诉说。明明是以泪洗面，却又要强装笑颜。

离开你的日子，欺骗了他人，却欺骗不了自己。瞒，瞒，瞒。

是这两篇《钗头凤》，让我们永远地记住了陆游和唐婉，记住了沈园，也永远记住了他们的凄美情缘。

萧伯纳曾说，人生总要历经两种痛苦，一是得不到，一是得到了。对于陆游和唐婉，对于那份美好无比的感情，他们得到了，可是最后却又失去了。

这一切，又将会是一种怎样的忧伤和苦痛？

风里落花谁是主

《诗经》开篇就是《关雎》：

关关雎鸠，在河之洲。

窈窕淑女，君子好逑。

参差荇菜，左右流之。

窈窕淑女，寤寐求之。

求之不得，寤寐思服。

悠哉悠哉，辗转反侧。

这是一首优美缠绵的远古恋歌，与此相似，《秦风》里还有一首：

蒹葭苍苍，白露为霜。

所谓伊人，在水一方。

溯洄从之，道阻且长。

溯游从之，宛在水中央。

"伊人"是谁，我们不得而知，也许本就出自作者的想象，或者只是追求目标的象征，可是这象征又是那么的意味深长。

《诗经》里的大多数诗句，寥寥数语，就把那些美好的情绪，描摹得那么旖旎而且纯净，让现代的我们，"虽不能至，心向往之。"然而，当我们循着这个源头，再去那些唐诗宋词里寻找，听到的却是无尽的叹息和无奈之语，看到的，不是满地的落花，就是一去不回的流水。

山水胜文章，江南多才子。最引人注目的，也许当是偏安一隅的南唐二主。南唐中主李璟流传下来有四首词，有一首便是《浣溪沙》：

手卷真珠上玉钩，依前春恨锁重楼。

风里落花谁是主？思悠悠！

青鸟不传云外信，丁香空结雨中愁。

回首绿波三楚暮，接天流。

　　这首词是在写孤寂落寞、无所依傍的思妇，又何尝不是在写他自己？李氏父子本是一国之主，然而，他们又何曾做过主。"国家不幸诗家幸"，他的儿子李后主，更是把男女之情看得比江山还重，只知道去那些风花雪月里寻愁觅恨。

　　"春花秋月何时了，往事知多少。"这或许是他失国之后的悔恨与叹息，可惜已经太晚。"落花流水春去也。天上人间。"那些曾经的爱恋和温情，如今都像那树上的花，早已零落成泥。那些美好的记忆，也都化作了门前的流水，一去不回。

　　稍后的李清照，更是在秋风秋雨里，让自己变成了一枝飘摇凄苦的花。"满地黄花堆积。憔悴损，如今有谁堪摘？"憔悴的，只是那些满地的黄花吗？

　　易安夫妇志同道合，归来堂上品茗斗书，传为佳话。两人伉俪情深，即使只是小别，李清照也因不堪相思之苦而留下了像"帘卷西风，人比黄花瘦"这样缠绵的句子。清照当年难耐生离之苦，而今又怎消死别之痛！眼前黄花如昨，却已物是人非事事休！看到这满地盛开的菊花，想起早年与夫婿携手同游的甜蜜，如今孤身一人，形容憔悴。面对此情此景，怎不令词人悲从中来？

未若锦囊收艳骨，一抔净土掩风流；

质本洁来还洁去，强于污淖陷渠沟，

尔今死去侬收葬，未卜侬身何日丧？

侬今葬花人笑痴，他年葬侬知是谁？

试看春残花渐落，便是红颜老死时，

一朝春尽红颜老，花落人亡两不知！

　　这又是美丽伤感的黛玉，在以美丽短暂的桃花自比，她认为花落以后埋在土里才最干净，而不是在流水中飘来荡去。"零落成泥碾作尘，只有香如故"，这是黛玉对生的追求，也是她对美的独特理解。

"落花有意随流水，流水无意恋落花。"这些敏感的文人们，一有风吹草动，便会情不自禁。若有大的境遇转换，更加的不由自主。只好叹落花，看流水，一吐心中的块垒。可是，朴实沉郁的杜甫，却能够把落花写得很让人留恋。

"正是江南好风景，落花时节又逢君。"寥寥数语，就把人间美景和故地重游的惊喜写得自然温馨。"君"是何人？也许，他是你失散多日的故交，也许，她是你曾经的红颜知己。或许他可能谁也不是，只是我们油然而生的好心情。"落红不是无情物，化作春泥更护花。"或许，来年桃花更盛。

"落花人独立，微雨燕双飞。"无论曾经的记忆里的人多么难舍难分，无论眼前的现实令人多么飘摇不定，面对落花，真正和你面对的，也许就是自己的内心。"花开花落自有时，总赖东君主。"春风吹开的，不只是那一树一树的花，应该还有看花人的思绪。

"求之不得，寤寐思服。悠哉悠哉，辗转反侧。"《诗经》里的那些男男女女们，怎么就没有那撩人的伤感和不争气的叹息？落花不是无情，流水岂能无意。风里落花谁是主？也许，牵挂和被牵挂，都将是幸福温暖的。得到和失去，也都是美丽诗意的。

君子若玉

黄金有价玉无价。如果说黄金是身份和价值的象征，那么，千百年来我们对于玉的怜爱，则是由于赋予了玉更多的人性的关心。黄金是辉煌的，但却透着阵阵冰冷。玉是朴素的，却让人感到温润而柔软的美丽。

玉，当然不是中国的特产，可是，世界上没有哪一个民族比我们更喜爱她。在中国，玉不仅是一种物质文化，更是一种精神文化。远古时期，玉就被用作了礼器，"以苍璧礼天，以黄琮礼地。"玉，早已成为天地人之间的使者。

东汉许慎《说文解字》："玉，石之美者，有五德。"何为美？心有所仪即是美。玉的人格化大约始于西周，《诗经》多见以玉喻人的记载，如"言念君子，温其如玉"，又如，"如切如磋，如琢如磨"，是说当时琢玉的工艺，也是说君子的修养及其交往应该像玉一样。而最早赋予玉以道德的当是孔子。他曾说，夫昔者君子比德于玉焉！并且依据儒家伦理标准论玉"十德"。当其时，佩玉之俗蔚然成风，所谓"君子无故，玉不去身"。

在孔子的言论里，曾无数次提到"君子"一词。如："人不知而不愠，不亦君子乎"，"君子之德风，小人之德草"，"君子坦荡荡，小人长戚戚"，"文质彬彬，然后君子"，"君子喻于义，小人喻于利"，等等。君子是孔子做人的方向和标准，是孔子心中理想人格的体现者。

君子比德于玉。所谓"书中自有颜如玉"，"宁为玉碎，不为瓦全"，"洁身如玉"，都是我们以玉作比，道出了我们内心的喜爱。我们对这一块小小的石头寄托了太多的意义、灵韵以及感情，对于玉的喜爱，已远远超出了其价值本身。"未见君子，忧心忡忡。"沉静温软而且润泽，高贵绚烂而且朴素。一块古玉在握，真的可以沁人心脾，不忍释手。

第六辑

如果有雪

春归何处

"忽如一夜春风来，千树万树梨花开。"这是关于雪的文字，是冬天里最美丽迷人的风景。这样的风景，让人忽然想起那个早已经远去的季节。

那样的一个季节，早已经远去了，春天正在翩翩来临。

可是，一场春风来了，又一场春风来了，所有关于春的风景却迟迟不见动静。

还没有一片真真正正的叶，还没有一树蓬蓬勃勃的花。

春日迟迟，卉木萋萋。注定，这是一个不太像样的春天。

北国的春天，就是这样，来得晚，去得早，一闪而过，仿佛不是一个季节，只是你记忆里的某一个片段。

可是，就是这样的片段，却足以让多少人翘首以待，惶惶恐恐，只怕耽误了一丝一毫的春光春色。

"一寸光阴一寸金。"这是一句最有用的话，也是一句最无用的话，让你因此警醒，最后却又让你空留叹息。

岁岁年年，一个又一个春天，匆匆来了，匆匆走了，除了那些零零碎碎的记忆，除了那些似有似无的期待或者憧憬，我们仿佛什么也没有留住。

每逢春天来临的时候，除了那些油然而生的欣喜，我们体会更多的，是一种乍暖还寒般的徘徊与落寞。

如花的年纪里，我们懵懂无知，找不到春天的诗意。过了如花的年纪，我们却又忘不掉那年的自己。

2

冷冷暖暖，躲躲闪闪，风风雨雨，春光乍现。

这就是北国之春的风格和味道，欲露还藏，欲说还休。酣畅淋漓，轰轰烈烈，醉人心扉的春，不知已经久违了多少个季节。

是的，还没有一片真正属于春天的叶，那些高高矮矮的灌木，经年不凋，四季常绿，可是，它们的存在与春天无关。它们的绿色，不是春天来临的象征，它们的绿色，属于四季里的每一个季节。

可是，无论如何，就在那些丛丛簇簇、层层叠叠的绿意的掩映之中，终于有一树一树的枝丫上绽出了朵朵粉红的花。虽然，它们斑斑点点，还没有到烂漫如云的时候，远看仿佛浅浅淡淡的一抹，近看依然零零落落。

就在那一抹粉红花色的包围里，忽然有一株树开满了别样的花，洁白如玉，素颜如雪。偌大的一块地方，这样别致的树，就安排了一棵，不知是谁匠心独运，还是偶尔为之。

无疑，这一株花开如雪的树，就成了这里的主角，名正言顺，毫无悬念。

"肃肃花絮晚，菲菲红素轻。"多少次看到它们，却未曾注意它们，也未曾知道它们的名字，只知道过不了多久，等到花落叶茂，春深似海，它们就会再也不见，它们的周围，只见一片绿色的海洋。

春天的宠物，只能是花，这是属于它们的季节，这是它们永远的约定。

无论开得早晚，只要用心，都会迎来自己的春天。

3

"诗家清景在新春，绿柳才黄半未匀。"在我的记忆里，最能够传达春的气息的，不是那些花，应该是那一棵或者一排临岸而立的柳树。

记忆中的那些老柳，仿佛永远那样的婆娑和柔软，每年的第一缕春风一来，细细长长的枝条上就会绽出黄黄绿绿的嫩芽，然后和那些黝黑粗大的树干相映成趣。从远处看，这是一幅妙极了的写意图，永远是北国的春天里最打动人心的风景。

可是，现在这样美丽的春天很少见到了，那些柳树没有了，那样的风景也就永远长在了记忆里。

春去春又来，花谢花又开。今天的北国的原野，林林总总，多是一种白杨树。高高大大的树干上，那些粗粗细细的枝丫，疏疏密密，兀自在空中挺立着，就在那些枝条最柔软的地方，正挂满了更加柔软蓬松的"毛毛虫"。

从来不知道，这些"毛毛虫"是不是白杨树的花，只是知道，每年的这个时候，它们早已经凝固成了春天里一道别致的风情。再过些日子，又一阵更加温暖的风来，这些可爱的小东西，就会伴着淡淡的清香，扑簌簌落下来，也让你走过的时候，亲密接触来自它们的湿润和柔软。

"旧时王谢堂前燕，飞入寻常百姓家。"季节的转换，不因贫富贵贱，不因老幼强弱，没有一种力量，能够抵挡住这种力量。

同样，也永远不会有一种失去，能够找得回这种失去。

春风自恨无情水，吹得东流竟日西。

春归何处？如是而已。

浅草如春，往事如云

1

雨水，惊蛰，都是属于春天的日子。一个，又一个节气，它们渐渐远去的时候，春天却越来越近了。

春雨贵如油。无论下多下少，只要是春天的雨，都是让人欣喜的；有暖暖的润，还会有凉凉的冷。雨丝儿大多不会太大，也不会太急，先是打在了你的脸上，然后又淋在了你的心里。

似乎，那些春雨绵绵的日子，很久都遇不到了。每年的这个季节，那些雨都仿佛来得不容易，走得却潇洒，干干净净，没有一点拖泥带水或者缠缠绵绵。有时，刚开了头，就要匆匆忙忙地收场，只留给你遗憾，也会因此留给你期待。

如果你一早起来，忽然看到地是湿的，树是湿的，就应该知道昨夜落雨了。它来得如此静，没有让你知道，没有惊扰你的梦，只在你醒来的时候，让你看到它们来临的痕迹。就如一夜浪漫欢爱，伊人静静离去，就如曾经把握的那只手，至今余香袅袅。

也许，即使在最最低洼的地方，你也找不到斑斑点点的雨水，取而代之的，是洋洋洒洒的一片太阳的光辉。接着，一定会传来鸟的叫声，宛转悠扬，透着某种急躁或者傲慢得意。

一切来得不可避免，一切如此顺其自然。更多更浓的阳光重又漫了过来，逆着那些光线的方向，在你的视野几乎看不到的地方，隐隐约约着的，是一片弥弥漫漫的浮动着的雾，像极了月夜里的那一方荷塘，也像极了山南水北的那一道轻轻浅浅的草。

这些淡雅而艳丽的景致，一定还不是真正的春天的标志。似乎，一切还未完全醒来；或者，一切，正在醒来。

2

所有的落叶树，还是只有光秃秃的枝条在初春的风里突兀着，或者又一阵风来，摇头晃脑，花枝乱颤。

可是，没有花，几乎所有的花都还没有绽放，无论空中，还是地下，见

216

不到一瓣花的影子。

东方，是一棵梧桐，西方，是一棵石榴。一高一矮，一个简约至极，一个疏密有度。它们就那样彼此对峙着，连一片叶也没有，只让人怀疑不久之后的日子里，怎么会有一树绚烂的花开出来。

可是，如果你还能看到一株柳树，或者有幸找得到几株或者几十株，就会发现春色早已经染绿了那些细长柔软的枝条，就在它们的立足之处，星星点点的春草的新芽，正在干枯的草丛之中顽强地蔓延开来。

"草色遥看近却无。"实在是一句妙极了的文字，轻描淡写，却总让人难以忘记，是一种恰到好处的描摹和写真。

一切都刚刚好，没有丝毫的做作和装扮，所有的一切，都是季节的力量和选择，都是轮回的顺序和催化，都是玉汝于成，都是自然天成。

其实，最能够表达春的柔软和欣喜的，也许就应该是那些草，不经意间，春风一来，雨水一来，它们尖尖嫩嫩的叶子就努力钻出了地面，然后在太阳的光辉里静默着。

是浅草如春，还是春如浅草？

3

所有的诗情画意，所有的浪漫期待，正如那些轻轻浅浅的草，先是惹了你的眼，然后入了你的心。

那些青草的气息，仿佛源自于我们遥远的童年岁月，又仿佛来自于我们内心深处的某种记忆。

"乱花渐欲迷人眼，浅草才能没马蹄。"这样的岁月，这样的记忆，这样的季节里，真正打动我们的，也许不再是那些姹紫嫣红，而是那些似有如无，在烂漫春光里升腾着的香草的气息。

初春的日子，比不得深秋，可以有深而蓝的天，有多而厚的云。现在，你头顶上的天空，更多的时候，是一种淡而雅的静，宛如一颗平实寡淡的心，既不深沉，也不烂漫。

它只在上面静静地看着，只等着人间真正的春暖花开；只等着春暖花开的时候，所有的一切，再一次进入某种泼辣辣的轮回。

或者，偶尔，只是偶尔，初春的天空里，也会来一点云，一如那些阳光里的草，似有似无，亦远亦近。轻轻地来，轻轻地走，从不会因为什么，也不会和谁打打招呼，一如我们心头某些更加遥远的往事，寡淡和平，不蔓不枝；忽然来了，忽然走了，不需要任何理由或者提醒。

春天来到的时候，每一个日子都应该是一个好天气，每一个好天气，都会有一种好心情。

浅草如春，往事如云，就是这样的感觉。

如是而已。

华年似水，春雪如花

这一场雪，来得如此突然，也如此的神秘，就如所有的季节，在意料之中，又在意料之外，就如所有季节里的某种风景，如此的自然熨帖，也如此的动心惊艳。

只在一夜之间，所有的裸露，只显现着一种形状和态势，所有的色彩，就只剩下了一种基调和情状。

春天里的这第一场雪，来得更安静，更柔，更润，更温暖。

没有了冬的寒冷与肆虐，没有了冰的硬度和坚挺，没有了雨的嘈杂和狼狈。

她来得如此干净和乖巧，一定在某个季节之内，却又仿佛在某种风景之外，绝不想讨谁喜爱或者惹人注目，只是素颜朝天，用心完成某种呈现和装扮。

也不再莽撞和匆忙，一定是某种惹眼的风景，也同样静默成一种淡定的性情。不再是一个美丽的梦，曾经遥远的召唤就在你的眼前。

没有任何的邀约或者阻挡，该来的时候就来了，不会早一步，也不会晚一步。

没有任何的挽留或者致意，该走的时候就走，不留一丝一毫的遗憾或者踪影。

除了还在轻轻巧巧摇摇落落的雪花，唯一灵动自由的，是那些鸟，在那些玉树琼枝之上，鸣叫着；或者，在那一线悬空的横索之上静默着，一动不动。

此情此景，没有惊喜，没有赞叹，仿佛一种承诺和默许，就这样浸满了你的心底，无拘无束，毫无遮拦。一如还未远去的只属于一个季节的彻骨的寒意，一如正在来临的只属于又一个季节的沁人的气息。

"忽如一夜春风来，千树万树梨花开。"几乎没有人不知道，这是岑参的诗句，这应该是关于雪花最美丽的文字。可是，也许我们不知道，这位边塞诗人此时绝不是在咏叹雪花的诗意，他更多关注的，应该是塞外的寒冷和戍边将士归家的思念。

"北风卷地白草折，胡天八月即飞雪。"我们只是记住了那一句流传千古的美文，有意无意间，却忽略了那些本来的意义。

"春雪满空来，触处似花开。"就如这场迷人的春雪，带来的是美景，带走的，却是年华。也正如李商隐的那一句"锦瑟无端五十弦，一弦一柱思华年"，人生苦短，年华易逝，冬去春来，还会有多少朵美丽的雪花等着我们呢？

东风解冻，蛰虫始振，鱼上冰，獭祭鱼，鸿雁北。

这是《月令》里关于立春的文字。当然，现在还不真正是花开花落的日子，但注定用不了多久，真正的春天就到了。

注定，今晚，雪后的夜一定会更安静，或者，如果运气好，静默着的雪夜里，月光也会来光顾吧。

冬之雪，冬之月

1

小雪，大雪；小寒，大寒。

一个个节气，次第来到，又陆续离开；每一个日子，都是冬天。

经年不见的寒冷，数年未见的雪花。

这是真正属于冬的味道，是真正能够与寒冬相对称的风景。

一段段节气，次第来到，又陆续远去，每一个日子，都是在和这个季节告别。

曾经的风景，如此的寒冷，冷得直要透入骨髓；曾经的寒冷，如此的美丽，直要让人叹为观止。

曾经的美丽，如此让你留恋，直要你寻寻觅觅，到处找寻那些曾经的影子。

2

皑皑积雪，几近于消融殆尽，只在不太惹人注意的地方，还可以隐约见得到它们日渐萎缩的样子。

例如，不见阳光的干涸的桥下，例如，终年不见阳光的那一排红瓦顶的背面，例如，那一片被一幢高楼永远遮挡的荒凉的空地。

就在那一片空旷寂寞的地方，早先被人堆起的雪人尽管还立在原处，却也只剩一具无形无状的残骸，再也没有了往日的生机与可爱。

所有阳光能够照顾到的地方，都几乎不见了雪的丽影。所有阳光照顾不到的地方，也只剩下某种斑斑点点的痕迹，只留给人回忆那些曾经拥有的欢畅或者忧郁的记忆。

树上曾有的雪花的装扮，是早已经不见了。因为它们的得天独厚，可以尽情享用宝贵的阳光和自由来往的风。它们因此展露出了铮铮突兀的条干和风姿，那里，又重新成为鸟们的领地。

那一株梧桐，树梢满是去年秋天留下来的果实，它们在高空摇曳着，沉重而且动感。就是这些经冬傲雪，沉默不语的小东西，春风一来，就会开出漫天绯红蓬勃的花来。

3

没有了雪的映照和烘托，接下来的夜晚也就仿佛温暖了许多。再一次见到月的时候，就是在这样一个晴朗宜人的夜。

很不规则的下弦月，陷在了灰蓝而深邃的夜幕里，仿佛轻描淡写，却又仿佛惊心醒目，分明是一块月，却又太像一片云，被人随意描画在了暮冬时节的空气里。

雪没有了，风没有了，那一片月就显得轻盈泽润而且明亮，可是也就孤单寂寞了许多，宁静而淡的光，从纷乱光秃的树枝间漏下来，在地上却找不到一丝一缕月的影子。

依然有些寒意，夜，忽然出奇的静。月色和夜色肆意交织着，仿佛再也不能够分出哪是月之光，哪是夜之影，似雪而非雪，似雾而非雾；可是又绝不模糊，也绝不纠缠，让你油然而生一种敬意，又陡然而生一份虔诚。

这月来了，下月走了，来来去去，无论见与不见，她一定都在那里。下月走了，那月来了，圆圆缺缺，所有的满足或者遗憾，都不过是我们心中的某种感觉。

4

木落山高，水瘦山寒，一点红炉雪。

冬之雪，冬之月，一定各有各的妙处，但，最好能够一起来。

也许，这样，才是曾经的冬天的印象和味道。

冬之日，冬之夜

注定，这是一个数年不见的寒冬。

"冰益壮，地始坼"，这是《月令》里的句子，小寒，大寒，正是四季里最冷的季节。

尽管，大雪之后，阳光依然灿烂，但阳光的温暖再也抵不住季节的阴冷。尽管，街上依然车水马龙，行人匆匆。尽管，点点积雪，在阳光下营造了一种别样的美。

或者，这才叫作真正的冬天。

皑皑雪野之上，值得一看的，应该还有那一轮落日。它就在你视野的尽处，那是一种极少见的血红，或者比血的色彩还要惊心夺目。没有光芒万道，没有绚烂的晚霞的烘托，就在一片黢树之上，它孤独而缓慢地下沉着，忽然就没有了踪影，然后雪天一色，一片静寂。

夜了，没有月亮，只有几颗星星。

因为雪色的映照，夜色没有想象中的黑，上上下下弥漫着一种隐隐约约的光。

一只宿在树上的鸟惊飞而起，消失在了看不见的远方的高空。

就在那只鸟消失的地方，一道流星出现了，倏然而过，消弭在更加深邃的夜空。

空旷的夜，星星太少，北斗七星仿佛模糊不清，不再指点方向，只在那里留下了一个浅浅深深的问号。

伴着夜色一起袭来的，还有某种出奇的静。

这种静，一如这冬夜里的寒意，仿佛要摄人心魄，让你只记得它的冷，一直冷到你的内心深处。

你仿佛被掏空了，所有的记忆都被清除殆尽，只给这冬夜的使者留下了位置。就在你无所措手，被某种情绪控制得难以捉摸的时候，一些记忆却油然而生，占据了内心那些空着的地方。一如水上零零碎碎的浮冰，清晰真实而且动荡不已。

仿佛回到了很久之前，那些年的冬季，也是如此的冷，却又透着一种光彩和温暖。

那是一些和儿时的伙伴一起雪夜里掏鸟的岁月。那些雪是如此的软，乡村的夜如此的静，朦朦胧胧的星空里，弥漫着稻花的香气。

那是一些在老家的小河上溜冰的日子。冰冻三尺，封住了河水的流动，河面上却满是欢歌笑语。水岸依然有一簇簇芦苇，有的被寒风吹折了腰，委屈地卧在那里，有的却依然头顶芦花，随风摇曳，不失原来的一副俏模样。

时光如流水，挟裹着我们的肉身，也挟裹着我们的灵魂；永远不会停止，也永远不会凝固。即使，从古远以至于虚无，所有曾经的存在，也会在某一个节点再度凸显，搅动我们所有敏感的神经。

这个冬夜，想起的，都是这些往年旧事。一切，都刻在记忆里了，无论如何，忘不掉的。

这样的静夜，除了围炉夜话，最妙的，也许应该就是读书吧。

夜是静的，书是静的，只有那些文字是动的。它们挑逗着你，也引领着你一路读下去，你走进了它，它走进了你。

你是如此的自由，没有强迫，也没有匆忙。至多，窗外有几声冬雪落地的声音。

大雪无垠

1

期盼里的雪，终于来了。一如记忆里的美丽，也一如想象里的飘逸。

大雪。依然落在了夜里，依然无声无息。

几乎，你听不到它们的声响；几乎，你看不到它们的身影。

夜，是如此的静，让人不由想起那些早已经远逝的深秋的黄昏。

比这夜更静的，是这一场雪。只是在不经意间，窗外忽然有了稀稀落落的声音，一如秋夜里的那些虫鸣。

一定是雪，这是我的直觉。这样的季节，还会有什么呢？

果然，开门就见片片雪花迎面而至，静寂而黑的夜幕上，开满了星星点点白色的花朵。谁家的灯忽然亮了，它们就在那些灯光里闪闪烁烁着，绚烂，神秘，而且动感。

一夜无风，这样的雪，一直落着。

翌晨，空中没有了雪花，也没有阳光，满眼满世界，只剩下了雪的光芒和色彩。

大雪，覆盖了一切，也装扮了一切。

所有的色彩，都让位于一种色彩；所有的形状，都不过是一种高高低低、大大小小的存在，如一片弥漫无边的山冈。

在这样的背景里，每一个人都仿佛更加的扎眼和凸显，他们是这一片静默世界里的唯一的动物。而且，因为他们匆匆和忙碌，又打破了这几乎融为一块的某种单调和宁静。

置身于雪的包围之中，没有了惊喜，也没有了慨叹，该来的已经来到，它们就在你的身边。如远方久违的客人，又如熟稔无间的朋友。

最好看的，依然还是那些树，挂满了雪装的枝条，黑白相间，晶莹轻灵，透着一种难言的美。

2

显然，雪的到来，打扰了那一群鸟们的生活，因为，在原来的树枝上，它们似乎再也找不到合适的落脚的地方。它们只好在没有雪花的树梢上，蜻蜓点水似的，徘徊着，试探着，可是，细而高的枝条，根本撑不住它们的重量，它们也只好一次又一次不情愿地飞起。就在它们振翅高飞的一瞬间，那些因此洒落的雪花，就会在刚刚升起的阳光里闪耀着五彩斑斓的色彩。

阳光还不是很好，却正好可以和雪光相互映照，它们一个向下，一个向上，恰好形成了一种谐和的力量。于是，这样一种情致和氛围，就会显得十分的静，也十分的美。

大雪无垠，晶莹丰满，冷静而且安详地卧在了那里，让人不忍踏足。它们又如一个童话满满的梦，让人不忍打扰了它们的沉默和畅想。

没有雪，仿佛不是真正的冬季，可是，有了雪，却又要让人感到，这个冬季忽然变得分外的冷。

因为冷，那些雪就化得很慢，一日，一日，它们还在那里，一动不动。田野里，屋顶上，依然是一片白茫茫的世界。

若顺着这白色的世界一直向远方寻找，依然还能够看到那一片山坳。可是，在这样统一的色彩和格调里，它们也只不过是模模糊糊的一抹，那一抹可有可无的线条，却不断地向上延伸，再延伸，直到山的顶峰，最后又一起和更高的天空连在了一起。

一片旷野之上，有人堆起了一个硕大的雪人，现在却再也无人光顾，孤零而自由地矗立在那里。煤块做成的眼睛和胡萝卜做成的鼻子，在无遮无拦的阳光里，透着一种滑稽而且严肃的神气。

因为冷，雪后的夜，也就愈加的静。空气仿佛凝住了，却又和无处不在的寒气一起透入你的骨髓，一如那些闪着寒光的雪，以及积雪下面被冰封的土地。

今晚，几乎看不到天空的颜色，那弯孤悬着的月，却分外地清晰、明亮而且干净。

外面更冷了，那只猫还没有回来。

寂静的雨

1

漫长的秋，彻底消弭了它灿烂的丽影，无论它曾经多么温暖，多么让人留恋。

眼前，有那些晶莹的冰；野外，有那些光秃秃的老树的枝丫在西风里的招摇。

无疑，它们都只能是又一个季节到来的证据或者象征。

它的名字叫冬。

其实，这个一年四季的终结者，它早已经来临。

天气预报说，今明有雪。

于是，忽然几分欣喜，几分期盼。

整个上午，很好的阳光，有微微的南风拂面。午后，突然有了斑斑点点的云朵，太阳的光照，依然可以从云缝里挤出来，尽管颜色暗淡了许多。

黄昏，昏鸦归巢。寒空的大幕上，还可以寻得见闪闪烁烁的星星点点。可是，冬夜里的星光仿佛不值得一提，不经意间就淹没在愈来愈浓的夜色里。

冬夜，除了无边无际的黑，也仿佛要把一切声响都消弭殆尽。若没有灯火的指引，几乎看不到任何东西。所有白昼里可见的存在，大都只能在想象里想象，在记忆里回忆。

无涯无际的黑，又带来了无穷无尽的静，除了黑夜的浸润和蔓延，你几乎不再需要任何感官。可是，你的感觉却又因此异常灵敏通透，你的思维仿佛被无限夸张或者放大。

你可以想得很远很远，一直挣脱这夜的羁绊，一直延伸到没有黑色的地方，那里艳阳高照，鲜花烂漫。你也可以什么都不想，只想用心专注于眼前的这一线灯火的宁静或者温暖。

此刻，你什么都可以想起，也什么都可以放下。负累或者解脱，是你自己的事。

此刻，你有着无边的自由和某种几近于极致的自主和欢畅。

在这样的黑与静的夜里，你的存在仿佛与他人无关。

2

夜的气息忽而润了许多，依然没有一丝一缕的风。

躺在床上的时候，完完全全被黑色吞没着，睁开眼或者闭上眼，似乎没有任何根本的区别。此刻，你仿佛就在一种叫作夜的黯海上，随着浪的跃动而跃动着，漫无目的，顺水而漂。

今夜，会不会有雪？

就在这样的静夜里，想象着雪的所有美好，回忆着关于雪的曾经的印记，憧憬着下雪的日子诸多有趣的情致，便会油然感到自己是个浪漫而幸福的人。

忽然，关于雪的所有可爱，都伴着朦朦胧胧的睡意一起袭来。

仿佛，已经躺在了雪花般的棉被上，随雪花的洋洋洒洒而飘摇浮沉着；或者，当你睡着的时候，一定会有一个梦，梦到自己正奔跑在皑皑茫茫的雪原之上；无忧无虑，几近于忘乎所以，不知从何而来，不知止于何方。

或者，想着又一天你醒来时，艳阳之下，会有"千树万树梨花开"的景致等着你。

可是，整整一天，终于没有等到那样的雪花。

只是，空中的暗云更加的浓厚，空气也更加的润，脸上仿佛有丝丝缕缕的雨意。

只是，就在那些铅云的笼罩里，仿佛有什么东西在酝酿着，生成着，来临着。

终于，中午时分，有冷冷的雨点落了下来，不大不小，不紧不慢，淅淅沥沥，一下一下地敲打。

在雨的包围里，一切都湿漉漉的，轻轻薄薄的雾气腾起来，然后又被时缓时急的雨点压下去；或者，在某一个很恰当的时刻，那些雾气会牵牵漫漫地连接起来，随一阵风飘过去，和更远处的雾霭凑在了一起。

在这个万物萧瑟的季节，在冬雨的沐浴里，最显眼的，还是那些树，从头到脚，湿漉漉的黑，却也水洗一般的润泽明亮。

3

终于，期盼里的雪没有来到。

我知道，这正是鲁西南的气候特征，几乎没有大风，也很少有大雨雪。当北方冰天雪地，这一带也许依然风和日丽，或者，只来一点小雨走走过场。

总之，一切要比想象的来得轻，来得柔，来得小心翼翼，唯恐惊扰了这一方水土的安宁。

就像等待里的这一场雪，终于没有来到身边。

其实，来或者不来，也许都无关紧要，重要的，是要有某种心情；也许，有太多太多的约定，只能永远等待在等待中，也会有太多太多的期许，只能永远期盼在想象里。

天地之美，自然之韵，只有用心，才能体会。

此心不向今身了，更向何身了此心。与你同生共感的，只有你自己；伴着你心生感悟的，只有那些静默着的山川风物。

没有雪，当然是冬季的某种遗憾。但如果没有风，下得不是太久，冬天里的雨也是很妙的。

"荒草何茫茫，白杨亦萧萧"，这是陶渊明的诗。没有去野外，想来这些文字也许合适。

又一个黄昏到了，暮云四起，一种冬日特有的气氛扑面而至。

雨，还在下着，寂静而落。光秃秃的树枝上，几只鸟在高处立着，它们在等待着夜晚的真正来临。

注定，今晚是一个雨夜。

当一个季节正在来临

1

又一个季节到了，一年四季的繁华和灿烂，注定要在这个季节里画上句号。

正是这个季节，让我们开始思考和关注；也开始明白，温暖的背后还有寒冷，蓬蓬勃勃的背后还有着某种凄凄惨惨戚戚。

然后，也许，我们开始懂得回头。至少，回望一下每个季节里一路走来的那些日日夜夜。

每一个季节，除了曾经是一种风景，除了让我们能够把一种风景留在了记忆里。当季节渐行渐远之后，却仿佛并没有留下什么。

因为，再美丽妖娆的春花，都早已经不见了那曾经让人欢欣的影子。再青葱茁壮的叶子，也只能离开曾经的枝干，然后在一阵看不见的风里尘埃落定。

它们曾经是一个季节的主角，却也只能是一种附庸或者装饰。无论曾经多么深情依依或者恋恋不舍，因为这个季节不喜欢婆婆娑娑或者牵牵扯扯，只允许留下简约的枝干和真正不畏西风的力量。

离别和生长，成熟和淡定，却总是如影随形，不离不弃。不会早一步，也不会晚一步，都在各自的季节里，展现着某种不屈不挠的启迪和风采。

我思故我在。可是，这个季节，我在哪里？它真正属于我吗？

当那些曾经的春花或者秋叶离去的时候，在岁月的年轮里，我们也并不就是一个例外。

我们有了某种自由，也就没有了又一种自由。

当我们有了某种选择，也就拒绝了另外一种选择。

2

有很多的时候，这个世界会非常的美丽。

比如，那个阳光很好的午后。

或许，有些西斜的太阳，就在你的窗外。窗外是生机勃勃的碧野绿树，绸缎般的草地上，是一道道树木的长长的影子。没有风，只有阳光的灿烂和安静，所有的风景，一如童话里的花园。

比如，夕阳西下之后，暮霭四合，就在那一片树林之后，不久就会有一轮半圆的月亮，它在冉冉升起，升起———

比如，就在这个已经到来的季节里，也许，一定会有一场像样的雪，在不太遥远的日子里等着你。

可是，一切又恍如过眼烟云，时光之水永远不会停息，一切良辰美景，一切浪漫风情，都不过是它的陪衬。

四大皆空，诸法无我？不可能的。

也许，我们的悲哀在于，我们总是太在意自己，太在意自己的存在以及留存于我们记忆中的记忆。

万法皆虚，诸相无妄？不可能的。

也许，我们的痛苦在于，我们总是喜欢在一个近乎荒诞的世界里寻寻觅觅，要固执地找回某种真实和完美。

其实，我们已经得到了许多，可是，我们却还不满意或者不满足，依然还要坚持，还有努力。尽管，你真正需要或者缺少什么，我们自己也许并不真正知道得清清楚楚。

是的，我们还需要什么呢？

或者，这个世界，还欠你什么？

3

"一寸光阴一寸金。"这其实是最最无用的一句话。

因为，几乎所有的伤心和怀念，正是在于对它的无奈的咏叹里。无论惊天动地，还是默默无闻，没有谁真的会有所谓的来生。

时光匆匆，白云苍狗。所有的热情或者冷漠，所有的热闹或者寂寞，也许都可以归结为某种模仿或者标榜，最后却迷失为一声叹息。

真正的浪漫，只在每个人自己的心里，在他人永远无法触及的地方。真正的醒悟，是突然从某种迷失里找回了真正的自己，这正是我们快乐或者伤心的理由。

太迷人的东西，大多都不过是一种诱惑。无论是缘于一见钟情还是你依然耿耿于怀。它们如梦如幻，一如四季里那些如诗如画的风景。尽管，这些风景转瞬即逝，一如瑰丽无比的彩虹。

老子说，反者道之动。他是在说世间的人和事，还是指季节的流转或者我们的生命？可是，当一个个风景如画的季节来了又去了，去了又回来的时候，那一个个曾经拥有的日子却一去不再回头。

面对湛蓝安详的天空，我们仿佛再也做不到心尘无染；面对皎洁妩媚的月夜，我们仿佛再也无法心静如水。

在季节的轮回里，人生，是一种赎罪，还是某种补偿？

太多的时候，我们没有认认真真地享用每一个季节，总是等到韶华已逝，才蓦然留恋它的美好。我们总是以为，属于自己的日子还有很多，从不懂得珍惜悄悄溜走的分分秒秒。大多数时候，我们的生命不是很可爱，而是太狼狈。

或许，今生，最感到亏欠和愧疚的，不是对于他人，而是应该关于我们自己。

4

这个冬季，注定要沉浸到一种几近于彻骨的寒意里，虽然阳光依然温暖，未落的叶子灿烂如蝴蝶。

注定，这个季节，思考要多于欣赏，回忆多于畅想。虽然，会有许多东西，从来都不需要想起，也永远不会忘记。

关于身外的世界，与其说取决于眼光或者胸怀，不如说决定于某种心态。

可是，太多的时候，我们又太容易想当然。我们因此看不到事实的真相，与这个世界的距离也愈来愈远。

春、夏、秋、冬，一年又一年，多少代人就这样淹没其中，然后了无踪影。我想，曾经的他们，和现在的我们一样吗？

《易经》说，天行健，君子以自强不息。千百年来，每个人都在努力，每个人都在努力达到自己的目的。

可是，有时候，有很多的时候，明明是一厢情愿，我们却把它当成了毕生不懈的追求，明明是一种形式，我们却把它当成了左右命运的全部内容。

在芜杂烦琐的事实面前，什么才是我们需要的工具，什么才是我们应该认可的价值？

是季节流转得太快，还是我们的生命太短？

我们是太认真，还是太天真？

我们是太聪明，还是太愚蠢？

今晚还好，有点风

又是一个雨后。

雨，依然是落在了夜里，仿佛不愿意让人看到它的真面目。

早上，地上有些湿，坑坑洼洼的地方，有昨晚落下的叶子。

太阳高起来的时候，和人一起去了市里。

空气很润，街上行人不是太多，却大都行色匆匆，让人真正明白什么是形同路人。街两旁老树嶙峋，被日益浓郁的商业气息团团围住，仿佛很淡定，也很孤独。比树更高的是那些还在不断生长着的楼群，鳞次栉比，高耸入云，挡住了本来无遮无拦的阳光，制造了无数阴森森的暗影。

当我们以一种不可遏制的力量涌进这座文明之城的时候，它也正在以自己的方式惩罚着依旧贪得无厌的人类。竞争永无止境，角逐无休无止；欲望永无止境，纷乱无休无止。

这是一种文明，也是一种悖论。这是一种风景，也是一种诱惑。这是一种制造，也是一种产物。

又见到了那位熟悉的卖茶人。"秋茶下来了。"她说。

也许，人生如茶，当我们懂得品尝并且开始爱上它的时候，才会悟得出它的真味，也才会明白，无论哪一样生活，岁月的芳香，其实就蕴藏在那些真真实实的苦涩或者欢笑里。

或者，开始的时候，每个人都像一张白纸，寒来暑往，我们一笔一笔在上面涂抹着各种各样的色彩。然后，岁月匆匆，当我们仍然在人生的舞台努力的时候，不知不觉，曾经的色彩不见了，或者被又一种色彩覆盖。但是，最后，总会有一些色彩留了下来，忘也忘不掉。

今晚很好，静静的夜空里，除了几颗星星，还有一点风。

某个季节的背影

什么样的生长，都离不开温度和热量。秋，从禾从火，在季节的延续和催化下，秋天里的一棵棵庄稼成熟了。

野外，一片空旷，一阵寂寞之后，崭新的土地上又萌发了一片新绿。

立冬已过，秋天过去了吗？

西风劲，黄叶落，阳光却依旧灿烂。

有一半的叶子落到了地上，有一半的叶子留在了树上。落在地上的叶子有时又被风吹起，一霎时没有了踪影和方向。留在枝上的仿佛是秋季里的花，它们在风的摇曳里，又仿佛是一只只黄艳艳的蝴蝶。

"八月剥枣，十月获稻。"属于那一树一树惹眼的红枣的季节，早已经过去了；属于那一阵阵诱人的稻花香的季节，早已经过去了。

这个季节，还会有什么能够留得住岁月的记忆？

芦花，一定是芦花！这样的季节里，只有芦花才可以担当得住那一片风景。

不知为什么，芦花总不肯从记忆里消失，季节一到，它们马上会映入我的脑中，虽然，它们离我已经如此的遥远。

它们真的对我如此重要吗？还是人到中年之后，所有关于儿时的记忆，会让人感到分外的留恋和亲切？就像我们到了秋的末尾，还在留恋着这个温暖的季节的一切。

可是，真的，仿佛很多年了，再没有能够亲眼看一看它们，或者置身其中重温一下那种灿烂静谧的感动。在那些挨挨挤挤、高高细细的芦苇丛里，还会依然伴生着一种叫作星星草的植物吗？当你静静悄悄走进那一片苇荡，还会有几只不知名的鸟突然飞起吗？

入秋以来，自己仿佛写下了太多关于秋的文字。这，是一种留恋，还是一种宣言？是一种厌倦，还是一种缠绵？

这个季节，仿佛很漫长，可是却没有见到一场淅沥而且缠绵的雨，也没有怎么见到古诗文里所吟咏的那种况味。取而代之的，是一种沉静而且孤独，一种悠然而且茫然的感觉。

"停车坐爱枫林晚，霜叶红于二月花。"这样的风景，只有在秋的末尾才可以看得到；这样的心情，只有在秋季的渲染里才会有。

这个季节，最美的应该就是那些山野里的枫树吧。霜愈重，叶愈艳，是完全不同于春花的一种写照和心境。

在这个季节渐行渐远的时候，它们在尽情燃烧着，无声无息，直到最后一片落叶。

每一个季节，都会有一种坚定

突如其来的一场雨，然后，晴了。

早上，有人在清扫着昨晚的落叶，很悠闲，也很认真的样子。依然会有风吹过来，把那些拢在一起的叶子忽然翻起，然后又飘向又一个地方。

立冬已过，一种很浓的深秋的感觉。太阳升起来，很红艳很清晰的色彩，薄薄的轻雾浮起来，更加凸显了太阳的轮廓。

新闻里有关于北方初雪的消息，远方早来的雪如此让人心动，仿佛那些皑皑白雪就在你的附近，出门就可以看得到，也让你忽然忆起所有关于雪的印记和梦想。

那些迁徙的鸟们，早已经在你不经意间飞向了温暖的南方。那些留下来的鸟们，依然在枝叶间打闹着，鸣叫着，踏实而且悠然地过着自己的日子，日出而作，日落而息。

这样的季节里，很让人油然而生一种茫茫然的感觉。凉风习习，天地寥远，无论在室内独处，还是来到户外，也很让人感叹一种季节的力量。

是不以物喜？还是不以己悲？

当某个季节来临的时候，有的东西开始了，有的东西结束了，但无论哪一种状态，都不可能再回去了。每个季节里，都会有一种痛，但每一个季节里，也一定会有着某种坚定。

仿佛永远是一种无休无止的轮回，实际是一种无法遏止的力量。所有的浮浮沉沉，所有的生生死死，在这条季节的河流里，都不过是某种不由自主的存在或者风景。

来来往往的日子。每一个日子，都仿佛如梦如幻。每一个日子里，都让人没来由地感悟着某种感悟。

在所有的季节里，有一种坚强，叫战胜自己；在所有季节的感动里，有一种坚持，叫心静如水。

人烟寒橘柚，秋色老梧桐。或者，不如转身回到依然温暖的屋内，给自己泡一杯好茶。如果你用心品，人生里的许多季节，许多季节里的许多日子，正如这茶的味道。

每个季节，都是一种痛

春、夏、秋、冬。

季节，一个个来了，又一个个去了。

似乎，永无休止，没有尽头。

已经溜走的日子，也许还可以看得到，因为，所有的季节，所有的风景和风情，仿佛如此相似。可是未来还会有多少日子，我们也许并不知道，因为那些季节还不属于你。

仿佛，我们留得住什么，都留不住季节。这是一种痛，也是我们人生的惶惑。

那些过去的日子，也许已经尘封进我们的记忆；那些陆陆续续正在到来的日子，却在一点一点唤醒着我们的记忆。

正如没有两片叶子是相同的，今天和明天永远不会重逢，人生里的很多时候，今天和明天的风景，却总是能够去昨天里找得到它们的影子。

可是，即使似曾相识，也一定是错过了季节，即使仿佛故地重游，也一定是物是人非事事休。

注定，这个秋天，漫长而且温暖。

"蒹葭苍苍，白露为霜。所谓伊人，在水一方。"关于秋天，这应该是最为美丽动人的文字，可是，这样的风景，仿佛很久再也无缘看到。

萋萋碧草，纵然已见衰微凋落，闪烁在叶尖上的露珠，却迟迟不愿冷凝为霜。依然没有足够强大的秋风，来把池塘里的芦花吹得摇曳多姿，漫天飞雪。它们只在阳光里静默着，仿佛等待着什么，仿佛正在用心享用着这个季节的馈赠。

即使会有雨，却也下得湿润而几乎没有秋意，雨后的空气，仿佛浸漫着海上吹来的风。水洗过的阳光下，可以看得很远，越过辽阔空旷的田野，远山上的树木仿佛更加的绿意盎然。

即使有风，却也来得乖巧，吹来了美丽的云，却吹不掉树上的叶子。阳光依旧会把空气晒得很暖很暖，秋风里，依旧有草的气息，有花的气息。

即使风有些冷，如果你待在只属于你的屋子里，你依然会感到很安宁很温暖，依然可以尽情尽兴享用眼前的光阴。

从来就没有一个季节是相同的，这个秋天仿佛尤其特别。该去的，迟迟不肯离去，该来的，迟迟不肯到来。在这样的惶惑里，仿佛正在期待着什么，又仿佛早已经失去了什么。

在这样的季节里，有些风景仿佛那么近，有些风景又仿佛那么远。

在这样的风景里，有些感觉仿佛那样模糊，有些感觉又仿佛那样清晰。

每一个季节应该是美丽的，可是，当我们日日夜夜在其中消磨，却又总要抱怨其中的一点一滴。仿佛，在那些来来去去的季节里，永远可以找得到我们难言的痛。

可是，这样的幸福或者欢喜，会永远留在这个季节里吗？毕竟，生命的长长短短，总要伴随季节的风风雨雨。

有些东西，仿佛已经抓住了，却又如穿过手中的风，看不见一点踪影。有些东西，正如树上的那些叶子，季节真正来临的时候，注定要尘埃落定，不让你有一丝叹息。

无论哪一种生命，都永远伴随着季节一起生长。

无论哪一种生长或者老去，我们永远都在现场，逃避或者漠视，都只能是一种痛。

别

别，是某样东西从此处被挪到了另一处；就如，田野里的那些庄稼，被镰刀收割后，撤离了生长的地方。从此，大地一片安静，尽管你的眼中，依然依依不舍，依然留恋那曾经的风景。

别，是从心里，把什么硬生生地挖了出来，那空着的地方，会永远没完没了地痛。因为，那被肢解的，是自己身体的一部分，它们曾经是你的依赖与温暖。

所谓忘掉，或者高高挂起，不过是自欺欺人。无论别后，还是一别经年。本就天涯陌路，从此两不相扰。不用等候，也不用问候，哪怕一字一句。

两看相不厌的，只有两座山峰。

没有谁愿意回忆，回忆里，都是痛。换不回那些逝去的岁月。就如，山脚下的一丛菊，被人移到了园囿里，没有了山野的月和自由的风。

"昔我往矣，杨柳依依，今我来思，雨雪霏霏。"是在我们离别的时候，看到了那些依依的杨柳；是在我回来的时候，大雪纷飞里，却再也见不到当年的你。

志摩走了的时候，没有和谁打招呼，也不是因为什么约定。可是，他带走了西天的云彩，再也不留一朵向我们招手。

九月，十月，整个的暖秋，都是自己的日子。

鸟雀们欢闹着，它们永远离不开那棵树，也永远不懂这个季节里候鸟们的迁徙。枝条间的叶子，不再是春天里翻飞的黄蝴蝶，一阵风来，就再也回不到原来的位置。

当离别成为一种解脱，挂牵和留恋，也就成了一种荒诞。一切，应该回到出发的地方，走向它们来时的方向。

就如，一片叶子。某个季节，留在树上；某个季节，落进泥土。

就如，那些泥土。某个季节，千里冰封，万里雪飘；某个季节，鲜花遍野，芳草萋萋。

当某个季节来临，某些风景早已经无影无踪。有一种离开，会让你真正看见了自己。

暮云四合，残阳如血。天地交泰之际，日与昼道别之际，夜再次降临，梦的美丽诱惑再次开始。

聚，是因为散；别，是因为离。所有的季节，都太匆匆；所有的风景，都只剩下了背影。

忘掉，是为了一种纪念。你走了，留下了整个的你。

北国之秋，别来无恙

一层秋雨一层凉了。

这是郁达夫《故都的秋》里的文字。

是的，一场秋雨过后，天气真的就凉了许多。

这场不大不小的雨，落在了夜里。记得是在将睡未睡的时候，窗外忽然有了淅淅沥沥的声音，于是就明白，一定是下雨了，于是竟然睡意全无，脑海一片清新和清醒。

静静的雨，一直静静地下，整整一个夜晚，雨声起起伏伏。再一次醒来的时候，不见了雨声，太阳的红光，照在了墙外那棵石榴树上。地上星星点点的水洼里，有几片昨晚被雨打落的叶子，树上有鸟在欢闹着，黄黄绿绿的叶子在微风中闪闪发光。这种秋雨过后的景致，半是灿烂，半是惨淡，比六月里火红的石榴花开还要耐看。

　　可是，石榴树算不上秋天里真正的代表，它们描摹不出秋的色彩和况味。虽然，秋天是它们成熟的黄金季节。

　　似乎，现在已经很难找得到真正属于秋的意象，很难再见到那些曾经的风景。它们，不是老在了记忆里，就是只可以寄希望于遥望的虚无里。

　　梧桐树已经很少见了。即使有，仿佛也只能在回忆里，即使有，你所看到的，也不过是一种叫作泡桐的树木。就是这种树木，满是阔大肥硕的叶子，春天绽放绯红如云而且香甜发腻的花朵，完全没有古诗句里吟咏的中国梧桐的味道。

　　想到这种梧桐，忽然记起，自己不久前真的就见到了它们。

　　那是在一个安静的校园里，在校园一个安静的角落里，而且，它们不是一棵，而是一排。高高大大的枝干，青青瘦瘦的叶子，因为没人修剪，它们几乎长成了一丛。我知道，这就是纯纯正正的中国梧桐，是传统意义上中国文人们最喜欢咏叹的对象。

　　只是，那天天气依然很好，它们在阳光里静静地晒着，墨绿的叶子在一起密密麻麻地挨着，却绝不显示一种婆婆娑娑或者恣肆张扬。

　　不知道，槐树算不算北国秋天里的一道风景，只记得郁达夫的文字里有一些让人难忘的文字。那些清晨落下的碎叶，那一道道清扫过后留在地上的隐隐约约的条痕，无一不让人油然而生一种落寞然而新鲜的情怀。

　　这种惹人喜爱的树木，应该是我国的家槐。春夏之交，细细碎碎的叶间会绽开一种黄白相间被称为"槐米"的花朵，它们毫不起眼，你几乎闻不到它的香。

　　当然，这种树也很少见到了。记得多年前老家的院子里，曾经有过一棵，现在，就在我居住的校园里，也还有一棵。

杨树和柳树，它们只能算是春天的使者，秋天来到的时候，你会看到它们，却不一定会真的想到它们。

枯藤老树昏鸦，

小桥流水人家，

古道西风瘦马。

夕阳西下，

断肠人，在天涯。

这是马致远的文字，是在写秋天里的某种风景。那一棵在西风里瑟瑟飘摇着的老树，会是一棵什么树？那伫立在瘦马旁的主人，他是要远走天涯，还是一路风尘，刚刚来到故乡的那棵老树下？

午后，阳光下还是有些热。那只猫慵懒地躺在了地上，谁都不理，赶都不走。肆无忌惮而且无忧无虑，只知道享受着自己的生活。

野外，辽远空阔的土地不再寂寞单调，刚播下不久的种子，向着天空探出了针尖般的嫩芽。它们在等待着又一个季节的到来，它们会在大雪飘飞的日子里，酝酿着一个关于春天的梦想。

稀稀落落的树下，在一片渐渐老去的草丛里，依然开放着一种不知名的小花，蓝瓣白蕊，恰好与湛蓝的天空辉映着，别有一种异样的味道。

夜晚再次降临，半残的月分外明亮。可是似乎看不到多少皎洁的光，黑色依旧是夜的主角。

邻家的孩子过来了，问："怎么今天的月亮这个样子？"一脸的认真和天真。

我忽然愕然，抬头看看天，说："不就是这个样子吗？"

"前几天不是圆的吗？"他不解，满脸的疑惑。

我笑笑，说："过几天就圆了。"

孩子太小，还不知道月亮圆圆缺缺的道理，我也只能这样简简单单地解释。古往今来，咏月的文字不知流传了多少，却不如一个不谙世事的孩子的一句疑问表达得率真而且诗意。

秋月应该是这个季节里少不了的寄托或者点缀，无论它是圆满如盘，还是残缺如钩，当它干干净净地挂在那里的时候，谁看着都会怦然心动。

没有去过真正的北国，也没有去过真正的江南。一年又一年，只在这个河之南江之北的所谓的北国，体味着故乡之秋的色彩和情调。

这里的秋天，来得不会太快，去得不会太早，一天一天，悠悠然地来了，又悠悠然地去了。就如那些树上的叶子，一片一片慢慢地黄了，又一片一片轻轻落下来。直到有一天，你踏着满地的落叶，在凛冽的西风里赶路的时候，你会说，秋天真的来了；或者，有一天，头顶上忽然飘来了大片的雪花，你会说，哦，秋天就这样结束了。

就在我写下这些文字的时候，那只猫一直陪在身边。不是在你身上蹭，就是趴在你的胳膊上，看着那只舞动的笔，瞪大了疑惑的眼睛。等到我快要结束的时候，它却在一旁睡着了。

今夜，它没有出去。也许，外面真的有些凉了。

夜色如潮

照例，又是一个周末。夜色如潮。

是的，黄昏过后，夜色便如潮水般袭来。潮水般的秋夜，驱赶了一切，也笼罩了一切。在暗夜的掩护下，世界忽然很安静，即使会有某种声音突然响起，很快就消弭于一种莫名的空寂里。

秋虫也忽然不见了，不知是从何时起，它们和那些曾经的浅吟低唱一起消失得无影无踪。和凉如水的秋夜一起陪伴着你的，除了那墙上的钟，还有你自己的心跳。

夜色很浓，白天里的那些云没有散去，现在又遮住了漫天灿烂的星光，于是你的面前就仿佛只有一片黑，或者说，你连所谓的黑都看不见，因为你找不到别的颜色可以参照。走进夜色里，你甚至看不到你自己，可是，你却因此更加清晰地找到了自己。此时此地，你是模糊的，又是非常敏感的。

夜色里的一切，大都隐去了真实的情状，只留下一团混沌的暗影，或浓或淡，或大或小，全都寂然不动。即使有风吹来，因为没有了光的烘托和掩映，也就没有了婆婆娑娑的摇动和斑斑驳驳的影子。

风有时很轻，仿佛也被这无边的夜色笼住了，看不清它来的方向，也看不清它停留的地方。可是如果没有这些凉凉的风，这静夜就仿佛真的凝住了，凝在了一团浓浓的黑的暗夜里。是风的流动和吹拂，又使得这一块黑色的墨渐渐洇染开去，让人感到几丝轻松和自在。

这样的夜晚，你可以随夜的沉静而一起沉静，然后在这种宁静里陷入沉思默想。或者，在这些黑色的掩护里，放飞你心灵的翅膀，挣脱这一片暗夜的羁绊，一直把思想的触角延伸到你看不到的地方。

这样，今晚，只有一种色彩，那就是黑，只有一种声音，那就是夜的静。在这样的一个静夜里，没有了白昼的斑斓和嘈杂，也没有了白昼的忙碌和欲望。

此时此刻，你什么都可以想，也什么都可以不想。这，是夜的局限，也是夜的妙处和自由。

夜如何其？夜未央。今夜，夜色如水，你却不再孤独或者寂寞。在夜的大幕里，你是你自己的主角。

茧

每个人都会渴望自由精致的生活，那种美好与感动我们已期盼许久，可是我们却难以真正得到和把握。正如我们身外的环境日益恶化已威胁我们的生存，我们的内心也在经受着这样或那样的污染和诱惑，它是如此浮躁，难以回到应该的安宁。生活正张开一张张大网把人罩住，我们的生命因此失去了原本的厚重恣肆鲜活，我们更多的是受制于这样的命令或那样的程序，还有，我们自身的习惯。

"甘其食，美其服，乐其俗，安其居。"我们还有吗？

"采菊东篱下，悠然见南山。"你还能够有这样的雅趣吗？

"约客不来过夜半，闲敲棋子落灯花。"还记得曾经的闲适吗？

就像今晚，一把紫砂壶，几只青花碗，于茶香里独品寂寞的清淡与自在。

就像那夜，秋虫振振，声声在耳，虽难以成眠却能够享用冷雨打窗的意境。

就像冬日的正午，一卷书，一圈椅，就让人感恩阳光的灿烂和温暖。

就像那一次次的对话与交流，一支曲子，几多默契，至今让人无法忘记。

或许，不知何时起，我们没有了灵肉合一的快感，我们正在成为自我的奴隶。我们风里来，雨里去，却不肯驻足，找寻一下我在哪里。或许，我们的困惑在于，原本的简单已演化为当下的复杂；我们的悲哀在于，生命的本质不过是一个个偶然发生的过程，我们却一次次追问它最终的结局。

我们都是一只茧，虽拼力把各种美丽的丝在自身上缠绕却无力挣脱，我们失去了化茧成蝶的勇气，只能够在其中郁闷烦躁伤心失意。不是积极面对，而是消极逃避；不是顺其自然，而是得过且过。我们没有了生活的生机和理想的执着，也没有了眼前的美好与追求的快乐。

陶渊明的菊，李太白的酒，苏东坡的赤壁，杜子美的茅屋。可是，我们的心中能有些什么呢？

十月

十月，不是一个季节。十月，是一年光阴里的十二分之一。十月，只不过是某个季节里的一段日子。

似乎，十月依然是喧哗的。车流和人流，仿佛依然忙碌如昨；高楼和烟囱，正在更拥挤也更挺拔。那一轮太阳，依旧是东升西落，一如古老寺院里的晨钟暮鼓。那一弯明月，慢慢地圆了，又慢慢地缺了，一如尘世间里的离散悲欢。

每一个日子，仿佛在一条河里游走着。一切，仿佛一分都没多，一分也没有少。

可是，十月的日子里，却又变得如此的纯净而且灿烂，一如那一片蓝天，深邃而且安宁，没有一丝一毫的打扰或者牵绊。

即使，会有几朵云，也不过是某种装饰或者渲染。

雨，仿佛很久没有了，至多，是在你偶尔早起的时候，会在那些依然青绿的草上看到星星点点的露珠，然后又会有升起的太阳蒸发掉这区区可怜的润泽和潮湿。

阳光仿佛更加安静，阳光的色彩以及温度，和蓝色的天空绝不相互沾染。

就在它们的包围里，每一个人仿佛一条鱼，安详或者活跃，喧闹或者深沉，完全出自于你的心境或者某种选择。

没有谁会强迫你，在这样的季节里，你只能被十月的风景感染着，是你自己感动了自己。

曾经满眼漫野的庄稼，仿佛一转眼就不见了踪影。玉米、大豆、高粱、油菜花，全部消失殆尽，无边无际的田野里，只剩下了土地。所有的覆盖不再存在，世界只剩下真真正正土的色彩。

久违了的土地，如此坦荡而且安静，只在暖暖的阳光里晒着；它们又仿佛很荒芜，除了一层裸着的土，似乎什么都没有。

就这样，大地和天空彼此注视着，仿佛是一种交流和对峙，又仿佛是某种重逢后的亲密接触。

或者，周围会有一些树或者几丛草，那也只是一种陪伴或者某种对照。

或者，还会有一些树。正是这一排排整整齐齐的树，圈住了那些新翻的泥土；也正是这样的一种规则，才让那些泥土不再像一汪洪水，恣意流淌，蔓延得没有边际。

或者，这个季节，还会有晚熟的稻谷，在十月的风里，呈现着秋天的最后一抹灿烂和芳香。

或者，那些水岸的芦苇，一定会在不远的日子里开出美丽如雪的芦花，然后，在十月的风里，在艳红如血的夕阳里，把关于一个季节的祝愿或者思念飘向自由的远方。

十月，一些让人心醉的风景，一个有些寂寞的季节。

你那儿下雪了吗

终于，在一个季节的末尾，看到了雪。

终于，在一个季节的开始，在百花争艳之前，见到了雪花。

是一种期盼，也是一种惊喜，一夜之间，洁白柔软的雪，扑面来到了眼前，没有任何的预约，也不再有任何的怀疑。

它们，就在那里，到处都是。

没有任何的陪伴，几乎连一丝风也没有，它们在轻轻悄悄地落着，无声无息，孤独而且张扬。

在这个天生冰冷坚硬的季节，它们如此柔软温暖，在这个沉重无聊的季节，它们如此灵动鲜活，仿佛，它们落在了你的心上。

因为没有风，它们也就绝不恣肆疯狂，在渐渐稀疏的雪花里，仿佛还有丝丝缕缕的阳光。

这是一种不动声色的倾诉，更是一种无拘无束的占据。眼前的一切，野外的一切，你能看到的一切，都有雪的笼罩和掩埋，几无例外和遗漏。

被雪覆盖和隐藏了的，还有那些没完没了的忙碌和那些无休无止的噪声。

世界，静极了，也纯粹极了，一统于绵延无尽的皑皑白雪，一切都在小心翼翼，只想在一个童话般的梦里静默着。

原来，我们的世界，也可以这样的。

再美丽的文字，再动情的话语，不需要了。任何的涂抹和表达，都一定是无谓的重复，任何的想象和装扮，都是可笑的赘语。

它们，就在那里，你所要的一切，都在那里。你哪里都不用去，你只要待在那个属于你的地方，就可以。

你只要用心看，用心听，看雪的色彩，听雪的声音，就可以。

可是，你听不到任何的声音，你只感觉到你的心跳，只是听到了来自于自己的喃喃细语。

可是，你又无语，无论感动还是感谢，见到，就足够了。

除了还在下落的雪，唯一的动态，就是那些麻雀。树枝上，雪地上，屋顶上，一只或者一群，上上下下，高高低低，它们跳跃着，飞翔着，乖巧而且好奇。

就这样，久违的雪，来到了身边。一如即将面对的春风里的花朵，一如春花里蹁跹的粉蝶。

可爱的雪，还在落着。你那儿下雪了吗？

无论早晚，今冬，没有遗憾了。

如果有雪

没有风，没有雨，只有头顶上的太阳在暖暖地照着。可是那些光秃秃的树枝上，早已经不见了一片树叶，它们再也不能在阳光下摇曳那一树一树的金黄。这个冬季仿佛很安静，阳光是如此的宝贵而且充足。阳光的温暖，让人似乎忘掉了冬日的模样和风景，这种风景里，应该有雪的映照和装扮。

一切都裸露着，被暖洋洋的阳光照得一清二楚，它们又都一动不动，像一幅暖色调的静物画。这样的世界，让人忽然思念起冬天的声响和色彩，可是西风没有来，雪花也一直没有来。

如果有雪，也许眼前的景致和心里的感觉就会完全的不同。那些被阳光照亮的一切，都将会被雪花掩去了真实的模样，只让你看到洁净的白色和模糊的线条。无论雪的下面隐藏了什么，又都会让你感到几许神秘和朦胧的美丽，又仿佛一幅妙极了的冬雪山水。

最得意的，可能还是那些树，它们将不再如此孤独，也不再仅仅表现出单调的枯萎和光秃。多情的雪花，会被那些树枝绊住，然后有多少棵树，就会结出多少朵诗意而烂漫的花朵。然后就会有不知名的鸟来光顾，当你抬头的时候，或许它们就会扑啦啦地飞起，让扬起的雪花凉丝丝地落进你的脖颈里。或许，还会有不堪重负的树枝，会在半夜里忽然坠落，然后就惊扰了你香甜的梦。

雪后初晴，不必发疯般地在雪地里奔跑，只须静静地站在田野里或者一条河的岸边。然后看着升起的太阳，看那些阳光怎样把眼前的皑皑白雪染红。那些红彤彤的光，又会引领着你看清了湛蓝碧空下的那一片起起伏伏的山峦。而且，脚下的河水，又在积雪的掩盖和喧闹里，发出了阵阵欢快的声响。

可是，一直没有雪，每天只有阳光的照耀和问候。没有一点波澜和风雨，什么都可以想，也什么都可以不想，又仿佛什么都想不起来。没有欢乐，也不再忧愁。每一个人，都如一棵静默着的树，每一个日子，都平淡如水。

没有了秋的喜悦和思索，也没有了春的畅想和希冀，只还有冬的记忆和思念。

这个时候，最好是有大雪封门，只要雪花的来访和安慰。只想独自观赏雪花飘飘的风景，只想独自品读属于这个季节的禅意，只想再一次想起那些曾经在风雪里匆忙奔波的日子，关于自己，或者关于已经远去的父辈们。

如果有雪，记忆里的那些风景，真的会重现，或者来到身边吗？

冬日记忆

　　虽然没有见到那些飘飘摇摇的雪花，可是时令早已经是处在了冬季。每个人都会相信自己的感觉，除了这阵阵袭来的寒意，还有那些树可以作证。光秃秃的枝丫上，也早已经不见了一片叶子。那些风，也就因此没有了阻挡和招摇的标志；那些落叶，经过几个季节的绚烂，终于归入了沉静，有的也许已经融进了泥土。一切，似乎都在躲藏或者归来，只还有那些田野里的庄稼，在冰冷的霜天下，裸着晶莹如翡翠的躯体，默默等待着又一个春天的来临。

　　没有云，也没有风的日子，冬日里的阳光就会出奇的好。它们在静静地和你打招呼，你也在静静地享用着它们的爱抚。等待和苏醒，温暖与寒冷，有时就这样在冬季里相持着。

　　除了关注阳光，每日里还要关照那些花草。阳光一来，就要让它们晒在那里，阳光一走，又要让它们回到屋里的温暖。不是因为所谓名贵，而是因为看着它们由小变大，已经不知过了几个冬季。搬来搬去的来来回回里，也就对它们有了感想和爱意，而且，毕竟都是一种生命，都应该有得到阳光以及温暖的机会和权力。

　　那只猫，已经胖得不成样子，每天除了在阳光里睡觉，就是在没有阳光的夜里晚出早归，完全不顾冬夜的寒冷。有时把它关在屋里享受温暖，半夜醒来，却发现它正在你床前轻声地唤着。那样子，又怕惊扰了你，又想让你把它放出去。

本就不是一个好热闹的人，即使喜欢流浪奔波，也总要选择一个人独行。这样寒冷的日子里，只想守着这一片有限的阳光，只想能够安静地在阳光里，看看书，写写字。只想在这个冬季里，认认真真地思考一些问题，或者，什么也不想，就那样待着，像一只猫。

所谓：无挂碍故，无有恐怖，无颠倒梦想，究竟涅槃。是这样的吗？

三原色及其他

北风乍起，天气晴好。抬头望天，看到了一种少见的蓝色，那是一种怎样令人心动的色彩，我或许描述不出来，可是我真切地感受到了。纤尘无染，而且深邃无边，一切的风景，因为这纯净的底色而更加清晰自然。金黄色的阳光照过来，阳光下的一切，仿佛又陡添了许多色彩的真实和意义。

这清新无比，仿佛久违许久了的色彩，是如此让人彻底的清静而又振奋，欢乐而又忧伤。这块蓝色的大幕，又像极了一块崭新的画布，让天地间的一切线条和空间，得到了最酣畅淋漓的渲染和显现。

你的感觉，又如夜晚猛抬头看到了遥远的星空；你的感叹，就如一泓碧水，水中的莲出淤泥而未染。

与这种天空相映生辉的，是满眼漫野的麦田，那些绿，亦是一望无际而且一尘不染。那些落尽了叶子的树，或高或低，就成了天地间立体的风景，它们的黄叶，此时早就被几场风雨融进了泥土。

黄、绿、蓝，无论哪一种色彩，此刻，都是一样的单调而且纯净。却又如此的生动而且绚丽。无论哪一种色彩，只要底色纯净，在上面涂抹任何色彩，都将会是无比的美丽灿烂。

它们是单调的，却可以组合出七彩世界，它们是如此的纯洁，却把大地打扮得热烈而且活力四射。

蓝色，代表着纯净和深刻；绿色，代表着生机和活力；黄色，代表了成熟和富贵。当这些色彩全部消失的时候，一切也就成了彻底的白色或者黑色。

似乎，我们只不过是生活和生存于两种色彩里：黑夜和白昼。

白昼不属于任何一种色彩，也不占有任何一种色彩，虽然，所有的色彩，都要在白昼里组合与显现。也没有一种色彩属于黑夜，黑夜只是包含或者淹没了所有的色彩。黑夜和白昼的告别，是因为有了光的存在，如果没有光，我们将看不到任何一种色彩。

天地以及我们生活的世界，符合着色彩学的一切原理。白色可以彻底转为黑色，黑色的存在，无疑又会让白色的存在更为精彩。而一张干干净净的白纸上，除了可以写下最有意义的字，也最适合留下那些最美最艳的画。

其实，最好的色彩，一定要在一个雨后初晴的日子。灿烂的阳光，让一切欣欣然张开了眼。那些色彩，明亮而不刺眼，鲜艳而不炫耀。大地仿佛一件被刚刚洗过的五彩衣裳，都正沐在了和煦的风里，润泽而且风光。

但最真的色彩，却一定要等到一个雪后初晴的日子才会来临。那些色彩，你更加难以形容和描绘，你只有感受和享受。太阳的红脸，银装素裹里的一切，湛蓝深邃的高空，无一不是人间美景。

这时候，如果再飘来几片云，那些景致也许会更好，可以和地下的皑皑白雪相映成趣；但一定不要多，也不要厚，卷过来几丝几缕，就刚刚好。

后记

一直以为，自己是个不太用功的人，好读书不求甚解，人到中年一事无成。如果真的硬要举证几例还能让自己欢喜的事来，或许，这部集子的出版，勉强还能算是其中之一。

我们的人生真的是太短太短，几十年的光阴，仿佛弹指一挥间；当你蓦然回首才终于明白，来的尽管来着，去的却永远地去了。

没有谁能够回到从前，没有谁能够昨日再现，我们只能从我们的记忆里找到当年的场景，只能在当下的风景里寻觅往日曾经的影子。

这些或长或短的文字，大都是触目生情，有感而发，写得随性而且随意。或许，它们并不华丽，也并不好看，但可以告慰的是，这里的每一个文字，都是自己几年来俗世生活的记录和写真，都是自己用每一天的人生写出来的。就像一个信佛的人，手捻佛珠，每一个句子，都是在捻着自己的心肠和心事。当我一字一句写它们的时候，就是在和自己的心灵对话，不敢有一丝一毫的掩饰或者逢迎，也不敢有一丝一厘的懈怠或者马虎。

叔本华说，人生有两大悲剧，一是得不到自己想要的生活，一是已经得到了自己想要的生活。这样的论断正确与否，我们当然难以定论，或许，我们更应该关注的是，古往今来，尘世之中，谁能诗意地栖居？

人到中年，除了要不停地向前走，除了惊艳于眼前的风景，很多的时候，更是愿意回头看一看来路，更愿意回眸自己生于斯长于斯的那个地方。

岁月如梦，人生如花，世间最美的风景，不如回家的路。那些关于老家的记忆，永远在我们内心的最柔软处有它们的位置。

年华似水，往事如云，生活都是真实的，回忆都是诗意的。或许，这里面的文字，会让你看到你曾经熟悉的情怀和风景，会让你回到从前，回到心里的那个家。

一寸光阴，一点红炉雪。有叶的色彩，有花的轮回，有风的声音，有阳光的味道，有雨的动感，有夜的静美。

陆陆续续，长长短短，零零碎碎，写了那么多。

这些文字得以付梓，是自己一直以来的心愿。对那些逝去的岁月而言，这是一个告慰，对那些曾经的场景而言，这是一个归宿，对这些文字而言，这是一个交代。